KB270893

# 늑대

전성태 소설집

창비

목
란
식
당

북쪽 아르항가이 초원에서 울란바타르로 돌아왔을 때는 시월
도 다 저물어 있었다.

칭기즈칸 공항에서 여행객들을 배웅하고 나서 나는 평소와 달
리 한동안 대합실에 앉아 있었다. 손에는 디자인이 똑같은 명함
열댓 장이 들려 있었다. 외국계 보험회사의 점장들이 들려주고
간 명함들이었다. 그들은 올해 내가 맡은 마지막 여행객들이었
다. 마치 군에서 전역할 때와 흡사한 기분이 들었다. 나는 동기들
과 헤어지고 나서 홀로 상봉터미널에 맥없이 앉아 있었다. 꼭 다
시 만나야 하는 사람들처럼 서로 연락처를 주고받았으나 십이년
동안 결코 다시 만난 동기는 없었다.

나는 공항을 나서면서 배낭에서 휴대전화기를 꺼냈다. 삼촌은
지난주에 교민들과 어울려 러시아 바이깔 호로 떠났는데 일정대

로라면 지금쯤 돌아와 있을 거였다. 삼촌을 생각하자 허탈감이 마치 외로움에서 비롯된 양 다소 기운이 났다.

"아, 잘 다녀왔냐?"

삼촌이 휴대전화를 받았다. 바깥인지 차소리가 섞여 들려왔다.

"삼촌, 내가 없는 동안 지구에 무슨 일이 일어난 건 아니죠?"

나는 짐짓 장난스런 목소리로 소리쳐 말했다. 삼촌은 잠시 대답이 없었다. 여행에서 돌아오면 나는 으레 삼촌에게 세상의 안부를 묻곤 했다. 다른 사람들도 그러는지 모르나 나에게는 여행에 대한 어떤 징크스가 있었다. 내가 여행하는 동안 세상에서는 꼭 큰일들이 한 건씩 터졌다. 대학 삼학년 여름방학 때 몽골로 어학연수를 왔는데 비행기에서 내리자마자 삼풍백화점이 무너졌다는 소식이 전해졌다. 오년 전 가을 처음으로 가이드를 맡아 고비를 열흘간 돌아다니다가 오니 뉴욕 무역쎈터가 테러로 무너져 세상이 발칵 뒤집혀 있었다. 하다못해 지난해 연말에는 한국에 다녀온 사이 울란바타르의 범버거르 시장이 불타 사라지고 없었다. 그곳은 삼촌과 내가 평소 자주 이용하던 재래시장이었다. 내가 떠나 있는 동안 기다렸다는 듯 몽골 건국 이래 최대 화재사고가 발생한 거였다. 어찌 보면 내 신변과 상관없는 일들이라 내 여행이 사고를 불러온다기보다는 사고가 내 부재를 틈타 일어난다고 해야 옳았다. 그럴 때는 내가 우주여행을 마치고 돌아온 우주인 같은 느낌이 들었다. 삼촌은 그건 징크스가 아니라고 했다.

"네가 세상에 관심이 좀 많을 뿐이야. 세상은 한시도 조용할 날이 없거든."

그럴지도 모른다. 그러나 삼촌의 말처럼 내가 세상에 관심이 많다고는 볼 수 없었다. 삼촌은 가끔 어느 나라에서 일어난 내전이나 쿠데타 소식을 알려오지만 그건 내게 연예인 아무개의 이혼이나 죽음 소식만큼 감흥을 주지 못했다. 애초부터 삼촌과 내가 생각하는 세상은 다른지도 몰랐다. 한국 신문을 받는 날이면 나와 삼촌은 신문을 반으로 나누어서 읽는다. 정치면과 국제면은 삼촌의 차지이고 나는 연예면과 스포츠면을 본다. 간혹 사회면에 황당한 사건사고 소식이 있으면 삼촌이 발견해 알려주곤 했다. 오늘 삼촌은 틀림없이 북한이 지하 핵실험을 했다는 소식을 전해올 것이다. 여행을 떠나기 전에도 CNN이나 교민신문을 통해 북한의 핵실험이 임박했다는 뉴스가 여러차례 나왔고, 핵실험 실시 소식은 보험회사를 통해 연수장소인 초원에 곧바로 전해졌다. 지난여름 여행 때는 북한이 미사일을 쏘았다고 삼촌이 심각하게 말했다. 삼촌이 거두절미하고 이야기해서 나는 실제로 깜짝 놀랐다. 보나마나 내 징크스가 들어맞았다는 예감으로 나는 "미사일을 쏴요? 어디 서울로요?" 하고 호들갑을 떨었다. 어이가 없다는 듯 삼촌은 짧게 대답했다. "태평양으로."

나는 오늘도 짐짓 놀란 척 반응해줄 요량이었다. 이제 우리는 어떻게 되는 거냐고 말이다. 이윽고 수화기 너머로 삼촌의 목소리가 들려왔다.

"목란(木蘭)에 옥류관 출신 요리사가 왔다는구나."

"네? 목란식당이 어쨌다고요?"

나는 삼촌이 나름껏 농담을 하는 거라 생각했다.

"평양 옥류관에서 공훈 냉면요리사가 직접 나왔다지 뭐냐."

삼촌이 심상하게 말을 이었다. 나도 덩달아 시들해졌다.

"지금 어디세요?"

"표구사에 가는 길이다. 피곤하지 않으면 목란으로 오렴. 함께 저녁이나 먹고 들어가자."

표구사는 박씨라는 교민이 운영하는 갤러리였다. 그는 이민을 오기 전에 대전에서 표구사를 운영했고 삼촌과도 친분이 있었다. 그때는 삼촌이 한창 붓을 잡고 있을 때라 삼촌의 그림들은 주로 그가 표구했다. 몽골에 차린 갤러리는 의외로 잘되는 모양이었다. 생활고에 시달리는 몽골 화가들이 작품들을 싼값에 많이 내놓고 그중에는 더러 사회주의 시절의 걸작으로 꼽히는 그림들도 있었다. 여행객들도 모사품 구입가격으로 괜찮은 작품들을 구입해갔다. 또한 평양식당 목란에 전시해놓고 파는 북한 그림들도 그가 도맡아서 표구해주고 있었다. 박씨는 특별한 그림이 들어오면 삼촌에게 감수를 부탁해 가격을 매겼다. 삼촌은 그 일을 썩 내켜하지 않았다. 한때 잘나가던 화가로서 왜 자격지심이 들지 않겠는가. 나나 박씨나 삼촌의 심정을 충분히 이해했다. 박씨는 삼촌을 아끼는 사람이었다. 그는 어떤 식으로든 삼촌이 다시 붓을 잡도록 도와주고 싶어했다.

나는 삼촌이 정치적인 이유로 그림을 중단했다고 생각한다. 삼촌은 십여년 전 북을 다녀온 적이 있다. 아직 남북간에 민간교류가 본격화되기 전이었는데 서로 정치적으로 덜 민감한 부분을 미리 열어본 케이스였다. 삼촌에게는 특혜가 아닐 수 없었다. 제

한적이나마 삼촌은 묘향산과 금강산의 절경을 스케치해다가 서울에서 전시회를 가졌다. 그런 이유로 전시회는 꽤나 세인들의 관심을 끌었다. 하지만 폭포와 계곡과 기암괴석을 담은 산수화들은 삼촌의 예전 작품들에 비해 새로울 게 없었다. 다만 그림 한 점은 화단에 잔잔한 화제를 뿌렸다. 검은 치마에 흰 저고리를 입은 북녘 처녀가 만추의 황톳길을 걸어가는 '마식령 처녀'라는 제목의 그림이었다. 전시된 작품 중 유일하게 물상으로 사람이 들어간 그림이었고 해석의 여지도 풍부했다. 한 소설가는 그 그림에 스토리를 꾸며서 산문을 쓰기도 했다. 지금은 고인이 된 시인 구상 선생이 젊은시절 폐병에 걸려 그 마식령을 넘어 약수가 유명한 마전리로 요양을 떠났고, 혼담이 오가는 처녀가 그를 찾아 고갯길을 넘었다는 후일담이었다.

삼촌은 그 그림이 주목을 받자 내심 곤혹스러워했다. 나는 그 내막을 비교적 소상히 알고 있었다. 삼촌은 묘향산과 금강산 외에 다른 곳에서 목격한 사실을 그리면 안되었다. 입북에 앞서 남북 당국자가 합의하고 삼촌도 서약한 조건이었다. 따라서 삼촌은 반칙을 한 것이었다. 그 그림은 애초에 스케치북에 들어 있지도 않았다. 그러나 정작 삼촌이 화폭에 옮기고 싶은 풍경은 금강산으로 가는 길에 목격한 그 처녀였다. 화가의 자의식으로 삼촌은 매우 고통스러워했다.

"야야, 그 황톳길을 지프로 넘어가는데 검은 치마에 흰 저고리를 입은 처녀가 걸어가는 거야. 그 황톳길을 한 처녀가 넘고 있었다 이거야."

주위에서 몇사람이 꼭 그려야 한다고 부추겼고, 나 역시 그중 하나였다. 나는 삼촌이 예술가로서 그 정도의 금기에는 저항해야 한다고 생각했다. 따지고 보면 시범사업이라 남북 당국자들에게 다소간 정치적 부담은 되겠지만 그림이 딱히 정치적 메씨지를 담고 있지는 않았다. 이를 문제 삼는다면 결국 문을 열지 않겠다는 꼬투리에 지나지 않을 거였다.

마침내 삼촌은 결심을 굳히고 붓을 쥐었다. 그래도 마음이 불편했는지 그림을 끝마치고 제목은 바꿔달았다. 원래 삼촌이 지프에 실려 넘은 고갯길은 마식령이 아니었다. 그 근처의 울림령이라는 고갯길을 넘었고 그 처녀를 목격한 곳은 어느 폭포로 가는 샛길에서였다. 어쨌든 전시회는 무난히 끝났고 어떤 문제도 야기되지 않았다. 삼사년 뒤에는 수순대로 금강산 관광길이 열렸다.

삼촌에게 뒤늦게, 그리고 예기치 않게 문제가 찾아왔다. 행사 목적으로 북에 다녀온 동료 화가들이 삼촌의 그림으로 북녘 사람 몇이 처벌을 받았다는 소식을 전해주었다. 당시 삼촌과 동행한 그쪽 사람들은 기관원 둘과 운전사, 그리고 화가 한 사람이었다. 삼촌은 자신의 그림 욕심으로 여러 사람이 다쳤다고 자책했다.

"야야, 그 화가 말이다, 나보다 나이는 서너 살 밑이었다만 조선화를 그리는 솜씨가 예사롭지 않았어."

삼촌은 지금도 술이 과해지면 푸념을 늘어놓았다. 어쨌든 삼촌은 그때의 충격으로 붓을 놓았다. 여러 경로로 조선화 화가의 소식을 수소문했지만 그는 팔년째 어떤 활동도 하고 있지 않은 듯했다. 삼촌이 박씨 갤러리를 출입하는 목적도 모르긴 해도 그

화가의 그림을 혹시나 발견할 수 있을까 싶어서일 것이다. 목란 사람들에게 알아봐달라고 손을 놓아볼 수도 있겠지만 자칫 그에게 화가 뻗칠 수 있어 그도 못했다.

나는 삼촌의 입장을 이해하면서도 한편으로 자의식이 지나치지 않은가 짜증이 날 때가 많았다. 따져보면 문제는 그 정도도 포용하지 못한 북한 당국에 있는 것이지 삼촌에게 있다고 보기 어려웠다. 더구나 그 일로 남북교류에 문제가 생긴 것도 아니었다. 보나마나 내부 단속용 본보기로 희생된 게 틀림없었다.

"삼촌, 어쨌든 정치적인 방북길 아니었어요? 결과도 정치적으로 풀렸을 뿐이에요."

그 문제에 관한 한 삼촌은 한마디도 들으려 하지 않았다.

"어떻게 한때는 시인을 꿈꾼 놈이 그렇게밖에 말할 수 없냐."

목란으로 차를 몰면서 나는 몹시 지쳐 있다는 걸 깨달았다. 애초에 일주일간의 해외연수라고 해서 내 딴에는 일반적인 몽골 관광상품으로 여행일정을 짜서 권했다. 온천지의 캠프에 머무르며 초원과 고비를 적당히 체험하고 식단도 한국음식 위주에다가 한두 끼니를 양고기 요리 같은 전통음식으로 넣어볼 셈이었다. 보험회사 인사 담당자는 프로그램을 조정해주길 원했다. 여름도 아니고 늦가을에 몽골로 연수장소를 선택한 이유가 관광은 아니지 않겠느냐는 거였다. 맞는 말이었다. 시월 말이면 고비는 이미 겨울로 접어들어 모래바람이 몹시 심하고 밤기온은 영하로 떨어졌다. 인사 담당자는 회사가 요구하는 연수프로그램을 군대의 생존훈련쯤으로 이해해주면 좋겠다고 했다. 그의 입에서 노마디즘 경영이니 개방적 네트워크니 하는 낯선 용어들이 흘러나왔을 때 나는 포기할 생각도 했다. 이미 일본 여행업계 쪽에서 그런 방식의 기업 연수프로그램이 시작되었다는 소리를 들은 적은 있었으나 나는 그쪽으로 어떤 지식이나 경험이 없었다.

그런데도 내가 거절 못한 데는 그럴 만한 사정이 있었다. 우리 여행사를 추천한 사람이 그 회사 기획조정실 부사장이었다. 까맣게 잊은 사람이었는데 그는 이태 전에 내가 가이드를 해준 인연이 있다고 했다. 아마 나는 여행길 어디에선가 그에게 장차 몽골 현지에서 여행사를 해볼 뜻을 비쳤던 모양이다. 나는 올봄에야 우여곡절 끝에 작은 여행사를 차렸다. 기왕 여행사를 끼고 가이드를 하느니 회사를 직접 차려도 괜찮겠다 싶어서 아파트에 간판을 내걸었다. 최근 몇년 새 몽골이 한국에서 각광을 받는 해외여행지가 되었다 해도 여행업계 입장에서는 아직 선뜻 구미가 당기는 투자처는 아니었다. 육개월이나 되는 긴 겨울 비수기가 최대 장애였다. 반년 벌어 반년 까먹는 장사가 되기 십상이었다. 그래서 인사 담당자가 이번 연수프로그램이 잘되면 앞으로도 지속할 수 있지 않겠느냐는 암시를 해오는 데에는 마음이 흔들리지 않을 수 없었다. 정기적인 동절기 프로그램을 따올 수 있다면 나로서는 말할 게 없었다. 아예 이번을 계기 삼아 기업 연수를 전문으로 맡는 여행사로 전환해볼 욕심도 생겼다. 나는 『CEO 칭기즈칸』이니 『몽골 초원의 말발굽 소리』 따위의 자기계발서나 경영서를 구해다가 읽었다.

교육프로그램 설계와 진행은 일본 여행사에 의뢰하고, 나는 프로그램의 제반 지원업무를 맡았다. '칭기즈칸 군대와 세계 경영'이라는 제목의 연수프로그램은 다양하게 이루어졌다. 한나절이나 소요되는 등반을 통한 체력훈련과 바람 찬 계곡에서 노숙하는 극기훈련, 초원에 흩어져 명상을 하는 프로그램도 포함되었다. 그러나 교육의 절반은 일본인 전문강사가 진행하는 '노마디즘과 경영 마인드' 따위의 강좌였다. '경영 경량화와 효율성'이라는 강좌시간에는 연수생들이 직접 유목민의 전통가옥인 게르를 설치하고 해체하는 훈련을 받았다. 나는 그것이 보험회사와 어떤 직무적인 연관성이 있을까 의문스러웠다. 훈련은 현지 목자(牧者)의 가재도구까지 포함한 모든 살림살이를 옮겨놓고 실시되었다. 두 시간 만에 게르가 설치되자 나무침대와 몇개의 트렁크가 자리를 잡았다. 젊은 일본인 강사는 유목민의 이동 위주 주거형태가 현대사회의 기업 경영에 영감을 준다고 역설했다. 기업구조를 경량화해야만 경영의 효율성이 극대화된다는 요지였다.

프로그램을 준비한 한 달 반 정도가 고달팠지 일주일에 걸친 일정은 대체로 편안했다. 한곳에 붙박여 지낸데다가 연수생들도 일반 관광객들과 달리 통제에 잘 따라주었다. 그런데도 나는 내가 연수를 받는 것처럼 피곤했다. 나는 교육기간 동안 문득문득 박탈감을 느꼈는데 그것은 비정한 세계로부터 탈락한 느낌에서 비롯되었다. 나는 어떤 경쟁에서 지레 겁을 먹고 밀려나 이 초원으로 도망치지 않았나 하는 생각이 들었다. 그들은 마치 새로운 문명으로 무장하고 초원에 진출한 낯설고 두려운 세력들처럼 여겨졌다. 앞으로 그들이 세계를 주름잡고 호령할 게 뻔히 보이는 듯했다. 왠지 기업이 국가를 능가하는 이념체제로 바뀌고 있다는 인상, 글로벌 경영이라는 개념이 막연한 구호가 아니라 자본의 의지에 의해 낡은 구조를 깨고 있다는 확신이 들었다. 그럼에도 나는 이 캠프가 주는 두려움의 정체를 완전히 납득할 수는 없었다. 끝없이 무력감만이 증폭되었다.

연수생 중에 부산에서 왔다는 점장이 명상을 끝내고 소감을 밝히는 자리에서 말했다. 그는 설사를 한다며 서너 차례나 나에게 약을 타간 사내였다.

"보소, 이 대지는 우리 같은 건 안중에도 없습니다. 인간이 다 뭡니꺼, 나무며 풀 같은 생명성이란 건 애초부터 안중에도 없어요. 그저 저 혼자 오만하게 존재할 뿐인 기라요. 우리는 겨우 붙어 있을 뿐입니더."

그가 격앙된 목소리로 말했다. 사투리가 밀려나오는 거친 말투는 간증처럼 절실해 보였다. 말뜻을 다 헤아릴 수는 없어도 나는 그가 너무 힘에 부친다고 항변하는 소리로 들렸다. 캠프장 분위기가 싸늘해졌다. 나는 그가 곧 낙오하리라는 예감이 들었다. 그리고 비로소 나는 이 캠프장이 내내 어떤 종교적 분위기에 휩싸여 있었다는 사실을 깨달았다. 고개를 들어 잿빛으로 마른 초원을 바라보았다. 그의 말이 사실인 양 대지가 낯설어 보였고 나는 까닭없이 고독해졌다.

바론두룬잠 거리에 들어섰을 때는 정면에서 해가 졌다. 목란식당이 든 건물 창가로 두 개의 현수막이 길게 드리워져 있었다.

'조선의 넘버원, 경력 30년의 공훈랭면료리사 드디어 몽골상륙!'

'새롭고 귀여운 접대원 처녀들의 최상의 써비스!'

그건 몇달 전부터 교민신문에 난 광고문구이기도 했다. 비수기를 맞아 교민들을 끌어들이기 위한 목란 나름의 고육지책인 듯했다. 처음 교민신문에 목란의 광고가 실렸을 때 나는 촌스러운 느낌에 한참 웃었다. 삼촌은 꽤 감격스러운 눈치였다. 교민신문에 북한식당 광고가 나왔다는 사실 자체가 신선하다고 했다.

"얼마나 보기 좋냐? 이런 데 나란히 실리니까 한동포라는 게 실감나지 않니?"

"식당은 식당이지, 뭘."

남쪽 사람들에게 목란이 단지 식당일 수만은 없다는 사실을 나도 잘 알았다. 이것도 일종의 분단 장사인 셈이었다. 미국의 맥도널드처럼 목란은 북을 대표하는 식당이었다. 평양과 금강산에도 있고, 중국 뻬이징과 톈진에도 같은 이름의 직영 식당이 있었다. 남쪽 사람들이 많이 찾거나 거주하는 지역에 북한식당이 서서히 들어서고 있었다. 이곳 목란식당은 이년 전에 개업했고 개업 전부터 교민들 사이에 화제가 되었다. 많은 사람들이 음식맛보다 북녘 동포들을 만날 수 있으리라는 호기심으로 발걸음을 했다. 처음 목란을 찾는 사람들은 대부분 마치 맞선을 보러 가는 양 긴장했다. 옷매무새를 가다듬고 썬글라스를 벗는 사람도 더러 있었다.

그래서 나 역시 관광객들을 위한 시내투어 코스에 목란을 꼭 집어넣었다. 관광객들도 반응이 좋은 편이었다. 대중식당 규모이지만 손님을 맞는 처녀들이 감색 조끼 유니폼이나 한복을 차려입고, 주방 일꾼들도 조리복을 말끔하게 갖추어서 고급식당 분위기를 자아냈다. 홀에서는 이십대 초반의 평양 처녀 세 명과 현지에서 고용한 몽골인 처녀 하나가 함께 일했다. 저녁시간에는 삼십 분 정도 접대원 처녀들이 반주기에 맞춰 노래공연을 했다. 삼촌은 손님 접대하랴 노래 부르랴 바쁜 처녀들을 안쓰러워했다. 그래도 나는 단체손님을 데려갈 때면 꼭 노래를 청해 들었다.

가이드 일이 아니더라도 삼촌과 나는 목란식당을 자주 이용했다. 아파트에서 가까운 거리에 있었고 그 집 음식이 정갈하고 입에도 닿았다. 평양냉면과 생선초밥이 목란의 주메뉴였다. 옥수수국수나 단고기 같은 전형적인 이북요리에다가 된장찌개나 삼치구이 같은 일반적인 한식도 메뉴에 올라 있었다. 육회와 불고기는 초밥과 더불어 목란이 자랑하는 특별요리였다. 그러나 아무래도 사람들은 평양냉면을 많이 찾았다. 나는 된장찌개와 김치찌개를 즐겨먹었다. 냉면은 기대만큼 맛있지 않았다. 삼촌은 내 입맛을 이해 못하겠다는 반응이었다.

"네가 그 담담한 맛을 제대로 못 느껴서 그러는 거야."

"삼촌, 이효석이라는 소설가 알아요?"

"그 사람이 왜?"

"그이가 죽기 전 몇해 동안 평양에서 지냈어요. 그이는 오히려 평양에 와서 냉면을 끊고 온면을 즐겼대요."

"사실이냐?"

"그럼요. 그런 산문이 있어요."

"흥, 그 사람이 진미를 맛볼 줄 몰랐던 게로군."

"삼촌, 평양에서 맛본 냉면하고 맛이 똑같아요?"

삼촌은 고개를 끄덕였다. 나는 냉면 사리를 몇가닥 감아서 후루룩 넘겼으나 역시 별로였다. 차라리 양념 진한 청수냉면이 그리웠다. 삼촌의 말마따나 조리솜씨보다는 내 무딘 입맛 탓인지도 몰랐다. 어려서부터 길들여져야만 진미를 알 수 있는 음식이 더러 있다는데 내게는 평양냉면이 그런 것 같았다. 그러나 냉면을 놓고 말없이 앉아 있는 삼촌을 나는 의심스럽게 바라보았다. 어쩌면 삼촌은 추억과 감상으로 냉면을 대하고 있는지도 모르겠다는 생각이 들었다.

조금 이른 시간인데도 식당 입구에서부터 노래반주기 소리가 들려왔다. 「아침이슬」이었다. 목란 된장찌개를 떠올리자 식욕이 돌았고 나는 그간 묵은 기름기나 씻어내자는 생각으로 식당으로 들어섰다.

"어서 오십시오!"

춘심이라는 막내 접대원 처녀가 조금은 쌀쌀맞은 이북 억양으로 맞았는데 표정이 굳어 있었다. 평소 나와 삼촌이 즐겨 앉는 서쪽 창가 테이블은 이미 낯선 두 사내가 차지해 있었다. 점심 반주가 술자리로 이어졌는지 테이블에는 들쭉술병과 맥주병이 늘어서 있었다. 사십대의 두 한국인 사내도 이미 술에 거나하게 취해서 얼굴이 벌겠다. 명화와 복순 처녀가 마이크를 잡고 노래를 불렀는데 노래가 끝나자 두 사내가 앙코르를 청했다.

안쪽 홀은 단체손님이라도 예약된 듯 테이블 네 개를 붙여서 쎄팅해놓고 있었다.

"삼촌은 아직 안 오셨어요?"

나는 엽차를 갖다놓는 춘심 처녀에게 물었다.

"금방 다시 오실 겁니다. 평양에서 그림이 새로 들어와서 화방 박선생님하고 옮기고 있습네다. 조금 기다리시라요."

그러고 보니 그림들이 새로 들어와서 빈 벽을 채우고 있었다. 나는 외투를 벗어 의자에 걸쳐놓고 그림들을 둘러보았다. 주체탑과 평양 시가지를 후경으로 한 양화 「대동강」은 벽면 하나를 다 차지하고 오래전부터 걸려 있는 그림이었다. 그건 판매용이라기보다 장식용이었다. 전형적인 북한 수예품 「칠성문의 봄」「묘향산의 가을」「기녀 계월향」「선녀도」 따위가 한쪽 벽을 메우고 있었다. 수예품들은 그 섬세한 공력에 비해 어떤 예술적 감흥도 주지 않았다. 마치 이발소 그림 같았다. 그래서 나는 기회가 닿으면 관리인 부부에게 이런 수예품들은 남쪽 사람들이 별로 좋아하지 않는다고 충고해주고 싶었다. 서쪽 벽으로도 새 그림들이 눈에 띄어 나는 그쪽으로 발길을 옮겼다.

"이봐, 그 노래 다시 한번만 더 들읍시다!"

사내 하나가 게슴츠레한 눈으로 홀을 향해 소리쳤다.

"이를 어드렇게 합니까. 벌써 세 번이나 불렀시요."

맏언니 명화 처녀가 마이크를 가슴에 안고 냉랭한 목소리로 대답했다.

"마지막으로 딱 한번만 더!"

사내가 손가락을 세우며 간청하듯이 했다. 어쩔 수 없이 두 처녀가 다시 노래를 시작했다. 춘심 처녀가 사내들이 앉은 테이블로 다가갔다.

"죄송합네다. 곧 단체손님이 오실 텐데 그만 자리를 정리해주십시오."

"오, 접대원 동무! 이리 좀 앉으라우. 우리가 말이야 팔십년대에 저 노래를 얼마나 사랑했는지 알아?"

사내들은 끌끌거리고 웃었다. 사내가 춘심 처녀의 소매를 잡아끌자 그녀는 뿌리치고 한발 물러났다.

"그냥 말씀하십시오."

"북한 동포들은 말이야…… 아참, 북측이라고 해야 한다지?"

사내가 담배에 불을 붙여들고 말했다. 나는 슬그머니 자리로 돌아와 의자에 앉았다. 가끔 목란을 찾는 손님들 중에 제 감회를 견디지 못해 추태를 부리는 사람들이 있었다. 이 집 고객으로 드나드는 교민 중에 불광동 양씨라는 사람이 그런 경우였다. 들리는 말로는 몽골 처녀에게 새장가를 들었다가 재산을 다 털려먹고 정신을 놓아서 교민식당을 떠돌며 연명하는 사람이라고 했다. 아무튼 그는 문턱이 닳도록 목란을 드나들면서도 걸핏하면 식당을 트집잡고 들었다. 몇주 전에는 냉면을 맛나게 먹고 나더니 난데없이 접대원 처녀들을 향해 소리치는 거였다.

"너희들 여기서 일하면 안되는 거 나 다 알고 있어. 취업비자가 아니잖아. 내가 다 알아봤다고. 이런 일 하면 큰일나. 나, 똑똑히 기억해두라고. 불광동 양씨야."

제 딴에는 냉면을 공으로 먹으려는 수작이었다. 어차피 목란뿐 아니라 어느 식당에서도 밥값을 받지 않았다. 그래도 다른 교민식당에서는 조용한 양반이 유독 목란에서만은 큰소리를 치고 당당히 나간다는 거였다. 목란 여사장이 하루는 하도 속이 상해 사연을 털어놓으며,

"참 내 살다가 저렇게 뻔뻔한 동포는 첨 봤습네다."
하고 설레설레 고개를 저었다.

그 사람에 비하면 지금의 취객들은 제정신 가진 놈들이라 더 악질로 보였다.

"북측 동포들은 우리를 너무 몰라. 우리가 세금을 얼마나 많이 바쳐서 북으로 보내는 줄 모를 거야. 동포들을 위해서 군소리 없이 보낸단 말이야. 근데 당신들은 그걸 모르는 것 같애. 아, 속상해요."

"고만 일어나시디요."

춘심 처녀가 간청하듯 손을 뻗으며 말했다. 사내는 손사래를 쳤다.

"아니, 아니, 왜 자꾸 내몰려고 그래? 여기 식당 아니야?"

맞은편에 앉았던 사내가 벌떡 일어났다.

"태양은 묘지 위에 붉게 타오르고……"

사내는 비척거리는 걸음으로 반주기 앞으로 다가갔다. 명화 처녀가 마이크를 안기듯 넘겨주고 주방 쪽으로 사라졌다. 테이블에 앉은 사내가 박수를 치며 춘심 처녀를 향해 말을 이었다.

"접대원 동무! 이리 좀 앉아보시라요. 누가 잡아먹습네까?"

사내가 다시 손을 뻗었다.

"서 있는 게 더 편합니다. 그냥 말씀하십시오."

마침내 주방 쪽에서 삼십대의 관리인 여자가 나왔다. 우리는 그녀를 '사장님'이라고 불렀는데 그녀는 평소답지 않게 단체손님 맞을 준비로 조리복을 입고 있었다. 여사장은 웃는 낯으로 테이블로 다가와 춘심 처녀를 주방으로 보냈다.

"이제 그만 일어나시디요. 술이 과했습네다."

"어? 당신은 누구요? 정치보위부에서 나왔습네까? 김신조 알아요? 실미도는요? 아, 속상해요."

"자, 이제 그만하시라요. 곧 손님들이 올 시간입네다. 얘, 명화야, 여기 손님들 계산 좀 해다오."

"어라? 여기 식당 아닙니까?"

때마침 박사장과 삼촌이 그림을 들고 식당으로 들어왔다. 모두가 그쪽으로 시선을 옮기자 사내들도 입을 다물고 물러날 낌새를 보였다. 내가 밖으로 나가 그림액자를 들고 왔을 때 사내가 카운터 앞에 기대어서서 계산을 하고 있었다. 노래를 부르던 사내였다. 말 많은 사내는 화장실에라도 들어간 모양이었다. 명화 처녀가 거스름돈으로 일 달러짜리 몇장을 내밀자 사내가 되돌려주며 말했다.

"팁이오."

명화 처녀가 다시 지폐를 밀어냈다.

"우리는 그런 거 않음매다."

"허허, 고마워서 그럽니다. 받아두세요."

잠시 지폐를 두고 작은 실랑이가 벌어졌다. 명화 처녀가 난처한 얼굴로 옆에 선 여사장을 바라보았다. 여사장이 받으라고 눈

짓을 해 보였다.

"고맙습네다. 안녕히 가십시오."

명화 처녀가 깍듯이 인사했다. 화장실에 간 사내가 나오자 두 취객은 식당을 걸어나갔다. 여사장이 출입문까지 따라나서며 배웅했다.

"내일 다시 오시라요. 내 시원한 해장국을 끓여드리겠습네다."

주정이 심한 사내가 손사래를 쳤다.

"내일은 못 옵니다. 골프 치러 갑니다."

사내의 끝인사는 부러 들으라고 하는 소리 같았다. 두 사내는 느릿느릿 사라졌다. 그제야 접대원 처녀들이 하나둘씩 홀로 나왔다. 우리가 있어서 그런지 접대원 처녀 누구도 방금 손님들을 두고 한마디 불평을 늘어놓지 않았다. 식당으로 옮겨놓은 그림은 모두 다섯 점이었다. 식당 사람들은 단체손님 맞을 준비로 주방으로 물러갔다.

그림 하나를 앞에 두고 삼촌이 나를 조용히 불렀다.

"좋은 그림을 발견했어요?"

나는 허리 굽혀 그림을 들여다보며 말했다. 폭포를 중간에서 뚝 잘라 그린 120호쯤 되는 조선화였다. 묵필의 농담만으로 표현했는데도 두 줄기 폭포수가 섬세하고 힘차서 금방이라도 식당 바닥에서 물 듣는 소리가 들릴 것 같았다. 그러나 화폭에 담은 풍경이 평범해서 삼촌이 높이 살 만한 그림으로는 보이지 않았다. 포장지에서 제목을 더듬어 살펴보니 '두 줄기 울림폭포'였다.

"여기를 봐라."

삼촌이 그림 왼쪽 하단을 손가락으로 가리켰다. 나직한 목소리가 확연하게 들떠 있었다. 나는 그림에서 '송우식'이라는 이름을 찾아냈다. 곧바로 드는 직감이 있어 나는 삼촌을 올려다보았다.

"그 사람이에요?"

삼촌은 입술을 굳게 다물고 고개를 끄덕였다. 삼촌 눈에 설핏 눈물이 어리는 걸 보고 나도 모르게 가슴이 먹먹해졌다. 나는 조용히 삼촌의 손을 맞잡았다.

저녁식사 자리에는 박사장까지 합석했다. 두 사람은 냉면을 주문했고 나는 된장찌개를 주문했다.

"오늘 같은 날 냉면맛을 봐야 하지 않니?"

삼촌이 조금은 상기된 얼굴로 물었다.

"평양냉면은 내 체질이 아니라니까요."

"그래도 삼십년 경력의 공훈 냉면요리사가 만드는 냉면이야."

"그럼 이따가 삼촌 것 나오면 한 젓가락만 맛볼게요."

우리는 평양소주를 주문했다. 삼촌과 나는 자연 축하주를 마시는 꼴이 되었다. 냉면이 나왔다. 평소처럼 맑은 육수에 편육과 양념장이 오르고 배와 오이와 잣이 곁들여 있었다. 두 사람은 역시 맛이 다르다고 젓가락질마다 감탄했다. 중간에 여사장이 가자미식해 한 접시를 내왔다.

"이 귀한 게 어디서 났습니까?"

박사장이 물었다.

"교민 한 분이 서울에 나갔다가 오면서 가자미 한 상자를 가져왔지 뭡네까. 식해를 담아줬더니 반은 당신이 가져가고 반은 남겨두고 가셨습네다. 오늘 단체손님이 두 팀이나 돼서리 접대가 영 시원찮습네다."

"냉면을 이렇게 맛나게 먹었으면 됐지 뭘 더 바라겠습니까."

박사장이 빈 그릇을 가리키며 말했다.

여사장이 돌아가자 우리는 화기애애한 분위기에서 술잔을 나눴다. 가자미식해는 고기를 너무 굵게 썰어서 잘 넘어가지 않았는데 박사장과 삼촌에게는 좋은 안줏감이 된 듯했다.

여섯시가 넘으면서 단체손님이 들이닥쳤다. 울란바타르 시내에서 식당을 하는 교민들이었다. 가이드 일을 하자니 모두 안면이 있는 사람들이라 나는 뭘 훔쳐먹다가 들킨 사람처럼 당황스러웠다. 눈길이 닿는 대로 인사를 나누었는데 웬만한 교민식당 주인들이 다 모인 듯했다. 그들은 여사장과 인사를 나눈 뒤 목란에서 유일한 룸으로 들어갔다. 그러자니 나도 그 공훈 냉면요리사가 만든 냉면을 맛보고 싶은 생각이 들었다.

연이어 홀 쪽에 예약한 손님들도 들이닥쳤다. 목란 직원들이 모두 줄지어서서 손님들을 맞이했다. 남녀노소 이십여명쯤 되는 단체손님은 무슨 선교회에서 온 여행객들 같았다. 머리가 희끗한 초로의 노인을 중심으로 움직이는 게 그 노인이 목회자인 듯했다. 외투를 벗자 모두들 노란 조끼로 맞춰입고 있었다. 등에 흰 글씨로 '구국을 위한 고난의 십자가'라고 씌어 있었다. 그들은 조용히 식당을 둘러보고 엽차를 나르는 접대원 처녀들을 관찰했다.

머잖아 냉면이 배달되고 여주인이 손님들 앞에 섰다.

"여러분들을 환영합네다. 이렇게 어려운 시국에 우리 목란을 특별히 찾아주셔서 대단히 감사합네다. 우리는 그저 흔들림없이 최상의 맛과 써비스로 조국의 요리를 선사하도록 노력하겠습네다. 맛있게 드시라요."

좌중에서 헛기침 소리가 들렸다. 그중 크게 헛기침을 놓고 목사가 입을 열었다. 목소리가 쉰 듯 가라앉아 있었다.

"환영해줘서 고맙소. 당신이 주인이오?"

"네, 그렇습네다."

"마침 주인이 나왔으니 내 한가지 물으리다."

그는 물잔을 들어 입을 축인 후 좌중을 죽 훑어보았다.

"식사를 하기 전에 한가지 확인해둘 게 있소. 불쾌히 여기지 마오. 우리가 지불한 돈이 북으로 갑니까?"

"네?"

여사장이 고개를 내밀며 물었다. 나도 혹시 잘못 들었나 싶어 삼촌의 얼굴을 바라보았다. 삼촌의 눈이 동그래져 있었다.

"그러니까 우리가 음식을 먹고 내는 달러가 당신네 장군님한테 가느냐 이겁니다."

잠시 여사장이 당황해서 입을 다물지 못하고 서 있었다. 그녀의 얼굴이 붉게 달아올랐다. 접대원 처녀들도 하던 일을 멈추고 초조한 눈길로 여사장을 바라보았다. 이윽고 여사장이 침을 넘기며 말했다.

"그런 일 없습네다. 우리래 아직 수익이 발생하지 않아 이 식당에 투자하고 있습네다. 한푼도 평양에 가지 않습네다."

목사의 얼굴에 실망한 기색이 언뜻 스쳤다. 나는 순간적으로 그 표정을 어떻게 해석해야 할지 헷갈렸다.

"솔직한 얘기인지 모르겠소만 하여튼 답변 고맙소."

하고 말해놓고 목사는 좌중을 향해 고개를 돌렸다.

"자, 성도 여러분도 들으셨지요? 우리가 먹는 음식은 핵무기를 만드는 데 사용되지 않는다고 합니다. 우리는 조국과 민족이 처한 난국을 위해 이렇게 먼길을 달려왔습니다. 니느웨 백성이 베옷을 입고 금식을 하자 하나님은 사십일 뒤에 내리실 재앙을 거두셨습니다. 우리는 내일부터 구국을 위한 고난의 금식기도회를 시작합니다. 자, 들었다시피 정갈한 음식입니다. 오늘은 조국의 안보를 생각하면서 만찬을 즐깁시다."

목사가 말을 마치자 좌중이 기도 준비를 하느라 손을 모으고 고개를 숙였다. 나는 고개를 빼고 천장을 바라보았다. 왠지 진지한 코미디를 보는 느낌이었다. 초원의 며칠간이 주마등처럼 스쳐갔다. 세상이 왠지 신들린 듯 전혀 현실감이 느껴지지 않았다.

"국가의 흥망성쇠를 주관하시는 전능하신 하나님 아버지시여! 이 죄많은 민족에게 오늘도 어김없이 일용할 양식을 주심을 감사드립니다. 저 북녘 감옥에는 이천삼백만이라는 기아에 허덕이는 하나님의 어린 양들이 있습니다. 그들을 구원하소서……"

기도가 끝날 무렵 룸에 든 교민 한 사람이 술 한잔 받으라며 나를 청했다. 방에는 여사장도 불려와 있었다. 나는 평양소주 두 잔을 연거푸 받아 비웠다. 이야기를 듣자니 교민사회 일부에서 북한식당 이용을 금하자는 의견이 있는 모양이었다. 그래서 그것을 막기 위해 식당주인들이 모였다고 했다. 여사장이 고마움을 표했다. 나를 방으로 불러들인 교민 사장이 입을 열었다.

"어쨌든 우리가 이만큼 가까워진 것도 쉽지 않았어요. 지금 당장 마음들이 불편하다고 해서 옛날로 돌아갈 수는 없지 않습니까? 식당은 정치적으로 휘둘려선 안됩니다. 식당은 식당입니다. 그저 우리는 열심히 우리의 음식을 만들어서 손님들에게 팔면 됩니다. 자, 우리 몇사람이라도 한인 요식업계의 발전을 위해서 건배합시다."

나도 엉겁결에 잔을 들었다.

밖이 소란해서 나와봤더니 불광동 양씨가 어느새 나타나 접대원 처녀들에게 삿대질을 하며 소리치고 있었다.

"흥, 내가 모를 줄 알아. 냉면요리사는 안 왔어!"

교인들은 기도하다 말고 고개를 들었는지 모두 두 손을 모으고 있었다. 박사장과 삼촌은 어리둥절해서 서로 얼굴을 바라보았다. 여사장이 놀라서 뛰어나왔다. 우리는 여사장이 무슨 변명을 해주리라 싶어 그녀를 뚫어지게 바라보았다. 그녀는 한숨을 내쉬었다.

"마중을 나갔드랬는데 국제열차에서 내리지 않았습네다. 무슨 사정인지 전통도 없습네다. 우리 바깥양반이 알아보려고 대사관으로 갔습네다. 솔직히 말씀 못 드려 정말 죄송합네다."

그때 의자 밀어내는 소리를 내며 목사가 일어났다.

"오, 주여! 이게 저들의 방식입니다."

교인들이 일제히 일어났다. 방에서도 교민 몇사람이 신발을 끌고 나왔다. 보다 못한 삼촌이 자리에서 일어섰다.

"외람되지만 여러분이 드신 냉면은 평양 옥류관 냉면과 하등 차이가 없습니다. 제가 거기에서 먹어봐서 보장할 수 있습니다. 여러분은 오늘 정말 최고의 냉면을 맛보신 겁니다. 아무튼……"

그래놓고 삼촌은 더 말을 잇지 못했다. 박사장이 양씨를 가리키며 거들었다.

"그래요, 저 사람이 말하기 전까지 우리는 맛있게 먹지 않았습니까?"

그러자 목사가 외쳤다.

"사실을 호도하는 자나 거짓을 두둔하는 자나 다 민족 앞에 죄인입니다. 오늘날 이런 사태가 벌어진 것은 바로 저런 사악한 사탄의 마음 때문입니다."

"허허, 여긴 그저 밥 먹는 식당입니다."

삼촌이 두 손을 들어 다독이는 몸짓을 했다.

"식당이니까 내 하는 말이오. 성도 여러분, 우리는 오늘 불경한 음식을 먹고 말았습니다. 모두 나갑시다."

교인들이 목사를 따라 우르르 몰려나갔다.

박사장이 몰려나가는 교인들을 향해 한발짝 나서며 소리쳤다.

"여보시오! 그것도 말이라고 나불댑니까? 냉면 하나 가지고 우리가 왜 사탄이 돼야 한단 말이오?"

그러나 그들은 기척도 없이 문밖으로 사라졌다.

여사장이 울상이 되어 허리를 굽실거렸다.

"정말 죄송합네다. 우리는 그저 흔들림없이 최상의 맛과 써비스로 조국의 요리를 선사하도록 노력하겠습네다."

"아, 그 앵무새 같은 소리 좀 그만둬요!"

박사장이 의자 등받이에서 외투를 낚아채서 식당을 빠져나갔다. 삼촌과 나도 주섬주섬 옷을 챙기고 달러를 테이블에 올려놓았다.

"똑바로들 해야지. 여기 냉면 가져와!"

양씨가 자리를 꿰차고 앉으며 소리쳤다.

박사장은 어느새 사라지고 없었다. 삼촌과 나는 바람 찬 마당으로 쫓겨난 사람처럼 엉거주춤 서 있었다.

"아이고, 시국이 어수선하니 냉면 한 그릇 먹기도 고되네."

삼촌이 숨을 몰아쉬며 말했다.

"글쎄 말이에요. 목란은 그냥 식당인데……"

나는 바람에 펄럭이는 현수막을 올려다보았다. 공훈 냉면요리사가 오지 않아서 이 모든 분란이 일어난 것처럼 불현듯 나는 그가 원망스러웠다.

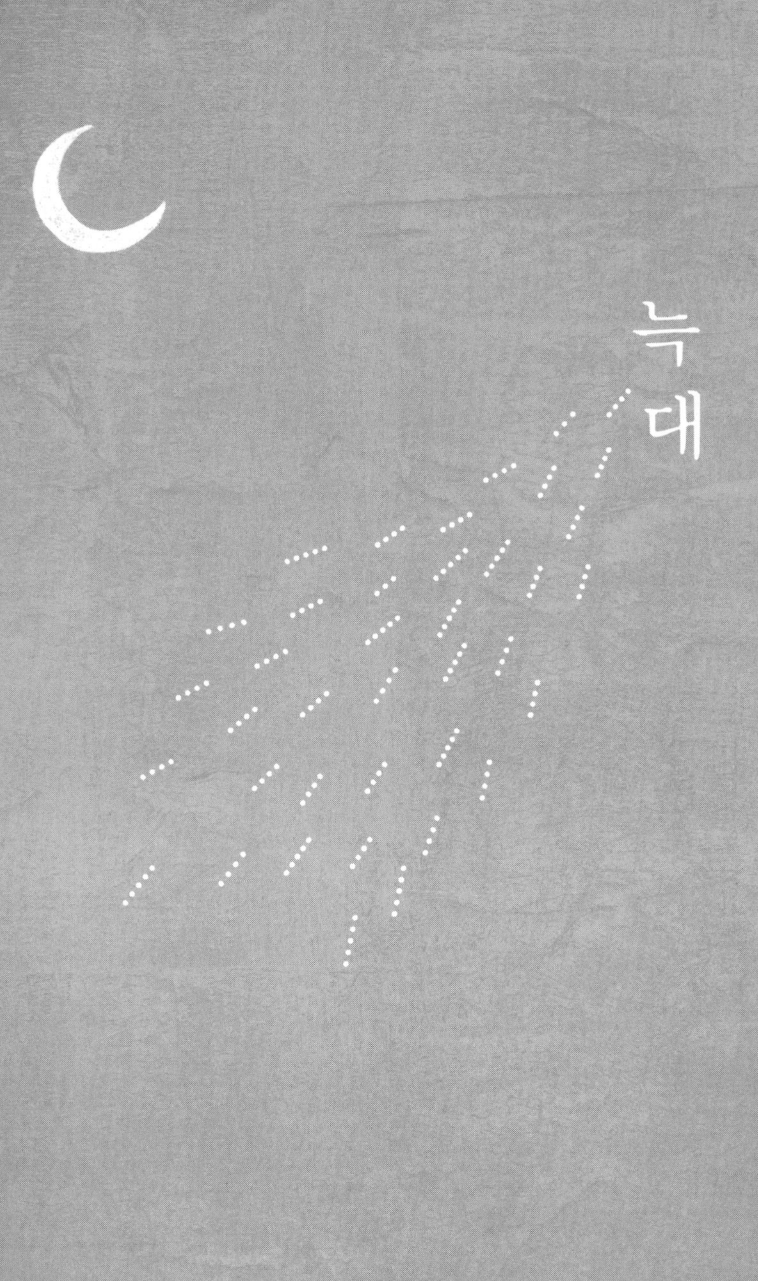
늑대

❖

산문을 닫는 종소리가 들려왔습니다. 그믐밤에 가축을 밖에다가 재울 수 없어 말을 몰고 나선 길이었지요. 구름 끼어 사위가 어슬하고 언덕을 오를수록 바람이 거셌습니다. 서편 능선으로 일몰의 잔광이 남아 있었지요. 날씨 탓인지 일진(日辰) 탓인지 나는 줄곧 불길하였고, 언덕에 올라서서는 어워*를 그냥 지나기 뭣해서 말에서 내렸습니다. 풀숲에서 돌멩이를 줍고 있자니 딸이 말을 몰아 쫓아왔습니다. 사냥꾼들이 왔다고 앞머리를 찬바람에 씻기며 딸아이가 말했습니다. 캠프촌 게르 앞에 지프가 한 대 서

* 성황당과 비슷한 몽골의 돌무지.

있더군요.

나는 말고삐를 놓고 어워에 돌을 올리며 천천히 돌았습니다. 사냥꾼들의 방문은 예상보다 일렀지요. 그믐이 끼여서 열흘을 넘기고 오리라 생각했습니다. 천기(天氣) 따윈 우습게 여기는 이방인들이 못내 불경스러웠습니다. 딸아이는 말안장에 무심히 앉아 있었습니다. 혼이라도 내준 아이처럼 눈에 아무것도 담고 있지 않았습니다. 요새 들어 딸아이는 말수가 줄고 낮에도 누워 지낼 때가 많습니다. 잠결에 헛소리를 해대서 뺨을 때려 깨운 적도 있습니다. 손 없는 겨울이라 한정없이 게을러진 거겠지요. 나잇값을 하느라 그러는지도 모릅니다. 캠프에 젊은 손이라도 들면 애가 덤벙덤벙 바보가 되는 게 사내들을 의식하는 눈치입니다. 그런 딸아이가 낯설게 느껴집니다. 나와는 아무 상관 없는 존재처럼 여겨지지요. 뭐랄까요, 딸아이는 저만 외떨어져 딴세계에 속해 있는 것 같습니다. 그때는 아비로서 소외감이 밀려듭니다. 예전에 암말 하나가 야생마를 따라 초원으로 사라진 적이 있습니다. 꽤 아끼는 말이었는데 그때 제 심정이 그랬답니다. 서운함이 깊어져 종내에는 어떤 적의마저 들었죠. 열여섯에 든 딸아이를 손치레를 핑계로 여태 곁에 잡아둔 게 후회가 되기도 합니다. 남들처럼 도회지로 내보낼 걸 그랬나 싶지요.

수태채*를 대접하거라. 딸아이에게 이르고 나는 마저 가던 길로 말머리를 돌렸습니다. 말과 양 무리는 눈 없는 구릉지 남쪽에

---

* 우유를 넣고 끓인 차.

두 무더기 구름처럼 몰려 있었습니다. 갈길이 바쁜데 걸음은 족쇄라도 찬 듯 왜 이리도 무거울까요. 나는 흡사 먼 전장에서 돌아오는 패잔병처럼 말을 몰았습니다. 북사면 초지를 뒤덮은 눈 위로 어둠이 내리고 있습니다. 골짜기에 밀생한 자작나무 숲, 그 허여스름한 그늘로도 그믐 저녁 어둠이 스밉니다.

카자흐 목자 카사르가 겨울목장을 찾아 이곳으로 이동해오자 나는 그에게 암말 다섯 마리를 맡겼습니다. 손님에게 내줄 승마들이지요. 이곳 캠프촌 사람들은 그렇게들 말을 맡긴답니다. 나도 젊어서는 가축들을 몰고 초원을 떠도는 목자였지요. 네살 때 말 등에 오른 뒤 초원의 아이들이 그렇듯 내 길은 정해져 있었습니다. 나는 장차 무엇이 될 것인가 고민해본 적이 없습니다. 총각 때는 북쪽으로든 남쪽으로든 말을 달려 바다를 보고 싶은 마음은 있었지요. 그런 열망은 인생에서 한때에 그치고 맙니다. 초원생활이라는 게 먼데를 바라보면 힘들어지는 법이라 스스로 접게 마련이죠. 나는 스무살에 한해 남짓 중국과의 국경 부근에서 군복무를 하고 돌아온 뒤로 고향을 떠나지 않았습니다. 그 한번의 바깥구경으로도 초원생활을 넉넉히 견딜 수 있었습니다.

십수년 전 가을, 세상이 바뀐다는 풍문이 초원으로 들려왔습니다. 인민회의에서 사회주의체제를 포기하고 시장경제를 도입하기로 결정했다는 소식이었습니다. 머잖아 군당(郡黨)에서 공무원이 나왔습니다. 공무원은 매년 하던 정기조사 때처럼 가축 머릿수를 헤아렸습니다. 소 백오십 마리, 염소와 양이 각각 이백여 마리, 그리고 서른세 마리의 말과 열두 마리의 낙타를 서류에

기록한 뒤 이제부터 이것들은 당신 소유요, 했습니다. 이 일이 무
엇을 뜻하는지 알 수 없었습니다. 그때껏 내 가축이 아니라고 여
겨본 적이 없으니까요. 생김새와 습성까지 훤히 꿰고, 수년을 함
께 동고동락한 가축들이었습니다. 나는 여전히 그들을 돌보고 우
유를 짜고 새끼를 받았습니다. 실제로 내 생활에는 아무런 변화
도 없었습니다.

아내가 몸이 퉁퉁 붓는 병으로 죽었습니다. 그 여자에게서 자
식을 넷이나 보았지만 살린 아이는 딸 치무게뿐입니다. 아이가
태어났을 때 흑무당을 불렀습니다. 탯줄을 늑대 힘줄로 묶어주었
지요. 늑대의 복사뼈를 목에 걸고, 늑대 가죽으로 싸서 겨우 살려
냈습니다. 아내와 더불어 하늘의 별처럼 많은 아이를 낳길 바랐
습니다. 홀로 남은 나는 여전히 젊었고 더는 초원을 떠돌고 싶지
않았습니다. 풀냄새와 말똥냄새를 맡지 않고는 살아도 여자냄새
없이는 못살 것 같았습니다. 가축들을 처분했지요. 임의로 가축
을 처분할 수 있다는 사실이 놀라웠습니다. 내가 실감한 시장경
제란 그런 거였습니다. 그러나 닷새에 걸쳐 가축들을 트럭에 실
어보내며 나는 까닭없이 죄스러웠습니다. 하늘과 대지에 눈을 둘
수 없어 가축들한테서 재갈을 벗기고 나면 게르에 박혀 보뜨까
병을 붙들고 지냈습니다. 딸아이는 트럭이 떠날 때마다 언덕까지
쫓아올라가 울었지요. 스산한 닷새를 보내고 나니 우리 부녀의
손에는 제법 큰돈이 쥐여졌습니다. 무엇이든 해볼 만한 돈이었
죠. 나는 겨울을 나곤 하던 사하촌 골짜기에다가 고정 게르를 여
섯 동 짓고 정착했습니다. 바람 쐬러 초원을 찾는 도시인들, 사냥

꾼들, 그리고 사원 방문객들을 손님으로 받았지요.

한잔 수태채가, 게르에서 하룻밤 잠이 돈으로 계산되었습니다. 장작을 패는 노동이, 늑대를 쫓는 동행이 벌이가 되었습니다. 그뿐입니까. 게르 천창으로 빛나는 별과 스미는 달빛이, 지나는 바람과 흩날리는 눈이 역시 돈의 현영(現影)처럼 손님들을 끌어 왔습니다. 그리고 나는 내가 필요로 하는 모든 것, 때로는 여자까지 도시로 나가 사야 했지요. 그 불모의 대지에 살을 부리며 나는 내 생에 좋은 일은 다 끝났음을 깨닫곤 했습니다.

그새 일대의 초원은 많은 변화를 겪었습니다. 초원을 가르며 도로가 닦이고 말과 양이 달려야 하는 대지에 울타리가 쳐졌습니다. 캠프촌이 수십개로 늘었고 십여리 밖에는 서양식 호텔이 들어섰습니다. 나는 간혹 언덕에 올라 초원을 가로지르는 아스팔트 포장길을 내려다봅니다. 그 검은 혓바닥이 자본의 그것처럼 여겨집니다. 자본이란 게 그런 거였습니다. 상상도 할 수 없는 풍경을 몰고 왔지요. 초원에서 별들에게 길을 물었던 전통은 더 찾아볼 수 없습니다. 목자들이 샘과 초지를 찾아 가축을 몰았듯 이제는 도로를 따라 이동합니다. 그들은 이제 하늘을 살피지 않습니다. 라디오와 텔레비전이 알려주는 일기예보에 귀를 기울입니다. 최소한의 생존을 위해 사람과 가축이 공존하던 유목은 사라졌습니다. 목자들은 재산을 늘리기 위해 가축을 치고 가축의 시세를 모르는 목자는 드뭅니다. 그 모든 변화를 어떻게 사람이 만들어놓았겠습니까, 저 무시무시한 검은 혓바닥이 아니라면.

나는 저절로 나이가 기울어 촌장이 되었습니다. 인근에 땔감을 대주는 술동무가 하나 있는데 우리는 술잔을 놓고 앉으면 더 늙기 전에 초원으로 돌아가자고 술주정을 하곤 합니다. 그도 나도 돌아갈 수 없다는 걸 잘 알고 있습니다. 운좋아 그런 날이 온대도 그때는 묻히러 가는 길이겠지요.

게르에 와 있다는 늙은 사냥꾼은 도회지에 유명한 써커스단을 가진 쏠롱고스* 사업가입니다. 나는 노인을 사냥꾼이라 부릅니다. 그도 그걸 좋아합니다. 그는 열흘이 멀다 하고 캠프촌을 찾고 있습니다. 몽골 사냥꾼이라면 결코 그믐에 미친개**를 찾아 길을 떠나지 않지요. 더구나 오늘은 동지(冬至) 지나 첫 아흐레가 되는 날이고, 아침에는 소주가 얼었습니다. 얼마간 소주가 녹는 일은 없을 겁니다. 제대로 된 추위는 이제 시작이지요. 아흐레 추위가 아홉 번을 거듭하고 나서야 봄이 올 테니까요.

노인은 늑대에 홀려 초원에 돈과 노구의 정열을 뿌리고 있습니다. 운전사와 젊은 사냥꾼을 대동하고 심지어 매춘부인지 첩인지 모를 벙어리 처녀까지 끼고 다닙니다. 늑대의 악령이 씌지 않았다면 도저히 이해할 수 없는 사람입니다. 자본의 매혹을 나는 그에게서 느끼곤 합니다. 나는 그가 뿜어내는 검은 정염을 뿌리치지 못합니다. 숙명이나 되는 것처럼 그의 힘을 거역할 수가 없습니다. 꼭 돈 탓만은 아닙니다. 뭐라고 할까요. 그의 정염은 파괴적이고 불온하지요. 몸을 망가뜨려 성스런 하늘과 대지와 신들을 거스르고 맞서려는 것 같습니다. 이 아둔한 사람이 노인에게

* 한국에 대한 몽골의 명칭으로 '무지개의 나라'라는 뜻.
** 몽골 유목민들은 늑대를 카무트(Khamutu 혹은 Khamut), 즉 미친개라고도 한다.

서 느낄 수 있는 마음이란 그런 정직함입니다. 욕망에 대한 진실함이지요. 내가 살아온 생은 참으로 단순했지요. 마음에 이는 작은 사념 하나마저도 선함과 악함으로 분별할 수 있었으니까요. 그러면서도 늘 마음 한구석에는 미심쩍은 게 남았습니다. 꺼지지 않는 욕정, 생이 너무나 보잘것없다는 열패감 따위 말이에요. 그는 그 미심쩍은 세계 때문에 신음하는 영혼입니다. 망가진 그 영혼이 왠지 빛나 보입니다. 그에게 그런 매력을 준 게 무엇일까 종종 생각하곤 합니다. 우리의 초원으로 서류 한장과 함께 들어온 그 자본주의일까요? 나는 어렴풋이 그러리라 짐작하고 있습니다. 먹고사는 데서 놓여난 여유이겠고, 옛날식으로 말하면 잉여물을 독점한 자가 필연적으로 맞게 되는 퇴폐성이겠지요.

그가 나타난 뒤로 나는 하루도 몸에서 총을 떼어놓고 지내지 못합니다. 영혼이 서서히 망가지고 있습니다. 나는 그걸 느낍니다. 영혼은 명백한 범죄 앞에서보다 모호한 죄의식 속에서 제 모습을 드러내는 법이지요. 영혼은 죄와 짝패가 아니라 몸과 짝패이니까요. 땡볕의 낮꿈과 같은 검질긴 악몽 속에서, 안개 속에서 들려오는 말발굽 소리 같은 불안 속에서 우리는 거울을 들여다보듯 제 영혼을 만납니다. 나는 그가 원하는 미친개를 잡을 생각입니다. 하여 놈의 사지를 지탱하는 여덟 가닥 힘줄을 끊어놓을 생각입니다. 아아, 두렵습니다. 이방인들이 돈을 믿을 때 우리 초원 사람들은 길조(吉兆)를 믿었지요. 우리는 저 굴곡 없는 대지를 오가면서도 일진을 점치고 움직였지요. 초원으로 흘러가버린 저 종소리처럼 다 옛말이 되어버린 이야기이지만.

종 치는 사미승이 불자 하나를 숙소로 안내해왔더이다. 캠프 촌의 촌장 하산이었습니다. 산문을 닫았대도 막무가내라며 사미승은 손님을 뒤에 세워놓고 툴툴거렸습니다. 나는 촌장 노인을 의자에 앉게 했습니다. 늑대가 출몰한 뒤로 부쩍 아랫마을 사람들 발길이 잦습니다. 이 엄한에 때아닌 늑대가 출현하여 사원의 불물(佛物)을 늘려주고 있습니다. 오늘 오정에는 목자 하나가 핏발선 눈으로 찾아왔습니다. 간밤에 길잃은 제 양 네 마리가 늑대에 물려죽었노라 하였습니다. 문밖을 내다보니 안장에 사냥총이 걸려 있더이다. 그믐이니 살생을 금하라 이르고 돌려보냈습니다. 나는 그에게 살생허가를 내준 거나 다름없습니다. 그믐만 피하면 늑대를 죽여도 좋다고 말한 셈이지요. 그는 그리 알아들었을 거외다. 어쨌든 늑대의 살생문제로 산문을 두드리는 속인들은 늑대를 죽일 마음으로 오는 것입니다. 죄업을 따져 마음을 돌이키러 오는 건 아닙니다. 불법(佛法)은 승과 속의 타협이라고 나는 깨달은 바 있습니다.

스님, 오늘 일진이 궁금합니다. 드디어 책상에 마주앉은 촌장이 물었습니다. 거친 입김에 양초의 불꽃이 내 쪽으로 기울어 넘실거렸습니다. 들큼한 보뜨까 냄새가 풍겼습니다. 이 자의 그믐괘에서는 피냄새가 나더이다. 나는 주역을 덮고 내키지 않는 입을 풀었습니다. 그믐 일진이 좋은 사람도 있나. 촌장은 갈증난 사람처럼 마른침을 삼켰습니다. 그는 늑대 사냥꾼들이 집에 들었다고 풀죽어 말하더이다. 역시 그 큰 입을 가진 축생이 문제였습니다. 초원에서 생계를 위한 짐승의 살생을 금할 길이 없습니다. 사냥 역시 마찬가지지요. 저 몽매한 초원에는 그믐날의 살생에 관한 금기가 있습니다. 그믐에 죽음을 당한 영혼은 어둠속을 영원히 헤매게 된다지요. 이도 따지고 보면 살생에 따른 두려움의 발로요, 숭고한 살생을 위한 방편이지 않겠습니까. 산문에서도 최소한의 살생은 허용하고 있답니다.

그러나 이 큰 입 가진 축생의 경우는 다르지요. 초원 사람들에게 이는 보이는 대로 죽여 없애야 하는 짐승입니다. 고기를 위해서도 모피를 위해서도 아닙니다. 요새야 모피를 얻으려고 늑대를 쫓는 사냥꾼들이 늘었답니다만 오랫동안 초원에서 이 축생은 단지 제거만을 목적으로 사냥되었습니다. 늑대는 어쩌면 악령이 숨을 불어넣어 태어난 짐승인지도 모릅니다. 다른 맹수들처럼 주린 배만 채우고 물러나면 족하나 늑대는 천성이 그러지를 못합니다. 하룻밤에도 수백 마리 양들의 숨통을 끊어놓습니다. 살생을 즐기는 이빨을 갖고 나지 않았다면 설명할 길이 없습니다. 살아숨쉬는 일만으로도 죄업을 늘리는 짐승. 그러니 불법으로도 구제할 방도가 없습니다. 큰 입 가진 이 짐승은 분명 인연의 모순이며 혼돈 그 자체입니다. 하여 이 짐승의 업을 구법(求法)의 화두로 삼은 라마들이 고래로 수두룩하였지요. 속중인 나 또한 이 엄한에 그 짐승으로 하여 염주에 땀을 닦고 있지 않겠습니까. 불교는 마약이요, 라마는 혁명의 적이라고 했던 볼셰비끼의 붉은 군대 못지않게 사원을 위협하는 가장 큰 적은 어쩌면 이 입 큰 짐승일지도 모릅니다. 나는 늑대 사냥꾼들에게 옛 화상(和尙)들의 깨달음을 되풀이해 들려줄 뿐 다른 답을 구하지 못했더이다.

양도 가련하고 늑대도 가련하다. 양은 늑대에게 먹히는데 이것은 가련한 일이다. 늑대가 배고픈 것도 가련한 일이다.[*] 하여 늑대가 양을 먹는다고 어떻게 책할 것인가? 생과 더불어 죄과를 늘리고 있지 않은가? 죄업의 끝을 몸으로 설하도록 만들어진 축생이다. 그보다 큰 고통이 어디 있겠는가? 가련하도다.

그러니 늑대를 죽이는 것은 옳지 않다네. 나는 촌장 노인에게 일렀습니다. 하나 늑대를 죽이지 않는 것도 또한 옳지 않겠지. 승방의 대화는 늘 그렇더이다. 듣자고 묻는 게 아니고 들으라고 하는 말이 아니니 그럴밖에요. 중생은 죄를 토설하고 승려는 대속할 뿐입니다. 촌장 노인은 수심 가득한 얼굴로 지전을 소매에서 꺼내 이마 높이 봉헌한 후 물러났습니다. 나는 장엄한 독경이라도 하듯이 한마디 덧붙였더이다. 그믐에도 피하지 못하는 살생이라, 그 무슨 연유 있으리.

촌장 노인이 돌아오지 않고 있습니다. 뺨 붉은 그의 어린 딸이 아비가 말 몰러 갔다고 알려주더군요. 날은 이미 어두워져 캠프촌에 전깃불이 들었습니다. 촌장 딸이 피워준 화로는 금방 달아

[*] 박원길 『몽골의 문화와 자연지리』, 152면에서 재인용.

올라 게르는 훈훈했습니다. 허와는 촌장 딸을 도와 저녁을 준비
하러 갔습니다. 허와는 어떤 핑계든 만들어서라도 내 곁에 남아
있질 않는군요. 생리가 시작되었다고 이번 사냥에 동행하지 않으
려는 것을 나는 거의 강권하다시피 해서 데려왔습니다. 진정 생
리가 이유였다면 나는 데려오지 않았을 겁니다. 오죽했으면 나는
아랫도리를 벗겨서 확인하는 추태까지 부렸겠습니까. 그 아이의
몸이 열리게 한 자를 나는 꼭 확인할 셈입니다. 운전사 바이락인
지 사육사 출롱인지 나는 아직 감을 잡지 못하고 있습니다.

바이락은 지프를 점검한다며 전짓불을 들고 밖에서 서성입니
다. 오른쪽 전조등이 말썽이라는데 모를 일이지요. 녀석은 출롱
에 비해 속내를 숨기지 못하는 둔하고 거친 놈입니다. 그래도 알
수 없습니다. 몽골 여자들은 이마에 지혜의 눈이 하나 더 박혔다
는 전설이 있습니다. 그것은 사내들이 짐작할 수 없는 낯선 차원
의 영혼을 본다지요. 그래도 바이락 같은 무지막지한 놈이 우리
가 볼 수 없는 영혼을 가졌으리라고는 생각지 않습니다. 여자를
거꾸러뜨릴 수는 있어도 마음을 열 영혼의 소유자는 아니지요.

출롱은 화롯가 의자에 앉아 등을 동그랗게 말고 사냥총을 분
해해서 손질하고 있습니다. 노리쇠뭉치를 마포로 닦는 손놀림이
사뭇 경건합니다. 총을 손질하고 있는 자를 보면 두렵습니다. 총
을 겨눈 자보다 오히려 더 두렵습니다. 고독에 휩싸인 그 내면이
발하는 힘 때문일 겁니다. 그러나 녀석이 화로에서 감자를 구워
먹고 있대도 그렇게 보였을 겁니다. 그는 길게 묶어 늘어뜨린 머
리카락으로도 감추지 못한 늘씬한 허리를 가졌습니다. 긴 척추는

야성을 발합니다. 그의 맑은 얼굴은 침묵의 가죽으로 덮여 있습니다. 때로는 순종적이게 보이기도 하지만 나는 음모와 적의를 느낄 때가 많습니다.

그는 이제 총열에 쇠막대를 박습니다. 카빈총인데 제조연도 라벨이 닳아없어졌을 정도로 묵은 것입니다. 몸체와 개머리판을 나무로 만들었고, 노리쇠뭉치가 밖으로 노출되어 있습니다. 초기에 제작된 반자동 단발소총이지요. 나는 이 총을 몽골의 어느 유력한 정치가로부터 선물받았습니다. 후원에 대한 답례였지요. 그의 선대로부터 내려온 유품이라고 합니다. 비록 구닥다리이기는 하나 아주 매력적인 총입니다. 나는 몽골식 사냥법이 마음에 듭니다. 초원의 사냥꾼들은 짐승의 관자놀이를 노려 단번에 숨을 끊는 것을 사냥의 원칙으로 삼습니다. 상처를 주어서는 안됩니다. 고통 없이 생명을 거두려는 이들의 사냥법에서는 어떤 종교적인 경건함마저 느껴집니다. 그렇지만 내가 원하는 건 그런 사냥이 아닙니다. 결코 나는 사냥에 미친 사람이 아닙니다. 늑대 말고는 어떤 사냥감에도 관심이 없으니까요. 유목민들처럼 늑대를 두려워하거나 혐오하지도 않습니다. 오히려 사랑하고 경외하는 편입니다. 늑대는 초원에 차원 하나를 더하는 존재이죠. 저 탐욕에 무슨 인과(因果)가 있겠습니까. 욕망과 힘에 무슨 죄가 있습니까. 그래서 내 사냥은 사냥답지 않았으면 좋겠습니다. 놀이로서의 저열함이나 경박함이 끼여들지 않았으면 합니다. 나는 늑대 앞에 숙명적인 라이벌처럼 마주서기를 원합니다. 약육강식의 자연법칙이니 죄의식이니 연민이니 하는 것들이 없는 절대공간에서 독대하기를 원합니다. 스스로 자신을 사냥하듯이 이루어졌으면 싶습니다. 어쩌면 나는 가장 사냥다운 사냥을 원하는지도 모르겠습니다.

나는 카지노 사업으로 젊은날 한때 그 업계의 신화가 되기도 했지요. 맨주먹으로 성공하였으니까요. 혼란스런 사회는 기회의 땅이지요. 한국뿐 아니라 그건 어느 나라에서나 마찬가지입니다. 그러나 나는 돈을 벌수록, 사회가 안정되어갈수록 갑갑증을 느꼈습니다. 비약이니 파격이니 하는 어떤 역동성이 사라졌습니다. 그건 일에서 사람과 사람이라는 관계가 사라진 것을 의미하지요. 사람을 대신해 씨스템이 들어선 거지요. 이젠 무에서 유를 창조하는 일은 불가능해졌습니다. 뭔가 주물럭거리는 재미가 없어졌습니다. 사무실에 왕처럼 앉았다가 밖으로 나가면 초라해졌습니다. 정치를 해볼까 싶어 기웃거린 적도 있습니다. 그 댓가로 콩밥을 이년이나 먹었지요. 국가권력이란 게 거추장스럽게만 여겨졌습니다. 국가가 없어지면 얼마나 좋을까, 생각한 적이 한두 번이 아니랍니다. 도대체 누가 국가에 그런 권력을 주었는지 묻고 싶을 따름이었습니다. 국경이 사라지고 그저 자본의 의지만으로 굴러간다면 얼마나 신이 나겠습니까. 아무튼 나는 사업이고 뭐고 재미를 잃었습니다. 일선에서 조용히 사라지고 싶었습니다.

나는 몽골에서 식어버린 열정을 다시 찾았습니다. 써커스는 망해버린 사회주의체제가 남긴 가장 빛나는 유산이었습니다. 나는 왠지 그 고전적인 사업이 마음에 들었습니다. 몸이 펼치는 기예의 매력이 어떤 향수 같은 걸 불러일으킨 듯싶습니다. 써커스란 육체의 한계가 피워낸 꽃이 아니겠습니까. 자유에의 욕망을 상품으로 파는 사업이지요. 써커스단을 이끌고 세계를 주유하고 싶다는 열망을 떨쳐버릴 수 없었습니다. 모든 사업을 정리하고 나는 그곳으로 사라졌고 다시 태어났습니다.

내가 쫓는 늑대는 한 마리 검은 수컷입니다. 사냥꾼들은 놈이 항가이 북쪽 출로트 강가의 검은 바위틈에서 태어났을 거라고 합니다. 아마 거기는 현무암이 많은 고장인가봅니다. 어쨌든 놈은 그늘을 덮고 사는 짐승처럼 매혹적인 검은 털빛을 가지고 있습니다. 검은 늑대가 무슨 대수냐고 할지 모르지만 써커스단 사육장에서 회색, 갈색, 적색, 흰색 늑대 삼십여 마리를 기르고 있는 내 입장에서는 꼭 소유하고 싶은 놈입니다. 그건 마치 나비 채집가가 사향제비나비 표본을 갖고 싶어하는 이치와 같겠지요.

나마르자라는 소택지에서 나는 놈과 처음으로 조우했습니다. 이곳으로부터 동남쪽으로 이백여 킬로미터 떨어진 곳이지요. 늑대가 교미기에 접어든 시월을 잡아 나는 예년처럼 초원으로 나왔습니다. 초원에서 늑대의 행방을 찾는 일은 쉽습니다. 가축 피해를 입은 목자를 탐문하여 하루이틀 만의 추적으로도 늑대 무리의 꽁무니에 따라붙을 수 있지요.

저녁 무렵이었습니다. 설원을 헤매는 늑대 암컷 한 마리를 발견했습니다. 우리는 움직이지 않고 기다렸습니다. 머잖아 수컷들이 떼를 지어 나타날 테니까요. 교미를 위해 수컷들 십수마리가 무리지어 암컷 한 마리를 쫓는답니다. 우리는 숨을 죽이고 기다렸습니다. 저건 늑대가 아니야! 난데없이 출롱이 소리쳤습니다.

그건 비명에 가까웠습니다. 모든 경이로운 순간은 그런 뜻밖의 상황언어로 표출되는 법입니다. 아무 맥락도 없는 듯싶은 언어가 그러나 가장 사실적인데다가 현장감을 가지고 있습니다. 상상의 언어, 이성의 언어로는 어림도 없지요. 비명이야말로 가장 솔직한 언어가 아니던가요. 나는 쌍안경을 집어들었습니다. 갈색 늑대들이 설원을 종종걸음치며 암컷을 쫓고 있었습니다. 모두 열두 마리쯤 되어 보였습니다. 나는 출롱이 왜 그렇게 소리쳤는지 이내 깨달았습니다. 갈색 수컷들 속에 검은 놈 한 마리가 섞여 있었습니다. 한동안 나는 반달곰이 아닐까 의심했습니다. 무리 중에 몸집이 컸고 무엇보다 앞가슴 쪽 털빛이 희었던 겁니다. 나는 숨도 크게 쉬지 못하고 한동안 망연히 서 있었습니다. 출롱이 총을 겨누자 나는 조용히 총열을 눌렀습니다. 사로잡세.

우리는 초원의 사냥꾼들을 모았습니다. 그들은 올가미로 늑대를 잡을 줄 아는 사냥꾼들이었습니다. 다섯 명의 사냥꾼은 말총으로 꼬아 만든 올가미를 짧은 나무막대기 끝에 연결한 사냥도구를 가지고 나타났습니다. 나는 검은 늑대를 꼭 생포해야 한다고 출롱을 통해 여러번 당부했습니다. 해거름 무렵에 우리는 늑대들의 이동 흔적을 다시 찾아냈습니다. 사냥꾼들은 참으로 노련했습니다. 늑대 울음소리를 흉내내 늑대 무리를 설원으로 꾀어냈으니까요.

늑대 추격이 시작되었습니다. 사냥꾼 두 명이 암컷 좌우에 붙어 말을 몰았습니다. 암컷의 도주로를 유도하는 거죠. 나머지 사냥꾼들은 수컷 무리를 뒤쫓았습니다. 우리는 지프를 몰아 추격전의 후미에 붙었습니다. 암컷을 향한 수컷들의 맹목성은 놀라웠습니다. 사냥꾼들의 추격에도 한 마리 이탈 없이 오로지 암컷이 달려간 길을 쫓았습니다. 질주가 질주를 불러 쫓고 쫓기는 상황마저 의식되지 않을 무렵, 드디어 후미의 사냥꾼들이 움직였습니다. 사냥꾼 하나가 올가미를 들고 수컷들 가까이 다가가 가장자리에서 뛰는 수컷의 주둥이를 낚아챘지요. 절대로 늑대 무리의 대열로 뛰어들어서는 안됩니다. 그러나 노련한 사냥꾼의 올가미도 번번이 빗나갔습니다. 실패한 사냥꾼이 뒤로 처지면 다른 사냥꾼이 교대로 나아갔습니다. 그러기를 몇차례, 드디어 한 놈을 낚아챘습니다. 그렇지만 내가 원하는 사냥감은 아니었습니다. 검은 늑대는 결코 가장자리로 나오지 않았습니다. 갈색 수컷 한 마리를 잡고 날이 저물어 그날의 사냥은 끝났습니다.

숙소로 돌아왔을 때 사냥꾼들이 더이상 올가미 사냥은 불가능하다고 말했습니다. 나는 왜 그러느냐고 물었지요. 돈이 적어 그러느냐, 더 주겠다고 했지요. 그들은 돈이 문제가 아니라 늑대들의 이동로가 산림지대에 접어들어 올가미로 생포하기 힘들다는 거였습니다. 그들은 총으로 잡아주겠다고 제안했습니다.

검은 늑대가 밤새 눈앞에 어른거려 잠을 이룰 수 없었습니다. 꿈속의 헛것처럼 날이 새면 영원히 사라질 것 같았습니다. 이튿날 아침 나는 사냥꾼들의 제안을 일부 받아들였습니다. 단, 암컷을 사살하자고 역제안을 했지요. 교미기의 수컷은 암컷을 결코 버리지 않는다는 습성을 나는 잘 알고 있었습니다. 가끔 그 습성을 이용한 늑대사냥담을 들은 적이 있습니다. 문제는 위험이 따른다는 겁니다. 목적을 상실한 수컷들이 흉포해져 사냥꾼들을 공격하게 됩니다. 역시 사냥꾼들은 발을 빼겠다고 야단이더군요. 총기를 사용하지 않는 올가미 사냥은 죽으러 가는 거나 마찬가지라고 하더군요. 나는 그들의 목숨값을 놓고 흥정하지 않으면 안 되었습니다. 그들을 다시 사냥터로 내모는 데는 그 길밖에 없었습니다.

그날은 늑대들의 행방을 찾을 수 없어 북쪽으로 팔십여 킬로미터를 이동한 채 하루를 물렸습니다. 늑대들이 먹이를 사냥한 흔적을 몇곳에서 발견했지만 행방은 오리무중이었습니다. 사냥꾼들이 철수하겠다고 하더군요. 나는 계약위반이라고 협박했습니다. 한번 허점을 보여주었더니 아주 돈을 알겨내려고 덤벼드는 게 아니고 뭐겠습니까? 그러나 그들을 무슨 수로 당해내겠습니까. 웃돈을 얹어주기로 하고 그날은 초원에서 야영했습니다.

이튿날 가까스로 눈 위에 남은 발자국을 찾아내 다시 추격전을 벌였지요. 오후 세시경 우리는 어느덧 하산의 캠프촌에 이르러 있었습니다. 한 목자한테서 자작나무 숲으로 들어가는 늑대 무리를 보았다는 제보를 입수했습니다. 흰 그늘을 드리운 자작나무 숲은 훤했습니다. 늑대들은 나무 그늘에 모여 있었습니다. 검은 놈은 그 골짜기를 다 덮고도 남을 만한 큰 그늘로 보였습니다. 긴 이동에 지쳤겠지요. 사냥꾼도 늑대도 잠시 쉬어야 하는 시간이 찾아왔습니다. 나는 자작나무 숲을 바라보며 놈에게 속삭이듯 그만 여기에서 끝내자고 중얼거렸습니다. 사냥꾼들과 이야기를 나누었습니다. 늑대들을 개활지로 유인한 후 사냥꾼이 암컷을 사살하기로 했습니다.

　그러나 이내 예기치 못한 문제가 불거졌습니다. 근처에 사원이 있어서 사냥을 할 수 없다는 거였습니다. 나는 촌장을 찾았습니다. 나이 오십이라는 사내는 일흔이 넘어 보였습니다. 나는 조심스럽게 말문을 트느라 늑대들이 든 산 이름부터 물었지요. 그는 벙어리처럼 한동안 대꾸를 않고 묵묵히 날 바라만 보더군요. 마치 상대의 속마음을 재는 눈빛이었습니다. 이윽고 그가 입을 열어 하는 말이 큰 데입니다, 했습니다. 그건 결코 산 이름을 댄 게 아니었지요. 한심스럽게도 성스러운 산을 눈앞에 대놓고 함부로 부를 수 없다는 투였습니다. 한촌에서 늙은 노인네답게 미신에 푹 절어 있더군요. 나는 내가 요구하는 바를 솔직히 말했습니다. 그는 이야기 대목마다 눈을 끔벅이며 고개를 끄덕였지만 아둔해서 판단에 전혀 진척이 없었습니다. 사원 영내에서는 사냥할 수 없다든가 늑대들이 이곳을 떠날 때까지 기다리라는 대답만 되풀이했습니다. 답답할 노릇이었습니다. 이제 달리 도리가 없었습니다. 늑대가 가축에게 피해를 주면 어떻게 되는가? 그는 신중하게 대답했습니다. 우리는 사원을 찾아가 늑대를 사살하게 해달라고 할 것이다. 나는 정색을 하고 물었습니다. 상황을 그렇게 만들어줄 수 있느냐? 우리 손으로 가축을 늑대 앞에 끌어다가 바치란 말이냐? 앞뒤가 꽉 막힌 노인은 아니었습니다. 내친김이라 나는 입을 열었습니다. 라마의 허가를 받아달라. 그는 한동안 입을 벌린 채 말이 없었습니다. 이윽고 그가 입을 열었습니다. 시간이 필요하다. 그는 말해놓고 보뜨까 병을 집어들어 목을 축이더군요.

우리는 살생을 해야 할 때 세 번 묻는다. 영원한 하늘에게 물어야 한다. 어머니 대지에게 물어야 한다. 그리고 우리 손에 죽을 영혼에게도 물어야 한다. 나는 그의 말을 자르다시피 하면서 성급하게 굴었지요. 늑대들이 떠나고 말 것이다. 촌장은 천천히 머리를 저었습니다. 그러면 그대로 두어야 한다. 나나 당신의 소관이 아니다. 하지만 당신들이 사흘을 쫓아왔다면 저들의 영역은 다했다. 이제는 돌아가거나 다른 늑대 무리와 영역을 두고 다투어야 한다. 그러나 걱정 마라. 먹이가 있는 한 한동안은 머물러줄 것이다. 저들도 이 땅이 안전하다는 걸 안다. 촌장의 대답에 나는 미소를 지었고 그는 덧붙였습니다. 이제 나는 영혼을 팔았다. 부탁이 있다. 이 일에 다른 주민들을 끌어들이지 마라.

그후 열흘이 흘렀지요. 나는 게르 밖으로 나왔습니다. 차가운 공기가 얼굴을 할퀴었는데 나는 어둠에 얼굴을 부딪힌 것만 같았습니다. 앞 게르 굴뚝에서 연기가 솟고 솥뚜껑 닫는 소리가 났습니다. 허와와 촌장 딸이 보쯔*라도 찌는 모양입니다. 어둠속에 잠긴 산을 바라보았지요. 눈 덮인 산이 희끄무레하게 돋아났습니다. 혹시 늑대 울음소리라도 들을까 싶어 귀를 기울여봅니다.

어둠속에서 말발굽 소리가 다가오자 나는 게르를 나서 개들을

* 만두.

묶었습니다. 이내 촌장님이 나타났습니다. 말들은 들에 남겨 두었는데요, 하고 내가 말하자 촌장님은 고개를 끄덕였습니다. 카사르, 사냥꾼들이 돌아왔네. 촌장님은 말해놓고 말에서 내렸습니다. 이 그믐에 말입니까? 나는 한껏 목소리를 낮추고 물었습니다. 아내와 아이들이 게르에 머물고 있었으므로 우리는 게르에서 여남은 걸음 벗어나서 이야기를 나누었지요. 양들을 개들에게 몰아다준 게 언제인가? 어제죠. 네 마리를 잃었습니다. 내가 들어도 내 목소리는 어눌했습니다. 나는 촌장님의 말을 기다렸습니다. 그에게 다 못한 말이 있어서 사실 조금 떨고 있었습니다. 촌장님의 지시대로 나는 사흘에 한번 꼴로 양을 골짜기 밑으로 몰아다가 늑대의 배를 채워주고 있었습니다. 촌장님에게는 네 마리라고 말했지만 실상 양 두 마리씩이었지요. 그러나 내 불안은 그것 때문이 아니었습니다. 촌장님한테 정직하게 말한다면 결코 책할 사람이 아니었습니다. 나는 그믐의 금기를 어기고 손에 피를 묻혔던 것입니다.

떠날 낌새는 없던가? 촌장님이 물었습니다. 때마침 늑대 울부짖는 소리가 아련히 들려왔습니다. 사원 너머 북사면 골짜기 쪽이었습니다. 촌장님과 나는 고개를 들어 하늘을 두렵게 올려다보았지요. 별 한점 없이 어두웠습니다. 밤중으로 얼마쯤 눈이 뿌릴 것 같았습니다. 촌장님이 술병을 내밀었습니다. 나는 바닥에서 출렁이는 술병을 입만 대고 돌려주었습니다. 촌장님이 술병을 비우자 나는 빈병을 받았습니다. 내일은 다 끝날 걸세, 그간 개한테 잃은 양들을 변상해주겠네. 촌장님이 중얼거리며 일어섰습니다.

우리집 말들은 가는 길에 몰아감세.

촌장님. 그가 말에 올라 고삐를 움켜쥐었을 때 나는 불러세웠습니다. 게르에서 흘러나온 희미한 불빛에 그의 거칠고 붉은 뺨이 음울하게 드러났습니다. 개 영혼을 건드렸습니다. 잠시 조용했습니다. 언제 말인가? 그가 조금 놀란 목소리로 물었기 때문에 종일 나를 괴롭히던 무서운 마음이 되살아나 소름이 끼쳤습니다. 추궁받는 아이처럼 나는 떨리는 음성으로 빠르게 대답했습니다. 오늘 새벽예요. 새벽의 한기가 그대로 코끝에 감기는 느낌이었습니다. 동틀 무렵 양들을 초원으로 몰아다놓고 돌아오는 길에 골짜기 쪽으로 갔지요. 간밤에 양 두 마리를 자작나무에 묶어놓은 터라 그 가죽끈을 회수하러 가는 길이었습니다. 자작나무 아래 적설에는 며칠 동안 희생양이 살점이 뜯기며 흘린 피로 붉게 젖어 있었고 까마귀와 수리가 날아들고 있었습니다. 나는 골짜기를 오르다 말고 걸음을 세웠습니다. 자작나무 아래서 맹수의 기척이 느껴졌습니다. 시커먼 늑대 한 마리가 양의 사체를 뜯어먹고 있었습니다. 나는 거의 본능적으로 사냥총을 꺼내 놈을 겨누었지요.

개를 어떻게 했나? 촌장님이 물어서 나는 대답했습니다. 그 자리에 두고 돌아왔습죠. 두려워서 오전내 술을 마시다가 정오에는 사원으로 올라갔습니다. 설마 암컷을 그런 건 아니겠지, 카사르? 중얼거리듯 촌장님이 물었습니다. 수컷이었어요. 검은 놈이었어요.

보쯔가 익었습니다. 치무게가 접시들을 내오자 나는 화롯가에서 물러났습니다. 저녁을 준비하는 한 시간 남짓 동안 치무게와 나는 아무 말이 없었습니다. 말 못하는 나와 함께 있으면 사람들은 보통 두 가지 반응을 보입니다. 끝없이 중얼거려 말을 걸어오는 사람이 있고, 내게 전염이라도 된 듯 한마디 말이 없는 사람이 있습니다. 사장님이 쉴새없이 말하는 경우라면 촐롱은 그 반대입니다. 그렇다고 하여 사장님과 더 많은 대화를 나누는 것은 아닙니다. 눈빛과 표정으로도 많은 대화를 나눌 수 있습니다. 말 없는 사람과 함께 있으면 머잖아 초조감이 걷히고 아늑함이 공기처럼 주위에 가득 찹니다. 모든 걸 호흡하듯 마음 깊이 느낄 수 있습니다. 물건 만지는 손길이 말을 하고, 등으로 마음을 읽을 수 있습니다. 치무게는 한번도 내게 눈길을 주지 않았지만 나는 그녀의 새침하게 다문 입술에서 순수한 사랑의 갈망을 느낄 수 있었습니다. 그녀가 분주하게 움직이며 건드리고 다니는 공기에서도 나는 그녀를 느낄 수 있었습니다. 때로는 그녀의 여린 심장소리도 환청처럼 들려오곤 했습니다. 그럴 때는 내 가슴도 뜨거워지곤 했습니다. 밀가루반죽을 밀고 양고기를 다져 백 개의 보쯔를 빚는 동안 우리는 한마디도 없었지만 너무나 많은 이야기를 나눈 것만 같습니다. 반죽을 떼어가다가, 채반에 빚은 보쯔를 올릴 때 서로의 손길이 엉키고 스치기라도 할라치면 나는 마치 그녀의 손길이 내 깊은 곳을 만지는 듯했습니다. 이곳까지 오는 동안 나를 쥐어

짜던 불안이 사라집니다.

치무게는 네 개의 접시에 보쯔를 정성스레 담습니다. 두번째 접시에 보쯔를 담을 때 그녀의 손길이 유난히 조심스럽다는 걸 나는 느낍니다. 보쯔 주름까지 서로 맞추려는 듯 세심합니다. 그래서 나는 세번째, 네번째 접시에 그녀가 보쯔 담는 걸 유심히 지켜봅니다. 역시 두번째만 못합니다. 누구에게 돌아갈 접시일까요? 나는 접시를 받아 채반에 올립니다. 치무게는 솥에다가 아버지와 제 몫의 보쯔를 남겨놓습니다. 누가 그녀를 두고 열여섯이라고 할까요.

사회주의가 끝났을 때 나는 겨우 일곱살이었습니다. 세살 때부터 써커스단에 맡겨져 자랐다고 해요. 그전에는 부모 밑에서 자랐는지 고아원에서 자랐는지 기억나지 않습니다. 네살 때부터 써커스단의 수련생이 되었습니다. 때로는 언니 오빠 들의 무동이 되기도 했지만 주로 줄타기 곡예를 배웠습니다. 사육사의 아들인 출롱은 나보다 한 살 위였는데 우리는 소꿉친구로 자랐지요. 코끼리와 곰 사육장을 오가며 뛰어놀던 기억이 납니다.

사회주의가 끝나자 한동안 써커스단이 문을 닫았습니다. 단원들은 뿔뿔이 흩어졌답니다. 나는 출롱의 가족과 함께 도시 변두리에서 일년 남짓 지냈습니다. 그 일년 동안 잠깐 학교를 다녔어요. 머잖아 사장님이 써커스단을 인수해서 나타났어요. 외국인이지만 수완이 좋은 사람이었습니다. 다시 곡예사들이 모여들었지요. 우리 써커스단은 사회주의 때보다 더 유명해졌습니다. 유럽과 아시아 여러 나라를 돌아다니며 공연했습니다. 나는 열살 때부터 공연무대에 올랐습니다. 내 곡예는 줄타기예요. 공연장 천장에서 내려온 줄을 맨손으로 타고 오르며 음악에 맞춰 갖가지 율동을 펼친답니다. 곡예라기보다 춤에 가깝지요. 다른 곡예들이 동적이고 소란하여 정신을 쏙 빼놓는다면 내 곡예는 정적이에요. 인기가 꽤 좋았어요. 아이들은 내가 아무 안전장구도 없이 거미처럼 줄을 오르내리는 모습이 경이로웠겠지요. 어른들은 내 몸이 빚어내는 현란한 곡선들에 홀리곤 했겠지요. 나는 곡예가 좋았습니다. 말이 필요없으니까요. 관중들이 날 구경하는 게 아니라 줄을 타며 내가 관중들을 구경하곤 했어요. 나신과 다름없는 내 몸에 관중들의 시선이 홀리고 있다는 것도 알았지요. 나는 개의치 않았어요. 때로는 즐기기도 했답니다. 오랜 곡예로 내 몸은 마음과 별개로 발달했어요. 마음 없이도 몸은 자유자재였답니다. 사장님이 즐겨 말하는 무아의 순간들, 그 황홀한 느낌이 지금도 생생합니다.

열여덟이 될 때까지 나는 후배도 없이 홀로 줄을 탔습니다. 영원히 줄을 탈 줄 알았습니다. 그러나 모스끄바 공연을 간 어느날 나는 팔 미터 높이에서 거꾸로 추락했습니다. 줄이 풀린 거예요. 그건 일어날 수 없는 일이었어요. 목뼈에 심한 부상을 입어 나는 삼년 동안 목에 깁스를 하고 지냈습니다. 더이상 줄을 탈 수 없었어요. 사장님이 거두어주었지요. 난 사장님의 소유가 된 거예요. 그건 물이 흐르듯 자연스런 일이었어요. 그는 내 아버지이자 연인입니다. 그는 더없이 내 몸을 사랑합니다. 침대에서 내 나신을 바라보는 그의 시선이 얼마나 황홀해하는지, 어느 관중보다도 눈길이 뜨겁다는 걸 나는 알고 있어요. 심지어 내 몸을 그 혼자서

갖기 위해 줄을 끊었는지 모른다는 의심이 들 때가 있지요. 그는 세상 어느 누구보다도 나를 사랑합니다. 그러나 그의 손길이 닿으면 나는 몸이 딱딱하게 굳어집니다. 마음은 그렇지 않은데 몸이 그래요. 한동안 나는 당황스러웠습니다. 밧줄과 멀어졌으니 마음과 몸이 하나이기를 원했지요. 제각각인 나 자신을 의식하는 일은 고통이었어요.

사장님 앞에서만 그러는가 싶어 촐롱과도 한번 잠자리를 같이 해봤어요. 물론 내 몸을 알기 위해서 그런 건 아니에요. 촐롱은 안타깝게 나를 사랑하는 사람이랍니다. 사춘기 때는 그가 내 신랑이 되었으면 하는 꿈도 꾸었지요. 촐롱과도 마찬가지였습니다. 내 몸은 열리지 않았어요. 사고가 나던 날의 고통만이 몸에서 일깨워질 뿐이었습니다. 그러니 나는 사장님과의 밤이 두려웠습니다. 기쁨도 없이 동침을 했습니다. 사장님이라고 그걸 왜 모르겠어요. 나를 더욱 거칠게 다루었고, 종내에는 견디지 못해 술로 자신을 학대하기도 했습니다. 나는 스스로 내 몸을 혐오하였습니다.

치무게와 함께 우리의 숙소인 게르로 보쯔를 가져갔을 때, 촌장 노인만 빼고 모두가 모였습니다. 화롯가에 둥글게 앉으니 다들 눈빛이 부드러워졌습니다. 다만 사장님만이 사냥의 열망 때문인지 아니면 나에 대한 분노 때문인지 초조해하고 있었어요. 그렇지만 나는 그에게 신경쓸 여력이 없었습니다. 치무게가 접시를 돌리는 모습을 희미한 전등불 밑에서 유심히 지켜보았지요. 두번째 접시가 누구에게 돌아갈까요? 어쩌면 촐롱에게 갈지도 모른다는 생각을 오래전부터 하고 있었어요. 왠지 내 마음은 안타까

움으로 쓰라리기까지 했어요. 그런데 아니었어요. 촐롱에게는 다른 접시가 들려졌어요. 두번째 접시는 맨 마지막까지 남았답니다. 아, 그건 내 몫이었어요. 놀라움과 흥분으로 난 아무도 모르게 눈시울을 붉혔답니다. 식사 내내 나는 고개를 숙이고 있었어요. 보쯔도 두어 점이나 입에 넣었는지 모릅니다. 사장님이 왜 더 먹지 않느냐고 퉁명스럽게 말했어요. 그가 내게 화가 나 있다는 걸 알아요. 그는 누구보다도 내 몸을 잘 아니까요.

일행이 식사를 마쳤을 때 나는 빈 접시를 거두어서 치무게의 게르로 갔습니다. 문을 열어 그녀를 마주하기가 두려웠어요. 게르 앞에서 나는 한동안 서성거렸답니다. 그때 어둠속으로 그녀의 아버지가 돌아왔어요. 말들을 몰아오고 있었지요.

나는 한 사냥꾼 노인을 쫓고 있습니다. 그의 목덜미를 물어 숨통을 끊어놓을 생각입니다. 그가 나를 열망하듯이 나 역시 그를 열망합니다. 자작나무 아래, 나는 뜨거운 눈을 깔고 엎드렸습니다. 참으로 길고 고단한 여행이었습니다. 내 보금자리는 외롭습니다. 자작나무 잎 진 가지에 싸락싸락 마른눈 떨어지는 소리가 들립니다. 눈 속에 주둥이를 박고 속눈 한입 베어뭅니다. 모든 게 이 밤에는 뜨겁습니다. 때가 왔습니다. 모든 게 순리대로 되었습니다. 이제 나는 어두운 공간을 자유로이 여행할 생각입니다. 난롯가에서 잠든 인간들의 영혼이 느껴집니다. 나도 가련하지만 저

들도 가련합니다. 저들도 나처럼 늘 배고픈 겁니다. 우리는 그렇게 태어난 존재들입니다. 이제 관자놀이를 저들의 총구에 내놓을 수 있을 것 같습니다. 내 영혼을 거둔 자에게 복사뼈를 기꺼이 내놓겠습니다.

뒤쪽 게르에서 누군가 나오는 기척이 들립니다. 나는 난롯가 침상에서 눈을 떴습니다. 어둠속에서 나는 발소리에 귀를 기울였습니다. 사냥꾼 노인일까요? 아니면 허와 언니일까요? 뒤척이던 아버지도 이제는 술기운에 무너져 깊이 잠든 모양입니다. 눈 밟는 발소리가 멎었습니다. 허와 언니는 잠시 눈 위에 선 모양입니다. 하늘을 보고 있을까요? 어쩌면 내가 잠든 게르를 보고 있을지도 모릅니다. 그녀의 절망과 불안이 나에게도 느껴집니다. 나는 자리에서 조용히 일어나 앉습니다. 이내 발소리는 다시 눈을 밟으며 멀어져갑니다. 이제 때가 온 걸까요. 그녀에게 가고 싶습니다. 나는 이불을 젖히고 소리죽여 신발을 더듬어 신습니다. 화로에서는 온기가 느껴지지 않습니다. 새벽 세시는 되었나봅니다.

하늘에서 구름이 걷히고 별이 돋고 있습니다. 눈 밟아오는 발소리에 나는 치마를 털어내리며 벌떡 일어났습니다. 치무게! 나는 소리죽여 외쳤습니다. 그녀가 서 있었습니다. 나는 그 뜨거운 아이를 품으로 안았습니다. 내 영혼이 타서 사라질 정도입니다. 이제 때가 왔나봅니다. 나는 운명을 받아들이기로 했습니다. 치무게의 입술이 내 입술을 더듬었을 때 힘껏 받아들였습니다. 이내 우리는 한몸처럼 눈 위를 뒹굴었지요. 모든 연인에게 단 한번 찾아오는 이 뜨거운 순간을 나는 안타까운 몸부림으로 맞았습니다. 이런 격정은 몸이 온전히 낯설었을 때만 오는 거겠지요. 이 순간이 끝나면 완전한 낯섦은 소멸하겠지요. 아무리 갈망해도 어쩔 수 없이 소멸하겠지요. 보름이 지난 달처럼 몸에서 지워져가겠지요. 다시 초하루 달은 돌아오겠지만 그건 새로운 사랑처럼 전혀 다른 달일 테지요. 치무게는 떨면서 흐느낍니다. 왜 떨리지 않겠어요. 나도 떨리는 손으로 이 아이의 젖은 눈과 입술과 목덜미를 어루만졌습니다. 허와! 그때 어둠속에서 얼음장 같은 목소리가 울려왔습니다.

분노를 끼얹은 사람처럼 나는 물불을 가릴 수 없었습니다. 허와의 침상이 빈 것을 보고 총을 들고 곧장 쫓아나왔지요. 성애의 신음만이 골짜기에 가득 찬 것 같았습니다. 때가 오고야 말았지요. 연놈들은 눈 위에서 알몸으로 나뒹굴고 있었습니다. 상대가 바이락이든 촐롱이든 이젠 의미도 없고 따질 겨를도 없었습니다. 나는 그 적나라한 모습에 진저리를 쳤습니다. 평생 품었던 어떤 분노도 그 순간만은 당해내지 못했을 겁니다. 허와! 나는 연놈을 향해 총구를 들이대고 방아쇠를 당겼습니다.

낡은 총소리가 잠든 골짜기를 깨웠습니다.

촌장 노인이 침상에서 눈을 떴습니다. 촐롱이 벌떡 일어났습니다. 바이락은 침상 밑으로 굴렀습니다. 치무게는 오열하였습니다. 사냥꾼은 풀썩 무너졌습니다. 서쪽 산 너머에서 늑대가 울었습니다. 허와는 힘이 빠지며 눈 위로 반듯이 누웠습니다. 하늘에는 졸음처럼 그믐달이 걸려 있었습니다. 그녀는 조용히 때를 기다렸습니다.

남방식물

호텔 사무실에서는 누룩 뜨는 냄새가 풍겼다. 창가는 담쟁이 덩굴 자라는 벽처럼 귀살스러웠다. 유리병에 올려놓은 고구마들이 붉은 덩굴을 뻗어 창밑 히터까지 더듬어내렸다. 제때 물을 갈지 못한 병에서는 허연 뿌리들이 물크러지고 덩굴 끝에서부터 잎이 말라갔다. 열흘 전쯤 물병에 올린 고구마는 탄저병에 걸린 종자처럼 검게 썩어갔다. 어제 물갈이를 해준 병도 그새 물이 반이나 졸아 있었다. 고구마순에서 잎이 벌어졌을 때 느낀 기쁨은 잠시였다. 병섭은 보름 만에 어떤 음습한 기운에 사무실을 점령당한 느낌에 사로잡혔다. 그는 질린 얼굴로 책상 옆에 놓인 종이상자를 슬며시 열어보았다. 또 고구마 두 개가 무슨 선충 같은 순들을 밀어올리고 있었다. 못 볼 걸 본 듯 그는 종이상자를 닫았다. 처음 고구마를 수경재배하기로 마음먹고 인터넷을 검색했을 때

생명력에 대한 경이로움과 기쁨을 전하는 글들 일색이었지 이런 난경을 전하는 글은 없었다. 그는 우선 사무실 출입문을 활짝 열었다. 창문을 열어 환기를 시킨 적이 있는데 영하 이십도의 외기에 고구마줄기들이 고스러졌다. 그뒤로 창문도 마음대로 열지 못했다. 그는 종이상자에서 싹을 틔운 고구마 두 개를 골라냈다. 호텔 레스또랑에서 가져온 오이피클 빈병에 물을 채우고 순 난 데가 위로 향하게 고구마를 올렸다. 이렇게 만들어서 창틀과 책상 위에 진열한 고구마 병이 스무 개가 넘고 있었다. 그가 병 하나를 더 만들어 창턱에 올렸을 때 프런트에서 인터폰을 울렸다. 몽골 청년이 찾아왔다는데 이름만 들어서는 누구인지 기억나지 않았다. 다만 오후에 만나기로 한 돈얼이 약속시간을 당겨 찾아온 것은 아닐까 짐작했다. 그럴 공산이 컸다. 프런트 아가씨가 알려준 이름은 돈얼의 본명일 것이다. '돈얼'은 한국 관광객들이 부르기 쉽게 그가 손수 지은 애칭이었다. 그래도 여전히 의문은 남았다. 방문자가 돈얼이라면 굳이 프런트에서 알려올 일도 없을뿐더러 휴대폰으로라도 그가 직접 연락을 취했을 것이다.

머잖아 노크소리가 나고 방문자가 들어섰다. 돈얼이 아니었다. 그는 돈얼의 친구인데 지난여름 호텔 정수탱크를 교체 시공한 기술자였다. 기억은 어렴풋하지만 그가 설비업체 사장의 동생이라 한 것과 서울 소재 모대학에서 어학연수를 받아 우리말을 제법 구사했다는 사실이 기억났다. 병섭은 손을 내밀면서도 웬일이냐는 표정을 감추지 않았다.

"연락 없이 미안합니다. 사장님께 부탁이 있어 왔습니다."

전혀 어색하지 않게 한국어를 구사하는 목소리를 듣자 그는 청년에 대한 기억이 또렷이 되살아났다. 젓가락질도 잘했고 김치도 맛있게 먹었다. 강화도에서 마신 인삼막걸리 맛이 잊히지 않는다고도 했다.

청년은 쏘파에 앉자마자 손에 든 종이봉투에서 무슨 서류를 꺼내 보였다. 병섭은 네댓 쪽 되는 서류를 마지못해 받아 읽었다. 한국의 어느 엔지니어링업체에 보내는 공문서였다. 병섭이 서류를 읽는 동안 청년이 외운 듯 설명을 덧붙였다. 몽골은 기름이나 화공약품을 저장하는 특수탱크와 설비 배관을 주로 중국제를 수입해 사용하는데 합금이나 도색에 문제가 있어 부식이 잘된다, 현재 몽골은 건설 붐이 일어 탱크 수요가 많다, 이번 기회에 한국의 우수한 제품을 수입해 사용하고자 하는데 귀사와 거래를 트고 싶다, 더불어 기술자를 파견해 설치와 배관 기술을 전수받았으면 한다. 그런 요지의 서류였다.

"두 가지 부탁이 있어요. 여름에 저희가 시공한 설비들을 찍은 사진을 좀 주세요. 그리고 미안하지만 서류에 넣을 추천서를 부탁드립니다. 이미 그쪽과는 서로 이야기가 끝났는데 초청장 신청에 서류가 필요하답니다."

크게 어려운 부탁은 아니었다. 그렇지만 서류들을 훑어보면서 병섭은 다소 찜찜했다. 물품구매니 기술이전이니 하는 소리는 허사고 인력파견에 무게가 실린 느낌이었다. 아니나다를까, 청년이 미리 만들어온 추천서를 읽어보니 공연한 느낌이 아니었다. 이 업체에서 파견하고자 하는 인력은 사업장을 이탈하여 불법체류

할 위험이 없음을 보장한다는 문구가 들어 있어 마치 신원보증서 같았다. 이 청년이 한국에서 불법체류 노동자로 일한 전력이 있는 건 틀림없었다. 그가 구사하는 한국어가 대학에서 육개월 배운 실력으로는 어림없다는 생각도 뒤미처 들었다. 불법체류 경력 탓에 입국비자가 나오지 않을 게 빤한 입장이라 이런 방식으로 한국에 재입국하고자 하는 것 같았다.

"어떻게 나한테 추천서 받을 생각을 했나?"

병섭이 물었고, 청년은 잠시 머뭇거리다가 입을 열었다.

"프레브도르찌가, 아니 돈얼이 사장님이라면 도와주실 거라고 했어요. 사장님께서 그 친구가 유학가는 일도 돕고 계신다면서요?"

애기를 들으며 병섭은 문득 짜증이 났다. 일개 호텔 관리인에 불과한 자신을 한국과 관련한 무슨 대단한 후원자로 여기는 그들의 사정이 딱했고, 그들의 범법행위에 휘말려드는 것도 불쾌했다. 돈얼의 유학문제도 그의 입장에서는 반신반의하는 편이었다. 물론 돈얼은 자신이 한국에서 체류한 오년 기간 중 삼년을 불법체류 노동자 신분으로 지냈다는 과거를 숨기지 않았다. 다만 불행한 일을 겪어 궁지에 몰린 그가 유학을 위해 한국으로 가겠다는 말은 선뜻 믿기지 않았다.

돈얼은 한국산 중고 지프를 가지고 있었는데 더러 여행사를 통하지 않은 한국인 투숙객들이 가이드를 요청하면 그와 연결해주곤 했다. 아내는 그가 가이드로서는 나긋나긋하지 못하다고 늘 마뜩찮아했다. 그럴 때 아내는 신물이 난다는 표정이었다. 사실 그는 우락부락한 얼굴에다가 평소 웃음이라는 걸 잃어버린 듯한 표정이어서 초면에는 대하기가 다소 거북스러웠다. 그러나 초원에서 그를 며칠 겪어보고 오는 관광객들은 반응이 좋았다. 성실한데다 돌발상황이 많은 초원에서 대처하는 능력도 뛰어나다는 거였다.

아마 병섭이 그와 처음으로 마주앉아 속깊은 얘기를 나눈 건 공항에서였을 것이다. 한국인 낚시동호회 사람들을 픽업하러 나간 길이었는데 여객기가 두 시간 넘게 연착하는 바람에 그들은 휴게실에서 기다려야 했다. 돈얼은 안산에서 연수생 시절을 보내다가 비자 기한을 앞두고 공장을 나와 김포와 일산 일대의 가구 공장을 전전하며 이년 남짓 일했다고 했다. 사범대 출신인 그는 한국으로 떠나기 전 중등학교에서 오년 남짓 몽골어를 가르쳤다. 아내 역시 중등학교 교원으로 둘 사이에 딸이 하나 있었다. 그가 벌어 송금한 돈을 아내는 착실히 모아 울란바타르 외곽에다가 새로 지은 아파트 한 채를 장만했다. 아내는 그만 돌아오기를 바랐다. 그러나 그는 승합차 구입 자금을 마련할 요량으로 입국을 한 해 더 미루었다. 그는 귀국 후 생계를 위해 박봉의 교사보다는 봉고차 운전사를 할 생각이었다. 한국에 나오기도 어려웠지만 한 번 돌아가면 한국으로 다시 취업을 나오고 싶어도 사실상 재입국할 길이 없었다.

돈얼은 연장한 일년을 임금이 센 건설현장 노무자로 일했다. 쉬는 날이 많아 좀처럼 돈이 모이지 않았다. 그는 귀국을 일년 더 미루기로 마음먹었다. 그런데 몽골의 아내가 몸이 좋지 않다는 소식을 전해왔다. 아내는 전화로 알려온 것보다 병이 깊었다. 학교도 휴직하고 병원을 다니고 있었는데 간에 이상이 있다는 진단만 받아놓았을 뿐 병명도 정확히 모르고 있었다. 그는 중국으로 아내를 데려갔다. 중국 쪽 국경도시 얼롄하오터(二連浩特)의 병원에서 아내는 간암 진단을 받았다. 다시 아내를 뻬이징으로 데려갔는데 병원에서는 이미 손쓸 때를 놓쳤다고 했다. 그는 아내를 중국에 남겨두고 몽골로 돌아와 아파트를 처분했다. 그러나 아내는 수술 한번 받아보지 못하고 삼개월 만에 몽골로 돌아왔다. 그는 아내를 처제 집으로 데려갔다. 처제는 아내에게 유일하게 남은 혈육이었다. 처제는 울란바타르에서 차로 하루나 걸리는 동쪽 도시 운드르항에 살고 있었는데 그곳은 아내의 고향이기도 했다. 그제야 아파트를 처분한 사실을 안 아내가 그의 가슴을 치며 울었다. 아내는 처제 집에서 눈을 감았다.

지난봄 병섭은 돈얼이 처제에게 이태째 맡겨놓았다는 딸을 만나러 가는 길에 동행했다. 돈얼의 내력을 안 후 인사치레로 딸의 안부를 묻게 되었고, 그러자니 한번쯤 가보지 않을 수 없었다. 처제 부부는 도시 외곽에서 양과 낙타를 치는 젊은 목자들이었다. 그들 역시 건실한 사람들이었다. 돈얼이 한국에 있을 때 보낸 라디오라든가 플라스틱 도마 따위도 단출한 게르 살림 속에서 눈에 띄었다. 초등학교 오학년인 돈얼의 딸은 손수 말을 몰아 도시의 학교에 다니고 있었다. 아이는 생각보다 밝고 건강했다. 이틀 동안 한시도 제 아비 곁을 떠나지 않는 아이를 보면서 병섭은 아이의 외로운 운명이 안타깝기도 하였다.

돈얼이 석 달 전쯤 한국으로 유학가고 싶다는 뜻을 비쳤다. 그때는 그저 흘려듣고 말았는데 지난주에 불쑥 병섭을 찾아와서는 한국의 어느 대학에서 석사과정에 응시할 기회를 얻었노라 했다. 그러면서 이력서와 자기소개서를 봐달라고 했다.

"한국문학을 전공하겠단 말인가?"

돈얼은 그렇다고 대답했다. 그러면서 그는 가방에서 몽골어로 된 책 한 권을 꺼내 내밀었다. 몽골 친구들과 함께 번역해서 출판한 『한국전후시선집』이라고 했다. 병섭은 문학에 대해서는 잘 몰라서 그러려니 했다. 이력서나 자기소개서에는 한국에서 노동자로 체류한 사실이 빠져 있었고, 한국어는 독학으로 습득했다고 밝히고 있었다. 어차피 밝혀질 사실들을 굳이 숨기려는 그의 의도를 모르는 바 아니었다. 딸을 위해서도, 자신을 위해서도 한국행이 그만큼 절박해 보였다.

"학비며 생활비가 만만치 않을 텐데 어쩔 셈인가?"

병섭이 걱정되어 물었다. 그리고 그는 금전적 도움을 줄 수 없다는 사실을 확실히해두고 싶었다. 돈얼의 얼굴이 금세 침울해졌다.

"대학원은 한 주에 이틀만 공부해요. 방학도 길어요. 돈얼은 일을 하면서 공부합니다."

병섭은 그가 좀더 솔직하게 말해주기를 기대했다. 여권 위조나 밀입국 외에 사실상 자신이 한국에 다시 취업할 길은 이 방법밖에 없다고 말이다. 끝내 그는 속내를 털어놓지 않았다. 어쩌면 그는 정말 학업과 일을 병행할 생각인지도 몰랐다. 병섭이 그 일에 더 부담을 갖지 않은 건 입국이 거의 불가능해 보여서였다. 어느 허술한 대학이 이 친구를 입학시켜 학위를 주겠는가.

그러나 그가 사흘 전 초췌한 얼굴로 다시 찾아왔다. 한국의 교수들과 전화 인터뷰를 했다며 초조해했다.

"교수님 두 분이 한국에서 전화했어요. 돈얼이 대답을 못했어요. 전화로는 한국말 너무 어려워요. 교수님이 이틀 후에 다시 전화할게요, 그랬어요. 도와주세요."

이 상황에서 무엇을 도와달라는지 몰라 병섭은 그를 물끄러미 바라보았다. 그는 휴대전화와 이어폰을 꺼내 보였다. 전화가 오면 이어폰으로 함께 받아서 자신에게 질문 내용을 다시 알려달라고 했다. 오늘 오후가 바로 그 전화 인터뷰가 예정된 날이었다.

병섭이 책상서랍에서 정수탱크 사진을 찾는 동안 청년이 몸을 일으켜 창가로 다가갔다. 청년이 탄성을 지르듯 소리쳤다.

"아, 이거 저도 알아요. 고구마죠?"

병섭이 고개를 끄덕였다.

"한국에서 먹어봤습니다. 이걸 이렇게 기릅니까?"

청년이 신기한 듯 말했다. 병섭이 다가가 조금 전에 만든 고구마 병 두 개를 들어내렸다. 그는 유리병을 화장실로 가져가 물을 쏟은 후 비닐봉지에 담아 청년에게 내밀었다.

"집에 가서 다시 물을 붓게."

"이걸 저한테 주시는 겁니까?"

청년은 귀한 걸 받기라도 하듯이 유리병을 조심스럽게 받아안았다.

"햇볕이 들고 따뜻한 곳에 두게. 물을 자주 갈고 바깥바람은 쏘이지 말게나."

청년은 연방 머리를 주억거렸다.

"고구마를 이렇게 기르는군요? 얼마나 기르면 열매가 열립니까?"

병섭이 뜨악한 눈으로 청년을 바라보았다.

"아니야, 이건 그저 관상용이라네. 화분처럼 구경하는 거지. 실내 습도 조절에도 좋다네."

"아, 그렇군요."

그들은 다시 자리로 돌아와 앉았다. 추천서에 서명이 끝났을 때 병섭이 청년에게 물었다.

"자네 친구 돈얼 말일세, 정말 공부하고 싶어 한국에 가는가?"

청년은 조사라도 받는 양 시선을 떨어뜨렸다.

"돈얼은 몽골에서 살기가 너무 힘들어요. 어디든 떠나야 합니다."

청년은 어렵게 말해놓고 고개를 들어 덧붙였다.

"돈얼도 사장님한테 미안해합니다. 어려운 부탁을 해서 미안하다고 했습니다."

"설사 일이 잘돼서 대학원에 입학한다고 치세. 그뒤는 어떻게 되지?"

"그렇게 공부하고 돈버는 몽골 학생들 많아요. 그래도 여기서 누가 도와줘야 해요. 휴학도 안돼요. 그렇게 되면 곧바로 몽골로 돌아와야 해요. 돌아오지 않으려면 불법체류자가 될 수밖에 없어요."

청년의 말을 듣고 병섭은 한숨을 내쉬었다.

"나는 불법체류를 범죄라고 생각지 않아. 그래도 돈얼이 그렇게까지 해서 꼭 한국에 가야 하나 싶구먼."

청년은 대꾸하지 않았다.

청년이 돌아간 후 병섭은 창턱에서 잎이 마른 고구마 병을 추려냈다. 그러나 어떻게 처리해야 할지 난감했다. 내다가 땅에 심을 수도 없고 그렇다고 쓰레기통에 버리자니 그도 엄두가 나지 않았다. 아마 늙은 애완동물을 키우는 사람의 심정이 이와 같을 거였다. 그는 다시 고구마 병들을 창턱으로 올려놓았다. 그러다가 문득 창 너머로 시선을 던졌다. 웬 여자가 언덕을 오르고 있었다. 언덕은 한국식으로 말하자면 경주의 능처럼 둥글게 생긴 야산이었다. 나무 한 그루 없이 강변 골조채취장처럼 자갈로 뒤덮여 있었다. 자갈 틈에서 성글게 솟은 키작고 질긴 풀들이 고스러져 언덕은 회색 도심의 겨울풍경으로 침잠해 있었다. 울란바타르를 남쪽으로 두른 복드산 번번한 능선에는 시월부터 흩뿌리듯 내린 마른눈이 쌓여 있었으나, 저 바람 거친 언덕에는 잔설 한점 보이지 않았다. 여름과 가을에는 언덕을 찾는 몽골인들의 발길이 잦았다. 정상에는 푸른 깃발들 펄럭이는 어워가 있었고, 언덕 너머에는 사원이 있었다. 시민들에게는 성스러운 언덕이었다. 그렇다고 어떤 금기가 있는 장소 같지는 않았다. 십일월 초까지만 해도 염소들이 무리를 지어 원추형의 언덕을 시곗바늘처럼 돌며 풀을 뜯었고, 아이들이 뛰어놀고 연인들이 앉아 데이트를 했다.

여자는 언덕 너머 사원 쪽에서 넘어온 듯했다. 처음에는 잘 알아보지 못했는데 자세히 보니 그녀는 오른쪽에 목발을 짚고 다리를 약간 절고 있었다. 그러자 문득 병섭은 여자가 언덕 너머 대로가의 북한식당 목란에 있는 처녀가 아닐까 싶었다. 명화라 했던가. 그녀는 홀에서 손님들을 접대하는 아가씨였다. 근무기한 삼 년이 차서 평양으로 돌아갈 날이 얼마 남지 않은 처녀였는데 며칠 전에 빙판에서 미끄러져 다리에 깁스를 하고 카운터에 앉아 있었다. 언덕을 오르는 여자는 풍덩한 외투를 걸치고 털모자를 눌러써서 육안으로 목란의 처녀인지 확인할 길이 없었다. 그저 공연한 연상인지도 몰랐다. 겨울이 온 후 다리에 골절상을 입어 목발을 짚고 다니는 현지인들이 한둘이 아니었다.

여자는 간간이 걸음을 세우고 숨을 골랐다. 어워를 찾아 언덕을 오른 게 분명했다. 어워에 꽂힌 푸른 깃발들이 사원 있는 동쪽으로 팽팽하게 나부끼고 있었다. 어워는 한국의 성황당과 같았다. 사람들이 그곳에 올라 돌멩이를 얹고 돌무지를 돌며 비손을 했다. 음력설 같은 때에는 재랑[男巫]이 주재하는 굿판이 사나흘 연하여 벌어지고, 그 굿을 중계하는 텔레비전 채널도 있었다. 사람들은 어워에 돌만 올리는 게 아니었다. 보뜨까나 마유주, 유제품, 전차(磚茶)와 소액권 지폐 같은 제물을 올리기도 했고, 사연 깃든 제 물건들을 올려놓기도 했다. 망자의 영정, 이별한 정인의 사진, 혹은 깨진 안경이나 반지 따위, 심지어 애완견 사체를 놓고 가는 이도 있었다. 처음에는 병섭에게 이 땅만큼 적나라한 대지도 없는 듯했다. 그러나 알아갈수록 이 유목민의 땅은 오연해졌

다. 성(聖)과 금기로 뭉친 땅 같았다. 하다못해 언덕 아래 길거리
에만 내려서도 빵 한조각 살 돈이 없어 쓰레기장을 뒤적이는 아
이들이 넘쳐나는데도 어워에 올려진 그 많은 지전들을 손대는 손
길은 없었다. 그래서 그런지 이 비밀스런 대지는 오만해 보였다.

　절뚝거리며 걷고 있는 여자는 어떤 자장에 밀리는 물체 같았
다. 매서운 바람이나 가파른 언덕, 혹은 목발에 의탁한 보행의 제
약이 아니라 그 척력은 번민하는 그녀 내부에서 비롯되는 것 같
았다. 아무래도 병섭에게는 그녀의 보행이 벼랑을 찾아가는 사람
처럼 위태롭게 여겨졌다. 그러자니 어느새 마음은 또 목란의 명
화라는 처녀로 기울었다.

　그는 점심 끼니만은 호텔 레스또랑을 피해 밖에서 먹었다. 몽
골 찬모가 만들어 내놓는 음식은 입에 닿지 않았다. 그녀는 한국
에서 지낼 때 한정식집에서 일했다고 하나 홀 써빙이나 보았을
것이다. 그가 점심에 즐겨 찾는 식당은 목란이었다. 대중식당 규
모이지만 일하는 사람들이 많았다. 평양에서 젊은 부부가 직접
나와서 관리하고 있었고, 요리사와 찬모도 솜씨있는 북쪽 사람들
이었다. 그리고 홀에서 일하는 아가씨들도 평양 처녀들이 셋이나
되었다. 몽골인 손님도 받아야 하니까 카자흐계 몽골인 처녀가
한 명 함께 홀에서 일을 보았다. 카자흐 처녀 외에 평양 처녀들은
바깥출입도 자유롭지 않아 보였다. 그러나 식당 안에서만은 더없
이 자유롭고 활기차 보였다. 하나같이 수수하고 예뻐서 목란을
다녀오는 투숙객들이 처녀들의 미모를 입에 올리곤 했다. 손님들
이래야 남쪽 사람들이 대부분이고 몽골인들은 그다지 많지 않았

다. 호텔 투숙객들도 거의 호기심으로 그곳에 발을 들여놓곤 했다. 가이드를 따라 처음 목란을 찾는 한국 관광객들의 표정을 살피노라면 마치 북녘에 처음 발을 들여놓는 사람들처럼 호기심과 경계심이 어려 있었다. 목란도 그 사실을 잘 알아서 교민신문에 버젓이 광고를 냈고, 저녁에는 삼십분 동안 처녀 셋이 반주기에 맞춰 노래공연을 선보였다. 남쪽 사람들에게도 많이 알려진 북한가요 「휘파람」이나 「내 나라 제일로 좋아」 같은 가요에서부터 남쪽의 「아침이슬」이나 「사랑의 미로」 같은 노래가 불리곤 했다. 이도 따지고 보면 분단 장사인 셈이었는데 손님들의 반응이 좋았다. 그러나 병섭처럼 음식맛에 끌려 찾는 교민이나 장기체류자들도 꽤 되었다. 병섭은 부모 두 분이 모두 평양 사람들이라 음식들이 입에 닿았다. 목란식당의 주메뉴는 평양냉면과 단고기였는데 그보다도 그는 된장찌개를 즐겨 먹었다. 평양에서 직접 담아온다는 된장맛은 일품이었다. 아마도 그가 어려서부터 어머니의 음식맛에 길들어서 그러는지도 몰랐다. 그는 따로 부탁해서 된장을 몇번 사온 적도 있었다.

몽골에도 탈북자들이 있다는 소문이 있었다. 비밀리에 탈북자들을 돕는 교민 목사도 있다고 했다. 그 말을 그에게 전해준 또다른 목사는 자신도 외국 선교사를 통해 탈북자 한 사람을 도와달라는 의뢰를 받은 적이 있다고 했다. 대사관에 연락했더니 처음에는 담당자가 통화중이라고 했다가 다음에는 자리에 없다고 했다가 그가 직접 대사관을 방문했을 때는 전화를 받은 직원이 마지못해 응대해주며 가급적 그런 일에 손대지 말라고 주의를 주더라고 했다. 병섭은 목란 사람들 말고는 북쪽 사람들을 만나본 적이 없었다. 탈북자가 제 곁을 지나가더라도 이마에 써붙이지 않는 이상 알 수 없었다. 아무리 목란이 식당이라 해도 식당으로만 여겨지지 않아 병섭은 좀처럼 긴장이 풀리지 않았고, 한편으로 그런 긴장감에 은근히 목란으로 발을 들이기도 했다.

그는 목란에 갈 때는 점심 손님들을 피해서 갔다. 창가 구석진 자리에 앉아 묵묵히 점심을 먹고 돌아오곤 했다. 그는 목란 사람들과 서로 얼굴이 익어 반갑게 알은체는 해도 좀체 이야기를 나누지 않았다. 간혹 목란의 안주인이 주방에서 나와 인사를 하기도 했고, 처녀들 손에 김치부침개를 전해주기도 했다. 그러는 사이 명화, 복순, 춘심 하는 처녀들의 이름과 누가 언니고 동생인지, 성격들이 어떤지 차차 알게 되었다. 그중 언니인 명화 처녀는 새침데기였다. 제 또래 남자들에게 미소 한번 주지 않았다. 처녀들은 손님 없는 시간에 홀로 찾는 그를 전혀 의식하지 않고 저희끼리 수다를 떨곤 했다. 식사비를 계산할 때 출납장 노트 안쪽에 한국 남자배우의 스티커 사진이 붙은 것을 목격한 적도 있었다. 스티커를 붙인 손이 평양 처녀들이라고 단정할 수는 없었다. 한국 드라마를 유난히 좋아하는 카자흐 처녀도 출납장을 만졌던 것이다.

가끔은 북에서 오는 사람이 있었다. 그는 식재료나 우편물을 본국에서 가져오는 심부름꾼 같았다. 그가 다녀간 다음날에 카운터에는 며칠 지난 로동신문이 한 뭉텅이씩 쌓여 있었다. 처녀들은 그를 마치 우편배달부를 맞는 소녀들처럼 호들갑스럽게 맞았다. 한번은 성격이 그중 명랑한 막내 춘심 처녀가 명화 언니 아버지가 나왔다며 로동신문을 내밀었다. 명화 처녀는 너 왜 그러니, 하며 쫓아오다 말고 얼굴을 붉혔다. 그녀의 표정에서는 부끄러움과 함께 자랑스러움도 느껴졌다. 당의 감자농사혁명방침 어쩌고 하는 기사에 붙은 사진이었는데, 연구원 복장을 한 사내가 비닐하우스 같은 데서 일하고 있었다. 이마가 넓은 처녀는 아버지를 닮은 듯했다.

사흘 전에 식사를 마치고 나오는데 카운터에서 명화 처녀가 일어서지는 못하고 앉아서 고맙습네다, 건강하시라요, 하고 다른 날보다 깍듯이 인사를 건넸다. 그는 처녀가 돌아갈 날이 임박했다는 사실을 눈치챘다. 잘 가라고 인사하고 돌아서는데 처녀가 주저하는 목소리로 낮게 다시 불러세웠다. 처녀는 얼굴이 빨개져서 얼른 주위를 살폈다. 춘심 처녀는 그가 막 일어난 테이블을 치우고 있었고, 복순 처녀와 카자흐 처녀는 홀 안쪽 테이블에 앉아 마늘을 까고 있었다. 이윽고 명화 처녀가 무슨 편지 같은 것을 내밀었다. 그는 본능적으로 긴장했다. 동시에 불길한 예감과 불안감이 온몸에 쫙 끼쳤다. 그는 편지를 받아서는 안될 것 같았다. 그러나 그는 이미 그 편지를 받아들고 서 있었다. 여전히 처녀는 간절한 표정으로 뭔가를 다짐받듯 고개를 까딱해 보였다. 그는 편지를 외투 주머니에 쑤셔넣고 서둘러 식당을 나섰다.

식당 앞에서 그는 잠시 섰다. 어떤 충격을 헤아리는 사람처럼 멍한 표정으로 서 있었다. 가슴이 두근거렸다. 그는 주머니에 든 편지를 위험한 물건처럼 손끝으로 느껴보았다. 편지 내용은 보지 않아도 뻔했다. 어떻게 해야 하나? 자신은 처녀를 도와줄 수 없었다. 편지를 목사한테 전해주면 어떨까 하는 생각도 스쳤다. 처녀한테 남은 시간이 얼마나 될까? 다시금 처녀의 빨갛게 달아오른 얼굴과 간절한 눈빛이 떠올랐다. 오늘밤밖에 시간이 없을지 모른다. 그는 일단 거리로 나왔다. 그는 호텔 반대방향으로 걸었다. 어떤 결정을 내려서가 아니라 혼란스럽고 불안해서였다. 그는 뒤를 돌아보았다가 다시 몸을 돌려세웠다. 그는 몇번이고 냉정을 찾자고 속으로 되뇌었다. 그리고 머잖아 그는 평정심을 찾고 발걸음을 돌렸다. 편지를 처녀에게 돌려주리라 마음먹었다. 처녀는 사람을 잘못 골랐다. 시간이 얼마 남지 않았다면 다른 사람을 찾도록 해주는 게 최선이라고 그는 생각했다. 그러나 그는 다시금 걸음을 세울 수밖에 없었다. 식당으로 돌아갔다가는 괜히 처녀를 위험에 빠뜨릴 수 있겠다는 생각이 뒤미처 들었다. 자신에게 이런 숙제를 안긴 처녀에게 화가 치밀었다.

이제 그는 편지를 읽지 않는 수밖에 없다고 생각했다. 읽지 않으면 자신에게 아무 일도 일어나지 않는 거였다. 그는 열띤 몸으로 언덕을 올랐다. 왠지 자신의 행동이 부도덕하게 느껴졌고, 그 마음을 상쇄하고자 하는 욕망이 그를 그곳으로 이끄는 것 같았다. 언덕은 생각보다 높고 가팔랐다. 바람은 오를수록 점점 거세졌다. 그는 갖은 물건들이 진설된 어워 앞에 서서 호텔과 목란과 사원을 차례로 내려다보았다. 모든 게 비현실적인 풍경처럼 느껴졌다. 이마에 땀을 비치며 언덕을 오른 자신의 행위가 어떤 속죄의 고행이라도 된 듯 마음이 한결 가벼워졌다. 그는 어워 한귀퉁이에 편지를 놓고 주먹만한 돌멩이로 눌렀다. 편지 한 귀가 바람에 팔랑였다. 그는 돌을 서너 개 더 주워다가 매장하듯 편지에 올렸다.

처녀의 운명에 축복을! 그는 언덕을 오르는 여자를 바라보며 그날 자신이 어워 앞에서 남겼을지도 모를 말을 되뇌었다. 여자가 목란의 그 처녀일 리 없었다. 여자는 뭔가 제 사연을 버리러 언덕을 오르는 그저 평범한 시민일 것이다. 여자가 성치 않은 저 걸음으로 정상에 닿으려면 아직도 많은 시간이 걸릴 듯했다. 그러자 문득 이 대지에서 받은 인상처럼 그녀는 아무도 간섭할 수 없는 존재처럼 고독하게 여겨졌다. 이렇듯 누군가 멀리서 훔쳐보는 건 저 여자와 하등 관계가 없으며 관계가 있을 이유도 없었다. 설령 그의 마음 한구석이 알 수 없는 격정으로 저릿했대도 마찬가지였다. 저 성실한 고행이 죽음으로 기울어 있든 삶으로 구부러져 있든 그것은 오로지 저만의 일이리라. 그는 창에서 눈을 뗐다.

자색 순이 네댓 개, 손가락마디쯤 오른 고구마 물병을 그는 창턱에서 내려 세면실로 가져갔다. 순 끝에서 이파리가 막 벌어지고 있었고, 투명한 병 속에서 표본처럼 허연 실뿌리를 내리고 있었다. 이레쯤 지나면 창가에 놓인 다른 고구마들처럼 이 고구마 순도 덩굴질 것이다. 아내는 지난 시월 한국으로 떠났다. 모래바람이 불어오고 아침저녁으로 공기가 싸늘해질 무렵이었다. 서울에도 그들 소유의 모텔이 있었다. 실향민인 그의 부모가 물려준 모텔은 손위 처남 내외가 관리를 대신하고 있었다.

아내는 몽골의 여름 성수기가 끝나면 한국으로 귀국해 한 달 남짓 머물다가 돌아오곤 했다. 그사이에 미국에서 공부중인 딸아이도 잠시 귀국해 제 어미와 지내다가 돌아갔다. 그러나 올해는 두 달이 넘도록 아내가 돌아오지 않고 있었다. 그사이 컨테이너 화물이 한차례 왔다. 매년 이맘때면 침대보라든가 이불, 커튼, 일회용 세면도구 등 모텔용품을 구매해 들여오곤 했다. 그러나 화물상자에는 그런 물건들만 들어 있지 않았다. 상자들은 그의 옷가지와 책과 앨범과 가습기 따위 허접스러운 물건들로 가득했다. 어느 상자에는 십여년 전에 손을 놓은 화구들이 들어차 있었다. 심지어 부모의 영정과 그의 아버지가 남긴 이북의 땅문서도 있었다. 마치 오십삼년 인생의 편린들이 송두리째 옮겨와 있는 것 같았다. 한때 자신이 입었을까 의문스러울 정도로 오래된 외투와 다시 신을 일 없어 버려도 무방한 낡은 구두를 대할 때는 자신이 오래전에 이미 죽은 건 아닐까 하는 느낌마저 들었다. 짐에서는 어떤 세심한 손길도 느껴지지 않았다. 그저 쓸어담아 보냈다는 말이 합당할 듯했다. 그는 상자들을 풀다 말고 망연히 물러나 앉았다. 아내는 그에게 한국으로 돌아올 생각 따위는 말라고 경고하는 것 같았다. 그에게 유배의 형벌을 내리는 것 같았다.

호텔은 전적으로 그의 아내가 손수 일군 사업체였다. 십년 전 아내는 해외투자 전문가의 자문을 받아 이 호텔을 인수했다. 국내 항공사가 직항로를 개설하고 몽골에 취항할 무렵이었다. 호텔을 인수하고 처음 몇년은 관광특수를 타서 영업실적이 좋았다. 아내는 낯설고 거친 땅에서 여자 몸으로 쉽지 않은 일을 누가 봐도 성공적으로 해냈다. 그동안 그는 아내를 떠나 있었다. 돌아가신 어머니의 말대로라면 새파란 년 뒤쓰레질을 하느라 프랑스로 이딸리아로 칠년을 떠돌았다. 졸업한 제자와의 스캔들로 여고 미술교사를 그만두었을 때 그의 나이 마흔둘이었다. 제 인생에서 어떤 기회든 마지막 한번밖에 남지 않았다는 절박감이 밀려오는 나이였다. 격정적인 사랑은 시간이 훼손한 자신의 본성을 회복하는 제의 같고 탈출구 같았다. 이듬해 그는 프랑스로 떠났다. 아내는 침묵으로 일관했다. 당시 아내는 남편과 물의를 일으킨 아이가 유학을 떠나서 모든 일이 수습된 것으로 믿고 그를 어렵게 용서하는 중이었을 것이다. 그러나 그는 끝까지 아내의 자존심을 짓밟았다. 그는 양심의 가책도, 아내가 겪을 절망과 분노도 안중에 없었다. 그는 아내에게 자신의 사랑에 대한 진실만을 폭력처럼 휘둘렀을 뿐 아무런 배려도 하지 않았다. 당시 아내가 침묵을 깨고 무슨 짓이든 했다면 상황이 달라졌을까? 매달리거나 저주를 퍼부었다면 달라졌을까? 그는 가끔 그때를 돌이켜보곤 했다. 아마 아무런 변화도 없었을 것이다. 우습게 들릴지 모르지만 그는 자신을 유형 보낸다는 심정으로 떠났다. 그는 끝없는 자학을 통해 자신의 부도덕을 잊고자 했고 정화되길 원했다.

그사이 그의 부모는 삼년을 격하고 차례로 세상을 등졌다. 칠년 동안 아내는 단 두 차례 연락을 해왔을 뿐이다. 아내가 마련해놓은 장례식장에서 그는 문상객 같은 상주로 앉았다가 공항으로 발길을 돌렸다. 아버지 장례식장에서 고등학생 딸아이가 울부짖으며 그의 상복을 뜯어놓았다. 어머니가 돌아가셨을 때 그는 정인과 파탄이 나 그녀가 사라진 베네찌아를 헤매고 있었다. 딸아이는 대학생이 되어 있었고 아비에 대해 덤덤했다. 장례식이 끝났을 때 그는 아내에게 이혼 얘기를 꺼냈다. 딴에는 아내를 자유롭게 해주자는 생각에서였다. 아내는 피식 웃었다. 조소인지 자학인지 알 수 없었다.

그는 머리가 희끗해진 초로의 몸으로 돌아왔다. 아내는 결말을 예측한 듯 무덤덤하게 그를 맞았다. 아내는 그에게 몽골로 가서 지내길 권했다. 그는 차라리 마음이 편했다. 그렇다고 하여 그들이 예전 부부의 모습으로 돌아간 것은 아니었다. 아내는 따로 얻은 아파트에서 지냈고 그는 객실 하나를 비우고 그곳에 머물렀다. 그가 몽골에 도착한 후 곧 호텔은 리모델링 공사에 들어갔다. 영업실적이 날로 악화일로에 있었다. 그동안 몽골에는 대형호텔이 여럿 생긴데다가 이 호텔과 같은 모텔급 숙박시설은 셀 수도 없이 많이 늘어나 있었다. 리모델링은 오층 붉은 벽돌건물의 외벽에 대리석을 입히는 공사부터 시작되었다. 모든 일을 아내가 주장했고 그는 뒷전에 머물렀다. 아내는 그가 오랫동안 알아온 여자와 생판 달랐다. 사업가로서 뛰어난 수완을 가지고 있었다. 틈만 보이면 돈을 알겨내려 드는 외국인 업체와 인부 들을 부릴 줄 알았고, 각종 인허가 문제로 부딪쳐야 하는 관공서도 잘 다루었다.

지하실은 애초에 싸우나 시설 용도로 설계되었으나 몇년째 창고로 방치되다시피 했다. 아내는 그 공간을 가라오께나 안마시술소 용도로 보수해 외부 업자에게 임대하길 원했다. 객실 화장실 욕조와 샤워 시설도 개선했다. 일층에는 투숙객을 위한 작은 레스또랑을 만들었고, 로비에는 인터넷이 가능한 컴퓨터를 설치하여 비즈니스 모텔의 기능도 갖추었다. 그런데도 경영은 호전되지 않았다. 레스또랑에 데려다놓은 한국인 찬모를 귀국시키고 한국 식당에서 일한 경험이 있는 몽골인을 고용했다. 두 명의 청소부도 한 명으로 줄였다. 두 명이 한 조를 이루어 주야간으로 근무하는 프런트 아가씨들도 한 명씩 줄여나갔다. 임금이 워낙 쌌으므로 종업원을 줄인다고 해서 크게 티나지 않았다. 그는 아내가 호텔을 내놓았다는 사실을 한참 뒤에 알았다. 호텔 직원들도 다 아는 일을 그만 모르고 있었다. 그는 섭섭하지 않았다. 다만 아내가 준 어떤 기회를 자신도 모르게 놓친 건 아닐까 자꾸 되뇌었다. 그는 호텔에 대해 공동관리자로서 권리를 주장할 마음 같은 건 없었다. 때로 그는 자신이 살아 있나 의문이 들 정도로 겨우 숨만 쉬고 있다고 느끼곤 했다. 언제가 될지 모르지만 그는 호텔이 팔릴 때까지 이곳에 머물기를 원했다. 그뒤는 생각하지 않았다. 이제 제 인생에서 꿈을 꾸거나 무엇을 준비하는 일은 불가능해 보였다. 새로운 식당을 찾는 발걸음도 성가시고 두려울 만큼 그는 지금 이대로 자신에게 아무 일도 일어나지 않았으면 싶었다. 그는 아내가 보낸 상자들을 사무실 한편에 쌓아둔 채 방치했다.

사무실에서 누룩 뜨는 냄새가 풍기기 시작한 건 보름 전이었다. 처음에 그는 자신의 몸에서 나는 냄새인 줄 알았다. 많은 양은 아니지만 그는 잠들기 전 독한 보뜨까를 마시고 있었다. 그러나 몸에서 나는 술냄새라고 하기에는 지나치게 퀴퀴했다. 개흙냄새도 섞인 것 같아 괜히 세면실 하수구를 점검하기도 했다. 머잖아 그는 냄새의 정체를 알아냈다. 사무실 한편에 쌓아둔 상자 하나가 축축하게 젖어서 기울고 있었다. 그것은 미처 풀어보지 않은 상자였다. 그는 상자를 들어내어 조심스럽게 열었다. 상자에는 고구마 자루가 들어 있었다. 이미 물크러진 게 대부분이었고, 그 속에서 순을 틔우며 썩어가는 고구마가 몇개 남아 있었다. 그는 고구마 상자를 노려보았다. 처음으로 아내의 처사에 노여움이 끓어올랐다. 컨테이너 화물의 성격으로 미루어 아내가 그를 배려했다고는 볼 수 없었다. 아내는 그의 짐들을 보내면서 엿먹어라 하는 심정으로 그가 평소 즐겨하는 고구마를 상자 하나에 꾸렸던 것일까? 애초부터 썩은 고구마를 담아보냈는지도 몰랐다. 아무리 생각을 달리하려고 해도 아내의 처사가 저열했다. 차라리 결혼반지를 돌려받았다면 이보다 나았지 싶었다.

깜박 잊었다는 듯 그가 다시 창을 내다보았을 때 언덕을 오르던 여자는 보이지 않았다. 창을 따라 걸음을 옮기면서 살펴보았지만 언덕은 사람 흔적 없는 정적인 풍경으로 돌아와 있었다. 그는 영화의 중요한 장면을 놓친 사람처럼 안타까웠다.

그는 돈얼에게 전화를 걸어 점심약속을 하고 호텔을 나섰다. 배웅하는 종업원 하나 없었다. 찬기운에 코끝이 쨍했다. 몽골의 겨울날씨는 영하 이십도 이상 떨어져도 바람이 없어서 체감온도는 서울보다 덜했다. 가만히 서 있으면 추위를 느끼지 못하는데 걸음을 떼면 공기마찰로 낯이 얼얼했다. 그는 언덕을 에돌아 난 도로를 따라 도심으로 걸어내려갔다. 올리아스 가로수들은 며칠 새에 노랗던 이파리들을 떨어내고 희고 마디진 줄기를 드러내놓고 있었다. 이 나무는 포플러의 일종이었다. 병섭은 이 나무가 난대지방에서만 자라는 식물로 알았는데 이런 북쪽까지 올라와 가로

수로 자라는 것을 보고 놀랐다. 하나같이 위로 곧게 뻗은 나무들은 없고 짜리몽땅하고 뒤틀려 있었다. 그는 매일같이 이 길을 걸으면서 나날이 쌀쌀해지는 기온변화보다도 올리아스 낙엽들이 바람을 따라 길거리로 휩쓸리는 광경을 보면서 겨울이 오는 것을 느꼈다. 그는 불현듯 그 많은 올리아스 낙엽들이 어디로 다 사라졌는지 궁금했다. 초원의 저 동남쪽 후미진 곳으로 날아가 쌓인 이미지가 그려졌고, 마치 자신의 처지를 상상한 양 그는 우울해졌다.

식당 입구에서 그는 목란의 카자흐 처녀와 맞닥뜨렸다. 그녀는 로비 한구석에 마련된 흡연구역에서 한 사내와 담배를 나누어 피우고 있었다. 그녀는 잠깐 예의를 갖추는 낯으로 인사를 보내왔지만 병섭은 못 본 척 지나갔다. 처녀와 함께 있는 사내는 병섭이 예전에도 서너 번 본 적 있는 카자흐계 몽골 청년이었다. 그는 초원의 목자들처럼 오늘도 투박한 가죽부츠를 신고 몽골의 전통 의상 델을 입고 있었다. 도회지 젊은이들은 그런 복장을 하지 않으므로 그는 시골사람인 듯했다. 그러니까 이 청년은 울란바타르로 나올 일이 생기면 잠깐 짬을 내어 처녀를 만나러 목란을 찾는 것 같았다. 둘 사이가 연인인지는 확실치 않았다. 다만 두 사람이 무료하고 막막한 표정으로 별로 말도 없이 담배를 피우다가 헤어지는 걸 보면 오래된 연인 같기도 했다. 사내와 어울려 담배를 물고 있는 처녀의 모습은 홀 써빙을 하던 때와는 이미지가 사뭇 달랐다. 다소 경직되어 보일 정도로 깍듯한 모습은 간데없고 풀어지고 지쳐 보였으며, 그로 인해 어떤 면에서 완숙해 보이기도 했다. 카자흐 처녀를 지나쳐 식당으로 들며 병섭은 까닭모를 상실감에 사로잡혔다.

"어서 오십시오."

처녀 하나가 카운터에서 몸을 세우며 이북 억양이 밴 목소리로 맞았다. 춘심 처녀였다. 식당은 점심때를 넘겨 한산했다. 손이라고는 볕바른 서쪽 창가, 들쭉술 놓인 테이블에 앉은 한국인 남자 두 명뿐이었다. 점심 반주가 술자리로 이어졌는지 손들은 낯이 벌게져 있었다. 등산복 차림으로 미루어 교민들이라기보다는 여행객들 같았다. 홀을 둘러보았지만 명화 처녀는 보이지 않았다.

곧 춘심 처녀가 엽차 한잔을 가져왔다.

"명화 처녀는 평양으로 돌아갔소?"

그는 주문을 기다리는 처녀에게 물었다.

"언니래 어제 떠났습네다."

그러면서 춘심 처녀의 눈에 설핏 물기가 어렸다. 병섭은 고개를 끄덕였다. 그래놓고 그는 자리에서 일어났다.

"내 조금 있다가 다시 오리다. 더러 나랑 오던 몽골 청년이 올 텐데 좀 기다리라 전해줘요."

그는 외투를 걸치고 식당을 나섰다. 카자흐 처녀가 왜 벌써 가느냐는 듯 조금 놀란 표정으로 그를 바라보았다. 그는 빠른 걸음으로 지나갔다.

그는 어워를 향해 길을 걸었다.

사원 담장을 끼고 어워를 올랐다. 언덕 능선에서 까마귀 서너 마리가 바람에 날리듯이 솟아올랐다. 바람은 몹시 차가웠다. 숨

이 거칠어져 공기를 들이켤 때마다 보뜨까를 삼킨 듯 식도 쪽이
타는 듯했다. 젖은 눈썹이 버석거리며 엉겨붙는 느낌과 함께 시
야가 흐려지곤 했다. 그는 간간이 발걸음을 세우고 손바닥으로
낯을 쓸어냈다.

그는 어떤 변화를 감지하려는 사람처럼 어워 앞에 잠시 서 있
었다. 이윽고 그는 걸음을 떼어 어워를 오른쪽으로 천천히 돌았
다. 어워 뒤편으로 돌아갔을 때 돌무더기 위에 던져진 목발 하나
가 눈에 띄었다. 그는 사람을 찾듯 뒤를 돌아보았다. 매연으로 뿌
예진 도심에 온기없는 햇볕이 내리쬐고 있었다. 그는 다시 몸을
돌려 편지 묻은 곳을 찾았다. 그는 금방 찾아냈다. 바람을 등지고
서서 그는 곱은 손으로 봉투를 열어 편지지를 꺼냈다.

'그동안 동포애로 목란을 찾아주셔서 고맙습니다. 우리 목란
동지들은 모두 강심먹고 억척같이 식당을 꾸려나가고 있습니다.
앞으로도 많이 찾아주십시요. 목란식당 리명화 올림.'

그리고 그 밑에 추신이 붙어 있었다.

'우리와 같이 일하는 몽골 녀성 오카 씨가 이남으로 돈벌러 가
길 원합니다. 선생님께서 도와……'

바람이 낚아채듯 편지를 빼앗아갔다. 그는 휘청하여 손을 뻗
었으나 편지는 바람을 타고 허공으로 너울너울 날아갔다. 그것은
바람의 의지도 편지의 의지도 아닌 마치 병섭 자신의 의지 같았
다. 그는 가만히 빈손을 내려뜨렸다.

코
리
언

쏠
저

이년 전에 분양했다는 아파트는 깔끔한 편이었다. 거실 겸 방 하나, 부엌 하나, 그리고 세면실과 화장실이 각각 독립되어 한 칸씩을 차지하고 있었다. 세면실에는 다리를 쭉 뻗을 수 있을 만큼 길고 큰 욕조가 가로놓여 있었다.

바트 씨 부부가 방문을 열어 보였을 때 흰 커튼 드리운 남쪽 창으로 오후의 햇살이 눈부시게 쏟아져들어왔다. 얇은 커튼을 투과한 볕이 아주 몽근 가루처럼 방바닥에 쌓여 있었다. 라디에이터가 창밑에 설치되어 있었고, 금속 달군 냄새 섞인 방 안 공기는 훈훈했다. 침대 딸린 국방색 쏘파와 텔레비전, 그리고 전화기 놓인 낡은 유리탁자가 방 가장자리를 두르고 있었다. 사무실을 연상시키는 가구들처럼 딱딱해 보였으나 창대는 이 정도면 충분하다고 생각했다.

그는 특히 높은 천장이 썩 마음에 들었다. 천장은 한국의 아파트보다 족히 한 자는 더 높아 보였는데 공간을 그보다 훨씬 높게 확장하는 것 같았다. 방 안에서 아무리 담배를 피워도 눈이 매울 것 같지 않았다. 그는 베란다로 내몰려서 담배를 피우곤 하던 한국의 아파트를 떠올렸다.

"전형적인 러시아식 아파트예요."

바트 씨의 아내 돌마가 흰 커튼을 젖히며 말했다. 러시아식이라는 그녀의 말이 마치 향수를 불러일으킨 것처럼 그의 마음에 아늑하게 다가왔다. 그러니까 이 아파트는 북방식이라는 소리였고, 그는 지금 생애에서 가장 북쪽에 와 있는 거였다. 그는 이 방에 이름을 지어줘야겠다고 생각했다. 씨베리아의 방. 그거 좋겠군. 이곳은 씨베리아에서 한참 남쪽이고, 러시아 땅도 아니었다. 그래도 그는 뭔가 시원(始原)이라는 이미지에 성큼 다가온 느낌이 들었다.

그는 흡족한 마음으로 암갈색 철탑과 아파트 공사장이 보이는 창문으로 다가섰다. 멀리 흰 연기를 뭉글뭉글 토해내는 굴뚝이 보였다. 유연탄을 때는 울란바타르의 화력발전소였다. 그리고 그는 자신이 딛고 선 팔층 창문을 통해 도시를 불투명하게 누르고 있는 매연의 회색 바다를 내려다보았다. 저 살풍경에 비하면 이 집은 얼마나 아늑한가? 오오, 저 하늘을 보라! 시푸른 하늘에는 제트기 지나간 자리가 백묵으로 그은 선처럼 선명하게 창공을 가르고 있었다. 러시아 쪽에서 중국대륙 방향으로 길게 그어져 있었다. 어쩌면 그것은 한국까지 이어져 있을지 모른다. 상상만으로도 그는 가슴이 트이는 것 같았다.

"아주 전망이 좋군요."

그가 말했다. 돌마의 얼굴이 확연히 밝아졌다. 그녀는 내심 이 한국인 교수가 아파트를 마음에 들어하지 않을까 걱정하고 있었다. 이 아파트는 그녀의 여동생 소유였다. 동생은 지난 가을학기부터 한국으로 유학을 떠나서 집은 석 달째 비어 있었다. 돌마 부부도 한국에서 삼년간 지낸 적이 있었다. 바트는 공사장 노동자로 일했고, 그녀는 대학원에서 국제통상 관련 석사과정을 밟았다. 한국에서 교수라는 직업이 사회적으로 꽤나 안정된 지위를 보장한다는 사실을 그녀는 잘 알고 있었다. 그녀 자신 역시 몽골에서 교수직을 가지고 있었지만 그것으로는 생활이 여의치 않아 부업으로 통역과 여행 가이드를 겸하고 있었다. 남편 바트도 대학에서 문학을 전공했으나 지금은 중고차 수입상을 하고 있었다.

바트 씨가 욕실과 부엌을 오가며 수도 밸브를 열어 보였다. 물은 콸콸 쏟아졌다. 바트 씨는 마치 부동산중개인처럼 서둘렀다. 한 사람이 사용하기에 맞춤한 냉장고가 있었고 작은 양 한 마리쯤은 통째로 구울 수 있을 만한 전기화덕, 그리고 조악하나마 중국제 접시와 포크가 가지런히 진열되어 있었다. 가재도구 속에서 젓가락과 숟가락이 눈에 띄자 창대는 비명처럼 소리쳤다.

"완벽하군요."

만약 이곳이 한국이었더라면 그는 이런 식으로 반응하지 않았을 것이다. 계약이 성사될 때까지 감정을 최대한 억제하고 어디 한군데 흠이라도 발견할 사람처럼 두 팔을 앞으로 모든 채 세심하게 움직였으리라. 그러나 바트 씨 부부는 자신을 돕고 있는 현지인이었다. 공항에 마중을 나와주었으며, 호텔을 예약하고 그곳까지 안내해주었다. 앞으로도 그들은 창대가 낯선 환경에 적응할 수 있도록 후견인 노릇을 해줄 거였다.

바트 씨는 더욱 의기양양해진 걸음걸이로 창대를 화장실로 이끌었다. 좌변기 하나가 쏙 들어갈 만큼 비좁은 화장실이었다. 엉덩이가 빠지지는 않겠지만 끼여서 꽤 아플 만큼 좌변기 홈은 넓었다. 화장실에 앉아 신문이나 잡지 읽는 일을 즐기는 창대로서는 약간 아쉬운 부분이었다. 곧 적응되겠지. 엉덩이에 살이 몰린 이유는 이런 데 적응하라는 거야. 여기에 앉아 『침묵의 세계』를 읽으면 되겠군. 『몽골비사』를 읽어도 괜찮겠어. 그는 몽골로 오면서 아주 두껍거나 금방 졸음을 몰고 왔던 책들, 그러니까 한국에서 좀처럼 읽어내지 못해 책상 한편에 숙제처럼 쌓아둔 몇권의 책을 가져왔다. 거기에는 『묘법연화경』과 『성경』도 있었다. 그 경전들을 그는 여러번 펼쳤지만 제대로 독파해본 적은 없었다.

그는 변기 위 밸브를 눌러보았다. 깜짝 놀랄 만큼 물이 세차게 소용돌이치며 흘러갔다. 그가 어깨를 으쓱해 보이며 화장실에서 물러나자 바트 씨가 말했다.

"십구역이기는 하지만 시내 중심가에서 그리 멀지 않아요."

그들은 쏘파로 걸어갔다.

"택시를 타면 천원이면 족히 다닐 수 있는 거리죠. 중심가 쪽에서 빈 아파트를 구하기는 쉽지 않답니다. 그것도 석 달만 임대할 조건으로는 말이죠."

바트 씨는 결정을 압박하고 있는 것 같았다. 쏘파에 엉덩이를 앉히며 창대는 입을 열었다.

"계약합시다."

"좁은데 괜찮으시겠어요?"

바트 씨가 한결 느긋해진 목소리로 물었다.

"혼자 지낼 건데 이 정도면 충분합니다. 임대료가 얼마라고 했지요?"

"월 백오십 달러입니다."

"오, 바트!"

그때 창문 쪽에 서 있던 돌마가 소리쳤다.

"백팔십 달러예요."

그녀는 곧 얼굴이 빨개져서 창대의 눈치를 살폈다. 부부간에 아직 임대료를 합의보지 못한 듯했다. 그러나 이 부부가 연출하고 있는 상황이 오히려 창대에게는 신뢰감을 주었다.

"백팔십 달러라 했소?"

그는 문제없다는 투로 물었다. 바트 씨가 난처한 얼굴로 재빠르게 대답했다.

"백팔십 달러입니다. 처제가 지금 서울의 고시원에 머물고 있는데 한 달 방세가 이십만원이랍니다. 선생님도 잘 아시겠지만 그 무덤 같은 방이 이십만원이죠. 몽골 노동자의 한 달 임금입니다. 어쨌든 처제는 이 아파트 임대료로 그 돈을 충당해야 할 처지입니다."

바트 씨의 표정이 우울해 보일 만큼 심각해졌다. 창대는 이미

속으로 계산을 끝내놓은 상태였다. 그가 더 얹어줘야 할 삼십 달러는 이곳에서는 큰돈이겠지만 한국에서는 그렇게 대단한 액수가 아니었다. 임대료 역시 한국의 웬만한 아파트 관리비 수준밖에 되지 않았다. 가재도구들이 모두 갖춰져 있어서 그 정도는 덤터기를 쓸 용의가 있었다.

"좋습니다. 백팔십 달러로 하죠."

부부는 금세 얼굴이 풀어졌다. 아내가 말했다.

"관리비는 아주 싸요. 월 이만원 정도 예상하면 될 겁니다."

세 사람은 나란히 엘리베이터를 타고 내려가서 가방들을 가지고 올라왔다. 짐에는 돌마가 아침 일찍 시장을 봐온 식료품도 섞여 있었다. 김치라든가 음료수, 빵과 햄, 과일 따위였다. 남자들이 임대료를 계산할 무렵 돌마는 이 아파트의 남은 열쇠를 가져오겠다며 사라졌다.

"돌마 오빠가 이 아파트에 삽니다."

바트 씨는 고갯짓으로 위쪽을 가리켰다.

"형제들이 가까이 산다는 건 아주 좋은 일입니다."

창대는 말하고 삼개월치 임대료를 셈하여 바트 씨에게 건넸다. 바트 씨는 돈을 받아서 확인도 않고 유리탁자에 올려놓았다. 그는 이것으로 모든 거래가 성립되었다는 듯 창대에게 열쇠를 건네주었다. 그는 생글거리며 말했다.

"우리 사이에 계약서 같은 건 필요없겠죠?"

순간적으로 창대는 마주앉은 외국인을 낯설게 바라보았다. 자신이 마치 한국의 어느 부동산 중개사무실에 앉아 있는 착각이

들었다. 바트 씨의 말투가 워낙 자연스러운데다가 그가 구사한 문장은 지나치게 문화적이었다. 이 친구, 한국에서 순 몹쓸 것만 배웠구먼. 창대는 그 말의 문화적인 힘에 말려 고개를 끄덕일 수밖에 없었다. 그래도 그는 왠지 마음 한구석이 개운치 않았다. 그건 비록 셋집이지만 아파트를 거래하면서 계약서가 오가지 않은 상황에서 비롯한 것 같았다.

돌마가 돌아와 열쇠를 건넸다.

"열쇠가 하나 더 있는데 그건 만일을 대비해서 저희가 보관할게요."

그녀는 핸드백에 돈봉투를 넣었다. 아주 복잡할 것 같은 일들이 일사천리로 마무리되었다. 바트 씨는 이제 이 아파트에서 생활하는 데 아주 기본적인 주의사항들을 전달했다.

"쓰레기는 일층 현관에다가 내다놓으시면 됩니다. 관리비는 매달 말경에 나오는데 그건 저희가 직접 방문해 처리해드리죠. 그리고 또 뭐가 있을까?"

그가 눈을 두리번거렸고, 그의 아내가 얼른 세면실을 가리켰다.

"아, 샤워실 바닥으로 물을 버리면 안돼요. 그럼 아래층 천장으로 물이 쏟아질 겁니다."

창대는 머리를 끄덕였다. 샤워는 욕조에 들어가서 하라는 소리였다.

"아 참!"

중요한 사실을 잊을 뻔했다는 듯 바트 씨가 덧붙였다.

"항상 열쇠를 지니고 다녀야 해요. 문이 자동으로 잠기거든요."

그는 직접 보여주겠다는 듯 현관 밖으로 나가 문을 닫았다. 동시에 둥근 잠금장치가 자동으로 돌아가며 딸깍 닫히는 소리를 냈다. 밖에서 손잡이 돌리는 기척이 났지만 문은 움직이지 않았다. 현관문은 이중이었는데 철문 안쪽으로 나무문이 하나 더 잇대어 있었다.

"감옥보다 더 안전하군요."

창대는 돌마에게 예의 그 흡족한 표정을 지어 보였다. 돌마가 고개를 끄덕이며 말했다.

"바깥문만 잠가도 충분해요."

순간 창대에게 아주 장난스런 생각이 떠올랐는데 바트 씨에게 문을 열어주지 말아볼까 하는 생각이었다. 이 사내는 어떤 반응을 보일까? 제 아내와 외간남자가 고의로 문을 열어주지 않는다? 창대는 제 공상이 들키기라도 한 듯 서둘러 잠금장치를 돌렸다. 바트 씨가 들어서며 말했다.

"낯선 사람이 방문하면 문을 열어주지 마세요. 더러 한국말을 하더라도 말이죠. 방문객과 이야기를 나눌 때는 여기 서서 말하는 게 좋아요."

바트 씨는 현관 문턱 아래로 한발 다가섰다. 창대가 제 딸아이에게나 할 법한 얘기들이었으므로 그는 연방 고개를 끄덕였다. 그의 표정을 유심히 지켜보던 돌마가 입을 열었다.

"만약을 대비해서 드리는 말씀이에요. 아시겠지만 몽골은 지금 과도기랍니다. 아주 혼란스럽죠. 시장경제로 바뀐 게 고작 십 년이 조금 넘었을 뿐이니까요."

"도둑이나 강도는 한국에도 있죠. 세계 어디에나 그런 사람들
은 있어요."

창대가 호쾌하게 대꾸했다. 세 사람은 문앞에서 쓸쓸하게 웃
으며 서로 고개를 끄덕였다. 창대는 다소 속이 상해 있었다. 그들
의 마지막 주의사항은 친절한 배려였겠으나 여행객에게, 그것도
외국인에게는 여행지에 대한 어떤 선입견을 심어줄 만했다. 그
순간부터 여행객은 가방을 돌보느라 늘 주위를 살피며 초조해하
고, 그래서 결국 행동반경은 좁아져서 제대로 보지도 느끼지도
못할 것이다. 그런 말은 가능한 한 여행객에게 하지 않는 게 좋았
다. 설사 그 사회가 위험스럽더라도 여행객이 몸소 겪도록 차라
리 내버려두는 게 낫지 않을까. 창대는 그들의 주의를 잊으려고
노력했다. 이들이 문을 닫고 사라지는 순간 잊겠다고 마음먹었다.

비로소 이 친절한 몽골 친구들이 물러갔다.

창대는 아파트를 다시 찬찬히 둘러보았다. 아무리 봐도 석 달
동안 지내기에 더없는 공간이었다. 그는 휘파람을 불며 여행용
가방을 풀었다. 책들을 창턱에 진열하고 유리탁자 위에 노트북을
설치했다. 이런, 중요한 걸 까먹었군. 그는 바트 씨에게 인터넷
사용이 가능한지 묻지 않은 사실을 기억해냈다. 그는 수첩에다가
기록했다. 옷가지를 꺼냈을 때 마땅히 걸 만한 곳이 눈에 띄지 않
았다. 옷장은커녕 벽에 못 한점 박혀 있지 않았다. 그는 옷들을
주섬주섬 다시 가방에 담고 수첩에 '옷걸이'라고 추가해 적었다.
아내가 꼼꼼하게 챙겨준 멸치볶음과 장조림과 구운 김은 부엌으
로 제자리를 찾아갔다.

그는 짐정리가 끝나자 물병을 갖다놓고 쏘파에 주저앉았다. 별 두 개짜리 호텔에 투숙한 느낌이 들었다. 그는 오랫동안 꿈꿔온 일이 있었다. 낯선 나라의 허술한 호텔방 하나를 잡아 머무르며 산책하고 독서하고 시를 짓는 일이었다. 지금 그 묵은 꿈이 실현되고 있었다. 십년 만에 얻은 안식년을 그는 완벽하게 보내게 된 것이다. 젊은 나이에 그는 시인이 되었지만 석·박사과정을 밟고 학생들에게 문학을 가르치는 동안 정작 자신은 시 한 편 쓰지 못했다. 그는 늘 바쁜 시간을 핑계 삼았다. 그러나 그 자신 시인으로서 예민한 감각과 어떤 그리움이 서서히 마모되어간다는 사실을 모르지 않았다. 그가 읽어낸 수많은 책과 논문은 자신의 영혼을 위한 글들이 아니었다. 이제 이 고독한 공간에서 잃어버린 그 모든 것들을 다시 불러오고 싶었다. 가능하다면 연애까지도 다시 시작해보고 싶은 심정이었다.

그는 생수를 병째 들이켰다. 집 안 공기가 아주 건조했다. 아파트의 부엌과 방에 설치된 라디에이터가 하루종일 작동하며 그나마 미미한 습기를 말려버리는 것 같았다. 또한 십이층이나 되는 콘크리트 건물은 거대한 스펀지와 다를 바 없을 거였다. 지난밤 공항에 내리자마자 그를 자극한 건 양고기 노린내였다. 한국을 방문하는 외국인들이 대면하는 마늘냄새처럼 그 첫 느낌은 가히 좋지 않았다. 그 냄새는 금방 무디어졌다. 그러나 건조한 공기는 견디기 힘들었다. 호텔방에 누웠을 때 입술과 코가 바짝 마르고 종내에는 목까지 칼칼해졌다. 그는 세면실에 걸린 넉 장이나 되는 수건들을 적셔다가 침대 머리맡에 걸었다. 그런데도 아침에 일어나니 목이 붓고 목소리는 잠겨 있었다. 수건들은 밤새 북어처럼 바짝 말라 있었다. 이 도시에서 차로 몇시간만 달리면 고비사막이 펼쳐져 있으므로 무리는 아니었다. 그는 당장 가습기부터 사야겠다고 생각하며 수첩을 끌어당겼다.

며칠 지내는 동안 그는 이 아파트가 생각보다 시끄럽다는 사실을 알아챘다. 주위에 공사장이 많았다. 집을 구경하러 방문한 날 제 눈으로 보았음에도 그는 별로 대수롭지 않게 여겼다. 그러나 이른 아침부터 자정까지 온갖 기계음과 인부들의 외침소리로 책 한줄 읽어내기가 쉽지 않았다. 창밖의 아파트 공사장에는 중국인 인부들이 많이 와 있었는데 그들은 목청껏 노래 부르기를 즐겼다. 아파트 뒤꼍으로도 주차장 공사장이 하나 더 있었다. 이 나라의 겨울은 몹시 춥고 길어서 주차장이 필수인 모양이었다. 도시 어디를 가나 창고 같은 주차장이 즐비했다. 주차장 공사장에는 몽골 병사들이 여남은 명 동원되어 일하고 있었다. 아마 고급장교 하나가 병력을 사사로이 유용하는 눈치였다. 날씨가 날로 추워지고 있었으므로 공기(工期)에 쫓긴 그들은 군용트럭 전조등을 켜놓고 자정까지 일했다. 그들의 시선을 받으며 출입하는 일은 여간 곤욕이 아니었다. 집 주변 공사장 풍경은 그가 어린시절을 보낸 1970년대의 서울을 떠올리게 했다.

그는 울란바타르 관광지도를 들고 시내 구경을 다녔다. 국영백화점이 있는 시내 중심가까지 도보로 사십분밖에 걸리지 않았다. 도시는 어디든 걸어서 여행할 수 있을 만큼 작았다. 다만 불편한 것은 횡단보도를 목숨을 내놓고 건너야 한다는 사실이었다.

보행자는 안중에도 없이 차들이 밀고 들어왔다. 그건 신호등이 있는 곳에서도 마찬가지였다. 그는 푸른 보행자 신호등을 보고 횡단보도를 건너다가 중간에 발걸음을 되돌린 경우가 허다했다. 차들은 세계 각지에서 수입해온 중고차들이 대부분이었는데 운전석이 좌측에 있는 차, 우측에 있는 차 가지각색이었다. 이것들이 뒤섞여 내달리는 모습은 마치 무슨 곡예를 보는 것 같았다.

이따금 도시를 뿌옇게 뒤덮는 모래바람도 매서웠다. 메뚜기떼 같은 모래바람이 빌딩 사이로 출몰했다가 사라지곤 했다. 그러나 그는 그 모든 것들을 경이로운 눈으로 바라보며 도시를 조금씩 섭렵해갔다. 도심에 이질적인 건축물처럼 서 있는 라마 사원, 몽골 초원을 다채로운 색채로 표현한 갤러리의 그림들, 왕들의 궁전, 양모와 가죽 수제품이 넘치는 백화점들. 그는 찬바람을 헤치고 다니며 단 사흘 만에 몽골의 정신부터 문명까지 섭렵해버린 기분이었다. 그러고 나자 그는 막연하던 이곳 생활에 자신감이 붙었다.

이제 몽골인의 일상 속으로! 그는 지도를 펼쳤다. 시내에서 가장 큰 재래시장을 찾았다. 나랑톨 마켓. 바로 여기군. 시장은 지도의 맨 오른쪽 가장자리에 자리잡고 있었다. 재래시장에 가면 러시아제 망원경을 아주 싼값에 구입할 수 있다는 정보를 언젠가 인터넷을 통해 접한 적이 있었다. 지금의 러시아는 아주 빈한하지만 한때 우주선을 달에 보낸 나라였다.

그는 집을 나서기 전에 여권을 빼서 서랍에 넣었다. 사람들이 붐비는 재래시장은 위험할 수 있겠다는 생각이 들었다. 그는 다음으로 바지 주머니에 열쇠를 챙겨넣었다. 열쇠 챙기는 일은 이제 노이로제처럼 그를 압박했다. 방금 열쇠를 쥐고 나왔다가도 문을 닫기 전 그는 다시 한번 확인하곤 했다. 열쇠의 노예가 된 것이나 다름없었다. 그는 신혼살림을 미혼 때부터 살던 낡은 아파트에서 했다. 미혼시절 열쇠를 잃어버려 기술자를 불러다가 비싼 댓가를 지불한 적이 한두 번이 아니었다. 결혼을 하고 나니 열쇠에서 놓여난 게 가장 마음에 들었다. 그는 독신 친구들에게 우스갯소리처럼 말했다. 열쇠에서 해방되려면 결혼해.

아내가 출산을 위해 처가에 가 있을 때 그는 오랜만에 친구들과 늦게까지 술을 마시고 귀가했다가 열쇠를 잃어버린 사실을 깨달았다. 집중호우가 내리는 새벽이었다. 낭패스러웠으나 크게 문제될 건 없었다. 아파트 곳곳에 열쇠기술자를 호출할 수 있는 광고 스티커가 나붙어 있었다. 모두가 출동대기였다. 그러나 서너 군데를 전화해보고 그는 당황했다. 아예 연결이 안되거나 출동할 수 없다는 대답이 돌아왔다. 가까스로 출동하겠다는 기술자 하나와 연결되었다. 그러나 그는 날씨와 시간을 핑계대며 육만원이나 되는 거금을 요구했다. 복도에서 아침을 맞을 수는 없었으므로 울며 겨자 먹는 심정으로 그를 불렀다. 그 일을 아내에게 털어놓을 수 없었다. 그 일을 겪고 나서 그는 아예 허리춤에 수갑처럼 열쇠고리를 찼다. 결혼 오년 만에 디지털 잠금장치가 설치된 아파트로 이사해 비로소 열쇠의 강박에서 놓여났다.

그는 지갑을 챙기다가 주춤 손길을 멈추었다. 망원경을 살 만한 액수만 떼어냈고 두 장의 신용카드가 든 지갑은 서랍에 넣었다. 그는 손목에서 시계를 풀려다가 고개를 저었다. 자신의 행동에 까닭없이 짜증이 났다.

 나랑톨 마켓은 몽골에서 가장 유명한 재래시장답게 규모도 크고 손님들도 많았다. 어느 상가를 가나 인파에 떠밀려 서 있기도 힘들었다. 인도와 중국과 아랍의 골동품들, 말과 낙타와 양과 소에서 나오는 수십가지의 유제품, 짐승의 가죽과 털로 짠 의류, 수제 양탄자, 위성안테나와 휴대폰, 말발굽과 안장 따위의 마구들, 마유주와 보뜨까, 심지어 뱀과 전갈을 넣어 담근 술도 있었다. 사람들이 만들어내는 세상의 모든 물품들이 이곳에 다 나와 있는 것 같았다.

 그는 얼추 한 시간 넘게 돌아다니다가 드디어 망원경 가게를 발견했다. 정보대로 러시아제 중고 망원경이 다양하게 진열되어 있었다. 그중에 그는 손아귀에 쏙 들 만큼 앙증맞은 쌍안경을 구입했다. 상인은 이십 달러를 요구했으나 그는 십팔 달러까지 깎았다. 액수가 문제가 아니라 재래시장에서 물건값 깎는 재미를 포기하고 싶지 않았다.

 그는 좋은 여행지를 손수 발견한 것 같아 흐뭇했다. 자주 와야겠다고 생각했다. 그는 쌍안경을 외투 주머니에 넣고 인파에 섭슬려들어갔다. 애초에 걸어들어왔던 길을 되짚어나갈 계획이었는데 전혀 낯선 상점들이 나타나곤 했다. 그는 길가로 비껴나 망원경을 꺼내들었다. 이내 그는 화력발전소 굴뚝을 찾아냈다. 서쪽 방향이었다. 그쪽으로는 의류상가였고 좁은 골목이 미로처럼 얽혀 있었다. 몽골 인구의 절반 이상이 이 도시에 살고 있고, 그

중 반이 이 시장에 모여 있는 것 같았다. 그는 이제 구경을 단념하고 사람들이 흘러가는 흐름에 발걸음을 맡겨놓았다.

길이 꺾어지는 길목의 어느 좌판 앞에 이르렀을 때였다. 그는 앞서 오는 사람들과 그만 엉키고 말았다. 건장한 사내 두 명과 맞닥뜨린 형국이었는데 그는 '쏘리'를 외치며 걸음을 피할 요량으로 몸을 틀었다. 그러자 사내 하나가 덩달아 몸을 디밀고 들어왔다. 동시에 움직였다고 할까. 그는 다시 반대쪽으로 몸을 틀었다. 순간 그는 자신에게 무슨 일인가 일어나고 있다는 사실을 직감했다. 사내들이 고의적으로 그를 가로막은 거였다. 뒤쪽에서 바지 주머니를 뒤지는 손길이 느껴졌고, 거의 동시에 앞에 선 사내들이 외투 앞섶으로 손을 밀어넣었다.

주위에서 웅성거리는 소리가 들렸으나 누구 하나 나서서 도와주는 사람이 없었다. 그는 몸수색당하는 범죄자처럼 입을 벌린 채 서 있었다. 앞에 선 녀석은 갈색 눈으로 태연하게 바라보며 입에서 뭔가를 톡 뱉었다. 그것은 창대의 얼굴에 침과 함께 엉겨붙었다. 그는 손으로 훔쳐서 확인했다. 몽골인들이 곧잘 군입을 다시는 잣껍데기였다. 그들은 슬슬 인파 속으로 사라져갔다. 그는 골목 가운데에 망연히 서 있었다. 도대체 일당이 몇이나 되는지 알 수가 없었다. 그 골목에 있는 모든 사람들이 한통속으로만 여겨졌다.

그는 어떤 충격에서 깨어난 사람처럼 자신의 주머니를 뒤졌다. 쌍안경이 사라졌고 담배와 라이터가 손에 잡히지 않았다. 그나마 바지 주머니에 넣어둔 달러 몇푼과 열쇠는 그대로 있었다.

그는 우선 이 골목부터 빠져나가야겠다는 생각으로 걸음을 재게 놀렸다.

골목 끝에 서서 그는 다시 뒤돌아보았다. 무슨 일이 있었느냐는 듯 골목은 변함없이 활기찼다. 그는 오른쪽 허벅지께가 시려서 외투자락을 걷고 굽어보았다. 바지가 한뼘쯤 날카로운 칼로 그어져 있었다. 주머니 재봉선 바로 밑이었다.

분노와 절망이 동시에 끓어올랐다. 이 기분을 뭐라고 해야 할까? 어떤 야만성에 노출되었을 때 찾아오는 격한 심리상태 같았다. 그는 당장 제 손에 칼이 들려 있다면 그놈들을 쫓아가 응징하고 싶었다. 법도 소용이 없었다. 오직 사적인 보복만이 자신을 위안해줄 것 같았다.

그는 자신의 씨베리아 방으로 돌아와 쓰러지듯 침대에 엎어졌다. 고슴도치를 주머니에 넣고 다시 가볼까? 그런 생각까지 하고 나자 자신이 더욱 비참했다. 액땜을 한 거야. 군대 신고식처럼 호된 통과의례를 겪은 것뿐이야. 그리고 뭐 대단한 물건을 잃은 것도 아니잖아. 그리고 이것도 이곳 일상의 한 부분일 거야. 좋은 공부를 했다고 치자. 그는 그렇게 자위하려고 애썼다.

침대에 누워 있는 동안 외로움이 몰려왔고, 가족들이 그리웠다. 그는 수화기를 집어들었다. 서른두 개의 숫자를 눌러 한국의 집으로 전화를 걸었다. 아무도 받지 않았다. 오후 다섯시가 넘고 있었다. 아마 아내는 지금쯤 수영장에서 나와 젖은 머리로 대형 할인매장으로 향하고 있을 것이다. 초등학교 사학년인 딸아이는 속셈학원을 마치고 피아노학원에 앉아 있겠지. 가끔 그는 인터넷으로 딸아이의 블로그에 들어가곤 했다. 부모가 자녀의 일기장을 훔쳐보는 것과 같은 심리였다. 아이는 피아노학원에 다니는 것을 끔찍이 싫어했다. 피아노학원 선생을 '마녀'라고 써놓곤 했다. 몇 번 아내에게 아이의 피아노학원을 끊는 게 좋겠다고 말했지만 아내는 완고했다. 그 나이 때는 노는 것 빼놓고는 뭐든지 싫어한다고, 당장 학원을 그만두면 다시 컴퓨터게임에 빠져들 거라고 위협했다.

그는 옷을 챙겨입었다. 아파트 가까운 곳에서 인터넷 까페를 본 기억이 났다. 해는 눈높이에서 지고 있었다. 빛이 아주 강렬해서 그는 썬글라스를 꼈다. 산과 고층건물이 많은 한국에서는 좀처럼 보기 드문 풍경이었다.

그는 십여분을 걸어 인터넷 까페에 도착했다. 가게를 반으로 나누어 한쪽은 인터넷 가게, 반은 간단히 맥주나 커피를 마실 수 있는 바였다. 그는 카운터 아가씨에게 한글이 가능한 컴퓨터를 부탁했다. 놀랍게도 점원 아가씨는 서툴게나마 한국어를 구사했다. 그러고 보니 벽을 도배한 포스터들이 한국 연예인들 일색이었다. 그는 종로 어느 거리에라도 온 듯 마음이 아늑해졌다.

쓰레기처럼 쌓여 있는 광고메일 속에 제자들이 보낸 메일이 서너 개 도착해 있었다. 보나마나 습작시를 읽어달라는 메일일 터이므로 그는 열지 않았다. 딸아이가 메일을 보낼 만한데도 없었다. 혹시 스팸메일로 분류되었나 싶어 그곳도 꼼꼼하게 살펴보았지만 없었다. 서운했다. 그는 딸아이의 블로그에 접속했다. 방명록에 아이가 새로 올려놓은 글이 있었다. 아빠, 몰래 들어와서 훔쳐보는 거 다 알아. 보고 싶어. 빨랑 와. 나 마녀한테 끌려가. 그는 설핏 웃었다. 역시 가족은 떨어져 지내봐야 한단 말이야. 그는 아이의 글에다가 처음으로 댓글을 달았다.

이곳저곳 뉴스싸이트를 들락거리다가 고개를 들어보니 창밖이 금세 어두워져 있었다. 손님들도 눈에 띄게 줄었고, 대신 바쪽이 북적거리고 있었다. 그쪽에서 청년 예닐곱 명이 콜라 캔을 들고 서서 그를 힐끗거렸다. 외국인에 대한 호기심이라기에는 지나치게 노골적인 시선이었다. 그는 불안해졌다. 그들을 주시하며 카운터로 갔다. 그가 계산을 하는 동안 청년들이 우르르 가게 밖으로 몰려나갔다. 그는 안도의 한숨을 내쉬었다. 괜한 피해의식이었군. 낮에 당한 일로 그는 자신이 외눈박이라도 되어버린 기분이어서 서글펐다.

그는 잔돈을 챙기며 귀를 쫑긋 세웠다. 문 너머로 웅성대는 소리가 들려왔다. 그들은 물러가지 않고 그곳에 머무르는 것 같았다. 그는 자신이 사냥감이 되었다는 사실을 확신했다. 이대로 나갔다가는 무슨 봉변을 당할지 알 수 없었다. 그는 떨리는 목소리로 카운터 아가씨에게 말했다. 자신의 판단이 틀렸기를 바라며 그는 목소리를 한껏 낮췄다.

"저 남자들이 아무래도 나를 기다리는 것 같아요."

아가씨가 빤히 쳐다보며 고개를 끄덕였다.

"이런 일이 더러 있어요?"

다시 아가씨가 고개를 끄덕였다.

"밤에 혼자 다니는 외국인한테는요."

아가씨는 한국어는 배웠지만 표정과 몸짓은 배우지 못한 듯했다. 아가씨의 대답이 너무나 태평하였기에 그는 화가 나려고 했다. 경찰에 신고를 해준다든가, 남자들을 불러 도움을 줄 생각은 전혀 없는 것 같았다. 승냥이떼의 사냥감이 된 상황에다가 점원 아가씨의 무심한 태도까지 겪고 나니 그는 어렴풋이나마 이 유목민의 세계가 해석되는 느낌이 들었다. 냉정히 말하면 이건 초원의 법칙이었다. 약육강식의 세계였고, 찍힌 자는 살든 죽든 그건 제 운명이었다. 칭기즈칸이 메르키드족에게 쫓길 때 아내 부르테를 두고 떠나는, 이해할 수 없는 상황도 그런 연유에서 비롯되었는지 모른다. 문맥에는 아내까지 태울 말이 부족해서 그랬다고 밝히고 있지만 제 형제와 부하까지 데려가고 말 한 마리는 예비마로 끌고 가면서도 그는 아내를 사지에 버렸다. 그의 아내는 미끼일지도 몰랐다. 비약일지 모르나 유럽인들이 칭기즈칸 군대를 두려워한 이유는 바로 이 점 때문이었을 것이다. 초원을 다루듯이 인간을 대하는 그들이 얼마나 야만스럽게 보였을 것인가.

위기를 어떻게 벗어날까? 그는 가게를 둘러보았다. 출입문은 그쪽이 유일했다. 그사이에 한 녀석이 문으로 고개를 들이밀고 카운터 쪽을 훑어본 뒤 사라졌다. 다시 문밖에서 웅성거리는 소리가 들려왔다. 놈들이 뭔가를 모의하고 있다고 생각하자 그의 공포감은 풍선처럼 팽창했다.

"전화 좀 사용할 수 있겠소?"

아가씨는 고개를 가로저었다. 전화기가 없다는 뜻이었다. 그의 눈길이 테이블에 놓인 제 휴대폰에 머무르자,

“이거는 받는 전화예요.”

하고 아가씨는 예의 그 무심한 말투로 대답했다.

“옆 식료품 가게로 가면 전화할 수 있어요.”

“아가씨가 대신 걸어줄 수 있겠소?”

아가씨는 잠깐 생각하더니 고개를 끄덕였다. 그는 이 아가씨가 도움을 요청한 부분에만 반응한다는 사실을 눈치챘다. 그건 불친절이라고 할 수 없었다. 누군가가 도움을 청하면 기꺼이 돕겠지만 그렇지 않을 때는 움직이지 않겠다는 단호함이 배어 있었다. 참으로 무서울 만큼 냉혹한 세계였다. 그는 바트 씨의 이름과 전화번호를 메모지에 적어서 아가씨에게 건넸다. 아가씨는 한점 망설임도 없이 곧장 가게문을 나섰다.

잠시 후 아가씨가 돌아왔다. 연락이 닿았다고 했다.

“당신은 움직이지 말고 여기에서 기다려야 해요.”

그녀는 다시 카운터로 돌아가 장부에 머리를 박았다. 초조한 시간이 흘러갔다.

녀석들은 쉬 물러가지 않았다. 사냥감이 움직이지 않자 가끔 척후병처럼 한 명씩 가게로 들어와 그의 동태를 살피고 돌아갔다. 그는 애써 태연한 얼굴로 가장하고 기둥에 설치된 텔레비전 화면에 시선을 던져두었다. 그의 청각은 문밖으로 한껏 팽창해 있었다. 녀석들은 집요했다. 마치 금나라 남경성(南京城)을 포위한 칭기즈칸 군대 같았다. 동족의 인육을 먹을 때까지 피폐하게 만들어 항복을 받아낼 셈인가보았다.

어느 순간 밖이 조용해졌다. 그는 살그머니 문밖 동정을 살펴보았다. 거짓말처럼 그들이 사라지고 없었다. 그는 긴장을 늦추지 않았다. 『몽골비사』는 후퇴를 가장한 전술을 펼쳐 혁혁한 전과를 올린 칭기즈칸 군대의 전투 사례를 수도 없이 들려주고 있었다. 섣불리 움직였다가는 이 가게를 십 미터도 벗어나지 못해 매복한 그들에게 붙잡힐지 모른다. 그는 다시 자리로 돌아왔다. 바트 씨는 쉬 나타나지 않았다.

아니나다를까 다시 문밖이 소란스러워졌다. 한 놈이 가게 안으로 들어왔다. 눈밑으로 길게 칼자국 흉터를 가진 녀석이었다. 녀석은 분노와 짜증 섞인 눈으로 그를 쏘아보다가 나갔다. 창대는 막다른 곳에 몰린 짐승처럼 숨이 막혔다. 그는 주위를 둘러보았다. 저들이 더 기다리지 못하고 가게로 쳐들어오면 싸워야 하리라. 그러나 눈에 띄는 건 탁자 위의 플라스틱 재떨이뿐, 변변한 방어도구 하나 없었다.

그는 자신이 더없이 무력하다는 사실에 절망했다. 저들보다 강한 것이 내게는 없는가? 그는 날랜 다리를 가지고 있지 못했다. 군대에서 딴 태권도 일단 자격증? 오히려 그건 삼년간을 군인으로 복무했다는 이력보다 쓸모없어 보였다. 몽골의 의무병무 기간은 일년이라지? 그리고 이들 군대는 나라를 세운 뒤 한번이라도 전투를 경험해보았을까. 우리나라 군대는 한국전, 베트남전, 걸프전, 그리고 최근에는 이라크전에까지 참전했다. 그뿐이랴. 이들도 한국이 남과 북으로 갈라져 싸우느라 세계적인 막강한 군사력을 보유하고 있다는 사실쯤은 알리라. 칭기즈칸의 군대와 닮은 것은 오히려 한국 군대이지 너희의 군대는 아니다.

"나는 한국의 군인이었다!"

문밖에 대고 그는 그렇게 소리치고 싶었다. 그런 공상은 그의 어깨에서 힘을 더 빼놓았다. 또 한 놈이 가게문을 밀고 들어섰다. 철문을 잡고 선 자는 눈이 동그래진 바트 씨였다. 창대는 어찌나 반가운지 눈물이 핑 돌았다.

집으로 돌아왔을 때 바트 씨가 말했다.

"밤에 혼자 돌아다녀서는 안됩니다. 낮에도 후미진 골목은 위험해요."

바트 씨가 따뜻한 커피를 끓여다가 주었다. 제집인데도 창대는 손님에게 커피를 대접받고 있었다. 그가 다소 진정되자 바트 씨가 입을 열었다.

"우리 부부는 내일 러시아로 갑니다. 그동안은 가급적 집에서 머무르시는 게 좋겠어요."

창대는 눈이 동그래져서 물었다.

"얼마나 걸립니까?"

"열흘 뒤에 돌아올 겁니다."

창대는 안도의 한숨을 토해냈다.

"걱정할 것 없어요, 집에만 머무르시면."

무슨 여부가 있겠느냐는 듯 창대는 머리를 주억거렸다.

"혹시 그사이에 관리비가 나오면 어떡하죠? 전화비도 나올 테고……"

바트 씨는 아이처럼 구는 그를 지그시 바라보았다.

"걱정 마세요. 그전에 돌아올 테니까. 아무튼 선생님은 몽골의 막장까지 경험하신 거예요. 자신에게 특별한 일들이 연거푸 일어났다고 생각지 마세요. 그건 여기서 아주 일상적인 일이니까요. 그렇다고 몽골 사람들이 다 그런 건 아니에요. 극히 일부지요. 저도 한국에 처음 갔을 때 좋은 일자리를 소개해주겠다는 사람한테 소개비를 떼인 적이 있었어요. 저는 한국 사람들이 다 사기꾼인 줄 알았죠. 그러나 많은 한국 사람들이 도와줘서 저는 삼년간이나 지낼 수 있었고, 돈도 모아서 돌아올 수 있었어요. 만사형통이라고 하나요? 이제 선생님도 그럴 거예요."

그는 바트 씨 말처럼 외출을 되도록 삼갔다. 가까운 식료품 가게에서 먹을 것이나 조달할 뿐 그는 어떤 호기심에도 흔들리지 않았다. 더 보고 싶고 겪고 싶은 것도 없었다. 현관문을 이중으로 채우고 공사장 소음을 견디며 실로 십여년 만에 처음으로 시 한 편을 썼다. '씨베리아의 방'이라는 제목의 시편은 인터넷 까페에서 겪은 일이 소재가 되었다. 막연하게나마 자신이 이곳에서 시를 새로 쓴다면 몽골 초원에 대한 찬미가 될 줄 알았는데 우스웠다. 시편을 앞에 놓고 흡족한 마음 같은 건 일지 않았다. 뭔가 붕 떠 있던 마음이 시를 쓰고 나자 잔잔해진 느낌이 들었다. 수염이 까칠해진 얼굴을 거울로 들여다보자니 그는 예전 제 모습을 되찾은 것 같기도 했다. 그는 샐쭉 웃었다.

가끔 누군가가 문을 두드렸다. 낯선 여자이거나 남자들이었다. 그는 문구멍으로 확인만 하고 열어주지 않았다. 그들은 곧 돌아갔다.

바트 씨가 러시아로 떠나고 일주일쯤 지났을 무렵부터 한 여자가 사흘째 문을 두드렸다. 웬 차트 같은 걸 가슴에 안은 여자였다. 그는 문고리를 잡은 채 슬그머니 문을 열었다. 여자는 관리비 수납인이었다. 바트 씨 언급보다 조금 이른 느낌이 들었다. 차림새나 손에 들고 있는 서류들로 미루어 나쁜 여자 같지 않았다. 그는 여자에게 관리비를 계산해주고, 영수증까지 깔끔하게 챙겨 받았다. 여자가 위층으로 사라지고 나서도 한동안 그는 열린 문에 기대어 쓸쓸하게 웃었다. 왠지 모르게 서글픈 마음이 들었다.

어느날 밤중에 또 누군가가 문을 두드렸다. 모자를 깊게 눌러 쓴 낯선 사내였다. 이번에는 불길했다. 창대는 숨소리를 죽이고 문 옆에 붙어섰다. 그는 제집에 귀가하는 술꾼처럼 계속해서 문을 두드려댔다. 머잖아 흥얼거리는 노랫소리가 들려왔다. 딸꾹질 소리와 함께 노래가 끊기더니 이번에는 발길로 문을 찼다. 집을 잘못 찾아든 술꾼임이 분명했다. 술에 많이 취했다면 물러가지 않을 것이다. 그를 어쨌든 보내야 했으므로 창대는 문을 열었다. 사내가 들어서지 못하도록 문손잡이를 움켜쥐고 있었다. 사내는 그의 얼굴을 보자 당황하는 눈빛이었다. 술냄새가 훅 끼쳐왔다. 창대는 미소를 지은 채 표정 가득히 자신은 외국인이며 당신이 잘못 찾아온 것 같다는 뜻을 내비쳤다. 웅얼웅얼 한국어도 나왔을 것이다.

"안녕하세요?"

뜻밖에도 사내의 입에서 서툰 한국어가 튀어나왔다. 사내는 뭔가 더 말하고 싶으나 술기운이 모든 걸 지워버렸다는 듯 손사래를 쳤다. 그리고 몽골어로 몇마디 더 떠들어댔는데 창대는 알아들을 길이 없었다. 자신도 몹시 답답하다는 표정이었다. 그는 이내 그만두자는 식으로 손사래를 치고 물러갔다. 가운뎃손가락 마디가 없었다.

사내는 한국에 다녀온 몽골 노동자인지도 모른다. 공장에서 임금을 떼이고 산재를 당했을 수도 있다. 이웃에 한국인이 산다는 걸 알고 술기운에 방문해본 건 아닐까? 마지막에 몽골어로 쏟아낸 소리는 한국인을 향한 저주였을까? 아무튼 저 사내의 얼굴을 잊지 말자. 창대는 자신이 아주 예민해진 걸 느꼈지만 자신을 지키기 위해서는 별수없다고 생각했다.

열흘이 지났는데도 바트 씨는 돌아오지 않았다. 그의 휴대폰과 사무실과 집에 전화해도 받지 않았다. 집에서만 지내면 아무 일이 없을 거야. 그는 수화기를 내려놓을 때마다 그렇게 되뇌었다.

그는 오랜만에 기분을 전환할 셈으로 된장찌개를 끓였다. 작은 아파트라 된장국 냄새가 금방 꽉찼다. 너희들, 이 냄새 좀 맡아봐라. 그는 그런 심정으로 부엌 창문을 활짝 열었다. 찬바람과 흙먼지가 매섭게 달려들었다. 그는 문을 닫고 대신 안방 창문을 열었다. 노트북을 켜서 바흐의 작품모음집 씨디를 틀었다. 그는 귀한 요리를 앞에 둔 사람처럼 식사를 천천히 했다. 온몸에 낀 양기름이 씻겨내려가는 것 같았다.

설거지를 마칠 무렵 누군가 문을 두드렸다. 그는 문구멍으로 내다보았다. 웬 가죽점퍼를 걸친 사내가 서 있었으므로 그는 긴장했다. 사내는 창대의 아파트만 노크하는 게 아니라 출입문이 나란히 난 옆의 두 집도 돌아가며 두드렸다. 이 녀석도 차트 같은 걸 들고 있었다. 불현듯 창대는 지난번 관리비를 받아간 여자가 떠올랐고, 뒤미처 사기를 당한지도 모른다는 의구심이 들었다.

그는 문을 열고 몸을 반쯤 내밀었다. 청년은 검은 가방을 메고 짧은 머리를 스프레이로 한껏 세우고 있었다. 너무 반듯해서 왠지 신뢰감이 가지 않는 인상이었다. 집주인이 외국인이라는 사실을 깨달은 청년은 문 뒤쪽의 복도 벽을 손가락으로 가리켰다. 그 벽에는 전기계량기가 설치되어 있었고, 계량기함은 전기 도용을 방지하기 위해 두 개의 자물쇠로 채워져 있었다. 청년은 전기검침원인 모양이었다. 검침원이 몽골어로 자꾸 뭐라고 하는 게 그것을 열어야 한다는 소리 같았다. 그러나 그에게는 열쇠가 없었다. 바트 씨에게 받은 열쇠는 고작 현관 열쇠 두 개뿐이었다.

답답한 시간이 흘러갔다. 창대에게는 아주 긴 시간이었다. 창대는 검침원에게 영어를 할 줄 아느냐고 물었다. 검침원이 고개를 끄덕이며 조금 할 줄 안다고 했다. 그는 자신에게 열쇠가 없다고 설명했다. 검침원이 검은 가방에서 열쇠꾸러미를 꺼내 보였다. 열쇠가 필요한 게 아니로군. 창대는 무얼 협조하면 되겠느냐고 물었다. 그는 자신이 계량기의 수치를 기록하기 전에 함께 확인해달라고 말했다. 창대는 가능하면 집밖으로 나가고 싶지 않았다. 그는 반팔 티셔츠 차림에다가 맨발이었다. 당신을 믿을 테니 검침을 하고 그냥 가라고 일렀다. 검침원은 마지막 말을 알아듣지 못하겠다는 것인지 아니면 그럴 수 없다는 뜻인지 난감한 표정을 지었다.

"이거야, 원."

창대는 슬리퍼를 꿰고 문밖으로 나섰다. 경계를 늦추지 말자. 그는 반사적으로 문을 닫았다. 그리고 바로 그 순간, 그는 엄청난 일이 자신에게 벌어진 사실을 깨달았다. 검침원도 거의 동시에 비명을 질렀다.

"열쇠!"

전혀 예기치 못한 상황이 한순간에 발생한 거였다. 그는 마음을 진정하려고 연거푸 심호흡을 했다.

"당신이 열쇠기술자를 불러줄 수 없겠소?"

그는 검침원에게 물었다. 검침원은 머리를 저었다. 몽골에는 그런 기술자가 없다고 했다. 그 말을 듣자 가까스로 추스른 마음이 걷잡을 수 없이 허물어졌다.

검침원은 몸을 돌려 계량기함을 열었다. 괘씸한 청년이었다. 따지고 보면 이 일이 발생한 데는 저도 책임이 있었다. 그런데도 녀석은 아주 태연하게 제 일에만 열중하고 있었다. 함께 해결책을 찾지는 못하더라도 고민해주는 기색이라도 보이는 게 예의 아닌가.

"무슨 방법이 없겠소?"

창대는 재차 물었다. 검침원은 설핏 웃으며 머리를 저었다. 창대는 머리끝까지 분노가 치밀었다. 그는 냉정을 찾으려고 애썼다. 지금 책임 소재를 따져봐야 소용없는 일이었다. 잘 생각해보면 이 일이 일어난 것처럼 의외의 해결책이 생길지도 몰랐다. 곧 효과는 나타났다. 돌마가 여분의 열쇠를 가진 사실을 떠올렸다. 그러나 그들은 아직 러시아에서 돌아오지 않고 있었다. 그렇지만 그들이 외국 여행을 가면서 열쇠까지 가져갔을 리 만무했다. 틀림없이 집에 두었을 것이다. 순간적으로 그는 손바닥을 쳤다. 그러나 이내 그는 시무룩해졌다. 그 집 전화번호를 적은 수첩은 지금 저 벽 너머 탁자 위에 열쇠와 나란히 있을 거며 사람 없는 집에 전화를 건들 무슨 소용이 있을까 싶었다.

그러나 그가 뭔가 고구마줄기를 잡은 것만은 분명했다. 연달아 이 아파트 위층에 돌마의 오빠가 산다는 사실이 떠올랐다. 그가 바트 씨의 집 열쇠를 가지고 있을지 모른다. 열쇠가 없더라도 러시아에 있는 그들의 연락처를 얻을 수 있을 것이다. 그래서 그들과 연락이 된다면 무슨 수가 생길 것이다. 십이층 아파트이니 몇집만 수소문해보면 그 오빠라는 사내도 금방 찾을 수 있을 것 같았다. 그는 검침원 청년 뒤에 붙어섰다. 그는 층층마다 올라가며 문을 두드릴 것이었다. 그가 따라붙는데도 검침원은 전혀 무관심했다.

구층의 세 가구는 문을 두드려도 아무 기척이 없었다. 청년은 계량기함을 열고 차트에 숫자를 기입했다. 다음 계단을 오르면서 그제야 청년이 궁금한 얼굴로 그를 바라보았다. 창대는 집주인의 오빠가 이곳 어디쯤에 산다고 말했다. 그를 찾아야겠다고 했다. 청년이 고개를 끄덕였다. 괘씸한 놈, 아주 남의 일 보듯이 하는군. 그러나 창대는 따지고 싶지 않았다. 지금 그의 심정은 적 진중에 홀로 남은 병사와 다를 바 없었다.

십층에서는 창대도 검침원과 함께 나란히 문을 두드렸다. 세 가구 중 한 집만 문이 열렸다. 팬티 차림에다가 금방 잠에서 깬

듯한 사내가 문밖으로 고개를 내밀었다. 검침원을 앞질러 창대는 그에게 바트와 돌마를 아는지 물었다. 아무리 영어를 알아듣지 못해도 이이가 그가 찾는 사람이라면 두 사람 이름을 알아들을 거였다. 그러나 사내는 졸린 눈만 끔벅거렸다.

십일층의 세 가구도 문이 열리지 않았다. 검침원은 창대의 사정을 뻔히 알면서도 제 일을 잠깐 젖혀놓을 생각이 없는 눈치였다. 그는 아주 꼼꼼하게 제 일을 해나갔다. 창대는 자신의 희망이 점점 스러져가는 걸 느꼈다. 어쩌면 사람들이 귀가하는 밤중까지 그는 이 차림으로 계단을 오르내리며 남의 집 문을 두드려야 할지 모른다. 벌써 팔뚝으로 오소소 소름이 돋아 있었다. 발가락 끝이 몹시 시렸다.

그는 기도하는 심정으로 마지막 계단을 올랐다.

아무도 내다보지 않았다. 그는 어깨를 축 늘어뜨렸다. 그때 엘리베이터에서 벨소리가 울리며 한 여자가 내렸다. 살집이 조금 있는 여자는 이십대인지 삼십대인지 구분이 가지 않았다. 다만 인심 좋아 보이는 인상이 창대에게는 조금이나마 위안이 되었다. 이번에는 검침원 청년이 나서주었다. 계량기에 손짓을 하고 이내 문이 닫히는 몸짓을 해 보이는 게 제가 했던 일까지도 전달하는 모양이었다. 처음으로 창대는 이 청년이 마음에 들었다. 여자는 가운뎃집 문앞에 서서 가끔 안쓰러운 눈빛을 창대에게 보냈다. 한참 떠들어대던 청년이 창대를 돌아보며 물었다.

"친척 이름이 뭐라고 했지요?"

"바트와 돌마요."

창대는 대답하며 여자의 표정을 살폈다. 대번에 여자의 표정이 바뀌었다.

"당신이 찾는 사람이 이 여자 남편이랍니다."

청년이 웃으며 소리쳤다. 이것은 하늘이 나를 살리겠다는 뜻이야. 그는 여자에게 허리를 굽혀 인사했다.

검침원 청년을 가운데 세우고 한참 용건이 오갔다. 여자는 핸드백에서 휴대폰을 꺼내어 누군가에게 전화했다. 그녀의 표정을 통해서는 어떤 기미도 읽어낼 수 없었다. 전화를 끊은 여자가 드디어 입을 열었다. 남편과 통화했는데 시누이네 아파트 열쇠를 가지고 있지 않으며, 러시아 쪽 전화번호도 갖고 있지 않다고 했다.

그는 한숨을 뱉어내며 자리에 주저앉았다. 여자가 안타까운 눈빛을 보내곤 계량기함 앞으로 갔다. 이제는 집으로 들어갈 만한 어떤 해결책도 그에게 남아 있지 않다는 사실이 명백해졌다. 현관문을 부수기 전에는 반팔 차림으로 이 동토의 땅에서 얼어죽을지도 몰랐다. 쇠꼬챙이 하나가 그의 운명을 사지에 몰아넣고 있었다.

복도 창문이 바람에 심하게 울었다. 그는 어깨를 감싸쥐었다. 일을 마친 검침원 청년이 다가와 그에게 담뱃갑을 내밀었다. 그는 담배를 한 개비 빼어서 물었다. 라이터로 불을 붙여주며 청년이 옆에 앉았다.

"어느 나라에서 왔어요?"

"한국에서 왔소."

"오늘은 날씨가 아주 추워요."

청년이 어깨를 짚어준 다음 몸을 일으켰다. 창대는 눈물이 글썽해서 그를 올려다보았다. 청년은 그만 자리를 뜰 의사를 비쳤다. 아직도 그에게는 검침해야 할 계량기들이 많이 남은 듯했다. 더이상 붙들고 있을 이유가 없었다. 그나마 그가 있어서 큰 위안이 되었다는 사실을 비로소 깨달았다. 청년이 엘리베이터 버튼을 눌렀다. 복도 창문이 다시 덜컹거리며 울었다.

"이봐요!"

창대는 벌떡 일어섰다. 그의 얼굴에 새로운 열기가 차올랐다.

"창문으로 들어가겠소!"

청년은 무슨 말인지 모르겠다는 듯 창대를 빤히 바라보았다. 그때 엘리베이터가 도착했고 창대는 그와 함께 올랐다. 그는 검침원 청년을 데리고 아파트 마당으로 갔다. 날카로운 바람에 살갗이 찢겨나가는 것 같았다.

창대는 마당에 선 채 자신의 아파트 창문을 가리켰다. 아득히 높았지만 유일하게 창문이 활짝 열린 그의 아파트를 찾아내기란 어렵지 않았다.

"아까 열어두었소."

검침원은 이제 모든 것을 알겠다는 표정을 지었다.

"로프 구하는 걸 도와줘요."

"로프 말입니까?"

검침원은 창대를 위아래로 훑어보았다.

"직접 타려고요?"

창대는 비장하게 머리를 끄덕였다.

“위험해요. 삼십 미터도 넘을 것 같은데요.”

“문제없어요. 나는 삼년간이나 군인이었소.”

“코리언 쏠저?”

검침원 청년이 놀란 눈빛으로 그를 바라보았다. 창대는 머리를 끄덕였다. 그는 창대의 직업이 군인이라고 이해한 눈치였다. 문제될 건 없었다. 이 청년이 상황을 잘 파악하여 준비를 도와주면 되는 거였다. 청년이 팔을 들어 주먹을 불끈 쥐어 보였다.

“코리언 쏠저, 레츠 고!”

검침원은 그를 데리고 아파트 관리사무소로 갔다. 관리사무소라는 게 아파트 뒤쪽에 경비초소처럼 붙은 작은 오두막이었다. 놀라운 건 그곳이 사무소이자 관리인의 살림집이기도 하다는 거였다. 이가 누런 노파 하나가 나왔다. 검침원이 길게 설명했다. 자신이 한 짓도 빠짐없이 늘어놓는 것 같았다. 창대는 뒤로 물러서서 굳어오는 발가락을 고통스럽게 꼼지락거렸다. 노파 얼굴에 어이없다는 표정이 어리더니 이내 안쓰러움이 묻어났다.

노파는 아파트 일층의 주차장 옆에 붙은 창고로 안내했다. 온갖 파이프들이 뒤엉킨 그곳은 흡사 기계실의 내부를 연상시켰다. 철제 사다리가 있었지만 밧줄 따위는 보이지 않았다. 노파는 다시 그들을 데리고 옆 아파트의 관리사무소로 갔다. 그곳에서는 젊은 여자가 나왔고, 검침원 청년은 또 긴 이야기를 반복했다. 아, 저런 답답한 녀석을 보았나. 그는 몽골어만 할 줄 안다면 자신이 직접 나서고 싶었다.

역시 그곳에도 밧줄은 없는 모양이었다. 창대는 검침원 청년에게 말했다.

"몽골 군인들이 있는 공사장으로 갑시다."

그들은 주차장 공사장으로 갔다. 두 여자가 뒤를 따랐다.

여남은 명이나 되는 병사들이 작업을 중단하고 그들을 바라보았다. 공사를 감독하는 장교를 붙들고 검침원 청년이 다시 상황을 설명했다. 이번에도 제가 한 짓을 빠뜨리지 않았다. 놀랍게도 창대는 검침원 청년을 완전히 신뢰하고 있는 자신을 발견했다. 지금 이 상황에서 그의 아들이 되라고 해도 상관없을 것 같았다.

이야기가 끝났을 때 군인들 속에서 탄성이 터져나왔다. 장교가 트럭으로 가서 둥글게 만 전선 타래를 꺼내왔다. 이것밖에 없다는 표정이었다. 검은 피복을 한 전선은 새끼손가락 굵기만했다.

"너무 미끄럽지 않을까요?"

검침원이 전선을 손아귀에 넣어 훑으며 말했다.

"문제없어요. 충분해요."

창대는 전선 타래를 어깨에 둘러멨다. 그러나 그는 슬슬 두려웠다. 지금까지 밧줄을 구하는 일에만 집중한 나머지 자신이 시도하려는 일이 얼마나 위험하고 무모한 짓인지 깨닫지 못하고 있었다. 잘못하면 이 일로 목숨을 잃을 수도 있었다. 다른 방법은 없을까?

때마침 몽골 병사 하나가 다가와 제 가슴을 가리켰다. 자신이 대신 밧줄을 타겠다는 의사 같았다. 그러나 장교가 호통을 쳐서 물러나게 했다. 검침원 청년이 돌아서서 병사들에게 외쳤다. 창대는 무슨 말인지 알아들을 수 없었다. 장교가 만면에 미소를 가득 머금고 다가왔다.

"저들한테 뭐라고 했소?"

창대는 조금 굳어서 검침원 청년을 바라보았다. 그의 대답을
채 듣기도 전에 장교가 손을 내밀었고 창대는 엉겁결에 그에게
손을 내맡겼다. 장교는 덥석 손을 그러잡고 창대에게 서툰 영어
로 소리쳤다.

"우리는 친구다, 코리언 쏠저."

큼지막한 손이 힘차게 흔들렸다.

검침원과 관리인 노파와 젊은 여자와 창대와 장교는 십이층
돌마의 오빠 집으로 향했다. 돌마의 올케라는 여자는 당황스런
표정을 짓더니 이내 사람들을 맞아들였다. 우선 창대는 세면실로
달려갔다. 뜨거운 물을 틀어 발을 담그고 손을 녹였다. 물이 닿자
소변이 마려웠다. 그는 내처 화장실로 종종걸음을 쳤다. 저들이
아무리 초조하게 기다리더라도 한껏 여유를 부리며 마음의 준비
를 하고 싶었다. 몸이 쉬 풀리지 않아 그는 목을 꺾고 허리를 돌
렸다. 웅성거리는 소리로 밖이 시끄러웠다. 아무래도 걱정하는
소리들 같았다.

창대가 화장실에서 나오자 주인여자가 새삼스럽게 허리를 굽
실해 보였다.

"이분 남편도 한국에서 삼년간 살다 왔답니다."

검침원 청년이 말했다. 그때 문득 떠오른 생각에 창대는 과장
되게 제 머리를 쳤다. 며칠 전 밤, 대문을 두드린 사내가 기억났다.

창대는 검침원 청년이 여태 남은 사실을 깨닫고 그에게 말했다.

"이제 당신 일을 하러 가도 좋아요. 다음달에 다시 오면 우리 집 대문을 꼭 두드려주겠소?"

그러자 청년이 웃으며 밧줄 잡는 시늉을 해 보였다. 주인여자가 고개를 살래살래 흔들며 길을 열어주었다. 창대는 안방 창문으로 걸어갔다.

장교가 라디에이터에다 전선을 감아서 단단히 묶어놓고 기다리고 있었다. 창대는 제 사타구니에 전선을 둘렀다. 장교가 매듭 짓는 일을 도와주었다. 전선을 두르자 공포가 전류마냥 퍼지며 온몸이 굳어왔다. 전역한 지 이십년이 넘었다. 그는 자신이 너무나 왜소하게 여겨졌다. 아아, 얼마나 오랜 세월 동안 술자리에 앉아 군대 애기를 했던가. 한때의 군대 경험을 두고 그는 전혀 근거 없는 자신감을 갖고 살아왔다는 사실을 깨달았다. 왠지 그는 남을 속인 것만 같았고, 그래서 벌을 받는 느낌이 들었다. 그에게 병영 체험은 그 삼십개월에 그치는 게 아니라 어쩌면 제 인생을 통째로 삼키고 있는지도 몰랐다. 적어도 한국에서 군인이 시인보다 강하다는 사실은 명백해졌다. 그렇지 않고서야 지금 제 모습을 설명할 재간이 없었다.

그는 슬리퍼를 벗고 창턱으로 올라섰다. 씨베리아 쪽에서 불어오는 바람이 압정처럼 얼굴에 와 박혔다. 등뒤에서 장교와 검침원이 숨죽인 채 밧줄을 그러쥐었다. 몸이 휘청거리자 여자들이 비명을 질렀다. 창대는 문설주를 붙들고 발아래를 내려다보았다. 마당으로 몽골 병사들이 몰려와서 진을 치고 있었다. 그의 모습이 창밖으로 나타나자 병사들이 환호성을 질렀다.

"코리언 쏠저, 파이팅!"

연이어 몽골군의 군가가 쩌렁쩌렁 울려퍼졌다. 그래, 나는 이 낯선 이방인들이 믿는 것처럼 영원한 군인이다. 창대는 바람을 타며 우는 전선 끝을 허공으로 힘없이 내던졌다.

두 번째 왈츠

이야기 끝에 바이르 자르갈 시인이 말했다.

"참 신기하지요. 십여년 전에도 나는 평양에서 온 시인과 이렇게 열차에 앉아서 그 여자 이야기를 나누었다오. 우리는 고리끼 대학 동문이었는데 모스끄바로 가는 길이었지. 그 친구 살아 있는지 몰라."

나는 잠시 다른 생각으로 미끄러져 있다가 몽골 노인을 물끄러미 바라보았다. 침대에 비스듬히 누운 그는 열차 창문으로 눈길을 돌렸다. 성에 오른 창문이 영사막처럼 밝았다가 스러졌다. 가로등이라도 지나친 모양이었다.

자르갈 시인이 신문사 기자로 일할 때, 적어도 십오년 전에 그 여자를 만났으므로 그에게서 여자의 소재를 확인했다고는 할 수 없었다. 생존 여부야 말할 것도 없었다. 정보로 치자면 그 여자를

찾아달라고 부탁한 방송국 친구가 알려준 사실들이 시기적으로
훨씬 근접했다. 친구는 일본 어느 방송국이 팔년 전에 제작한 다
큐멘터리 필름으로 '북한 할머니'의 존재를 알았다고 했다. 그녀
는 몽골에 귀화한 후 볼강 시 인근의 초원에서 양을 치며 살았다.
유목민의 일상을 다루는 풍물기행격의 프로그램이었고, 여자가
스치듯 등장해서 더 줄 만한 정보가 없다고 친구는 말했다.

자르갈 시인이 썼다는 기사 또한 유목민이 된 이방인에 대한
가십거리 수준이었을 것이다. 외국인이 목자가 되었으니 몽골인
들의 호기심을 자극할 만하지 않았겠는가. 그가 들려준 이야기는
결코 길었다고는 할 수 없었다. 그가 어떤 해석이나 감상도 없이
신문기사를 옮기듯 여자의 간단한 이력을 소개했을 뿐인데, 그러
나 내게는 그녀의 삶이 마치 북방 설원을 달리는 이 기차만큼 숨
가쁘게 느껴졌다. 나는 마지막 책장을 넘긴 기분으로 빈 술잔을
어루만졌다. 잠시나마 그건 나만의 감상은 아니었던 모양이다.

"우리가 끝내 알 수 없는 것들을 다 무어라 불러야겠는가?"

마지막 문장이라도 읊듯이 원로가 중얼거렸다.

밤 열한시가 넘고 있었다. 나는 창가로 엉덩이를 옮겨 커튼자
락을 끌어다가 창문을 닦았다. 벌써 몇차례 그 짓을 해서 커튼은
축축했다. 창 가장자리에서 살얼음이 부서졌다. 창밖에는 상현달
이 창에 비친 실내등처럼 따라왔다. 기차는 이제 눈 한점 없는 황
막한 대지를 지나는가보았다. 울란바타르에서 출발하고 나서 때
때로 내다본 창밖에는 희부연 달빛 아래 설원이 펼쳐져 있곤 했
다. 자연스레 얼룩말의 표피마냥 희고 검게 주름진 광야가 떠올

랐다. 그 주름진 어느 골짜기에서 불끄고 누운 유목민이 땅을 울리며 지나가는 먼 기차소리에 뒤척이는 적막한 풍경도 그려보았다.

철로를 밟는 차륜소리가 잦아질 때면 흥겨운 노랫소리와 웃음소리가 들려왔다. 몽골 시인들과 기자들이 스무 명 남짓 타고 있었으므로 그들이 열차 한 량을 통째로 빌린 것이나 다름없었다. 우리는 북부도시 볼강 시에서 열리는 시낭송대회에 가고 있었다. 몽골 초원에 오십년 만에 '조드'라는 겨울재해가 닥쳐 시인들이 초원의 목자들을 위문하는 시낭송대회를 기획하였던 것이다.

나는 북한 여자의 일이 아니더라도 추위에 묶여 있던 터라 여행을 마다할 리 없었다. 그리고 왠지 나는 이 여행을 스스로 한껏 꾸민 듯한 느낌도 떨칠 수 없었다. 북한 여자의 일만 해도 겉으로는 그 일에 집중한 듯 굴었지만 내심 핑계나 다름없었다. 냐마가 이 여행을 함께하고 있기 때문이었다. 그러니까 나는 사랑을 막 시작하는 사람의 열기에 휩싸여 있다고 볼 수 있었다.

동석자인 젊은 시인과 신문사 기자는 짐만 부려놓고 일찌감치 동무들의 술자리로 옮겼고, 가끔 보뜨까 병을 든 시인들이 큰집을 방문하듯 와서는 자르갈 시인과 내게 한잔씩 안기곤 하였다. 자르갈 시인은 여행자 중에서 가장 원로였다. 그는 양털을 누빈 잿빛 델을 입고 있었는데 실내 공기가 다소 후덥지근한데도 여태 옷고름을 풀지 않고 있었다. 귀를 덮고 어깨까지 내린 머리는 검었고, 눈썹과 콧수염은 희었다. 세상에 대한 호기심도 잃지 않은 듯했다. 그는 나직하고 느린 목소리로 문장을 옮기듯 말을 걸어오곤 했다.

"도대체 그 여자가 당신에게 어떤 영감을 준 것이오?"

그러니까 그는 내가 소설가의 호기심으로 여자를 찾고 있다고 여기는 눈치였다. 그와 다리를 놔준 냐마가 전후사정을 제대로 설명하지 않은 듯했다. 나는 한국에 있는 방송국의 단순한 심부름이라고 알려주었다. 그의 얼굴에 실망기가 묻어났다. 아마 그는 한국의 젊은 소설가와 정치적인, 혹은 문학적인 주제로 서로 공감대를 만들어가고 있었는데 그 환상이 깨졌다고 느끼는 것 같았다.

"카메라에 담고 싶은 게 뭘꼬, 대체?"

자르갈 시인이 탄식처럼 말했다. 나도 아까부터 내심 궁금한 참이었다. 친구에게 다큐멘터리 제작 의도를 듣지 못했고, 자르갈 시인을 만나기 전까지는 의도 따위에 의문을 갖지도 않았다. 나는 여러 복잡한 심정으로 조심스럽게 자르갈 시인에게 물었다.

"북한인들이 몽골에서 철수할 때 왜 그 여자만 남았지요? 혹시 정치적인 이유 때문이었습니까?"

'망명'이라는 낱말을 떠올리며 그를 바라보았다. 어쩌면 정치적인 주제를 다루는 다큐멘터리일 수도 있다는 생각을 떨칠 수 없었던 것이다. 자르갈 시인은 그건 분명히 말해줄 수 있다는 표정으로, 좀더 활기찬 목소리로 입을 뗐다.

"결혼 때문이었지. 볼강 목자의 아내가 된 것이오. 두 나라 사이에 국제결혼의 선례가 없어서 그랬는지 처음에는 쉽지 않았는데 어쨌든 뒤에는 두 나라 정부에서 허락을 하였지. 국제결혼을 허용 않는 평양 쪽에서는 어땠는지 모르지만 몽골에서는 둘의 결합을 기사화하기도 했다오."

"재혼을 했단 말씀인가요?"

"그렇지. 근데 신랑이 오래 살지는 못한 모양이오. 내가 찾았을 때는 홀몸이었으니까."

"처지가 그렇게 되었다면 다시 북으로 돌아갔을 법도 한데요. 평양에 자식도 있다고 하지 않았나요?"

그는 가만히 고개를 저었다. 그 깊은 속내까지는 모르겠다는 표정이었다.

꼭 그럴 필요까지 없었지만 나는 옆에 펼쳐놓은 수첩에다가 자르갈 시인에게 들은 여자에 대한 정보를 기록했다. 그건 연표와 같은 단순한 이력이었다. 그러나 그런 부질없는 짓을 한 것은 어떤 공허감 탓 같았다. 징검다리 같은 이력 사이에 놓인 생의 허방이 너무나 컸다. 마치 나는 기록하는 행위를 통해 그 빈 곳을 메울 수 있으리라는 망상에 사로잡힌 사람처럼 조심스럽게 펜을 놀렸다. 그리고 맞은편에 앉은 원로시인에 대한 예의 같은 것이기도 했다.

그녀는 한국전쟁이 한창이던 1952년 일곱살의 나이로 몽골에 온다. 당시 국제사회주의 정신에 입각해 북한과 동맹관계에 있던 몽골 정부는 북한의 전쟁고아 197명을 데려다가 울란바타르 외곽에 시설을 마련해 돌본다. 그들은 모두 4세에서 7세 사이의 아동들로 유치원과 초등학교 교육을 마치고 1959년 북으로 돌아간다. 그녀가 다시 몽골을 찾은 때는 1985년 여름. 사십대에 접어든 약사에다가 미망인이었다. 북한은 많은 탄광노동자들을 몽골로

송출하고 있었다. 그녀는 약사 동료 둘과 함께 북부 탄광도시 에르데네트로 배속된다. 1992년 몽골인민공화국이 무혈혁명 끝에 몽골국으로 새로 태어나면서 북한의 파견인력들이 철수할 때까지 그녀는 에르데네트 시내에 소재한 북한 약국에서 근무한다.

그러는 사이 차를 써비스하는 승무원이 보온물통을 가지고 왔다. 우리는 찻잔에 뜨거운 차를 받았다. 내가 필기를 끝내고 찻잔을 들었을 때 자르갈 시인이 말했다.

"더러 평양에서 왔느냐, 서울에서 왔느냐, 그런 질문을 받지 않소?"

"몽골인들한테 말인가요?"

하고 되묻고 나서 나는 대답했다.

"한국인인지 일본인인지 묻는 사람들은 더러 있습니다."

"그럴 테지…… 구십년대까지만 해도 우리는 한국인을 만나면 평양에서 왔는지 서울에서 왔는지 꼭 물었다오. 두 쪽 사람들이 혼재해 있었으니까. 한국인 하면 평양 사람들밖에 모르던 우리에게 그건 여간 곤욕이 아니었소. 이제는 몽골에서 평양 사람들을 만나기가 쉽지 않지."

자르갈 시인이 오랜만에 외출한 사람처럼 말했다. 나는 그가 사회주의자나 공산당원이 아닐까 잠시 생각했다. 세상이 바뀌자 눈을 감아버린 시인.

"그건 무엇일까?"

그가 말을 이었다.

"서울 사람이든 평양 사람이든 한국인들한테 몽골은 마치 제

삼지대 같다는 인상을 받았소. 다들 우리를 통해 서로의 이야기를 들으려 했지. 마치 중매쟁이를 세운 사람들 같았단 말이오. 그 마음을 무어라 해야 할까…… 그리움이라 해야겠지."

어떠냐는 눈빛으로 자르갈 시인이 건너다보았다. 나는 '그리움' 대신 '호기심'이라는 말을 입에 머금었지만 대답하지 않았다. 언어는 사전적인 의미를 벗어나서 정치적으로 의미가 분절된다. 남북문제에 관한 한 그리움이라는 어휘는 내게 더는 심미적인 언어가 아니었다. 나는 그리움만큼 정확한 말도 없다고 여기지만 함부로 말하지 못했다. 우파들은 남북관계에 감성을 경계하고 냉철한 인식을 요구한다. 그리움 같은 것은 그들에게 위험천만하고 한심한 언사이다. 당장 재앙이라도 불러올 주문처럼 여긴다. 내 그리움이 아무리 심미적일지라도 나는 무의식적으로 그들의 정치적인 제동기를 가지고 '그리움'을 사용했다.

"추억이 있어야 그리움이 있을 텐데, 저처럼 젊은 세대는 북한이나 북한 사람들에 대한 추억이나 실감이 없지요."

대답을 가만히 듣고 있던 자르갈 시인의 얼굴에 실망하는 빛이 확연해졌다.

"추억이 없어도 그리움은 오는 법이죠. 우리에게 그리움이 없다면 시도 없을 테지."

이 원로는 결코 대화하기에 편안한 상대는 아니었다. 이런 부류의 인물들과 얘기를 나누다보면 스스로 속물인 양 여겨지고, 작가로서도 덜된 느낌이 든다. 몽골 젊은 시인들 중에 한국의 문단이나 문화에 대해 궁금해하는 친구들은 있었어도 분단문제나 문학의 본질을 입에 올린 사람은 드물었다. 나는 울란바타르에 사는 젊은 시인들과 화가들의 모임에 가끔 나갔는데, 그들은 어느 허름한 빌딩 지하에 'BLUE SKY'라는 작은 갤러리를 열어놓고 있었다. 화가들 중에서는 토오꾜오나 뻬이징, 런던 등지에서 유학한 경험을 가진 친구들도 더러 있었다. BLUE SKY는 전위적인 예술가들의 아지트였다. 그들은 새로운 예술에 대한 열망으로 가득 차 있었다. 가령 시낭송대회는 몽골에서 굉장히 대중적인 문학행사였는데, 그것을 사회주의 전통의 폐습으로 경원시하는 친구도 있었다.

인구가 워낙 적어서 몽골 시인들은 시장에 유통되는 시집을 갖기가 쉽지 않았다. 시집은 꾸준히 발간되지만 대부분 서점으로 나가지 않고 시인 자신이 소장하고 있었다. 그렇다고 결코 시가 죽은 사회는 아니었다. 시집이 읽히지 않는 대신 수시로 열리는 시낭송대회는 시민들에게 꽤 인기있는 대중행사였다. 나는 새해에 대형공연장에서 열린 시낭송대회에 초대를 받았는데 관람료가 꽤 비싼 데 놀랐고, 그 표가 동나서 암표상들이 설치는 데에는 입이 벌어졌다. 몽골이야말로 시의 나라라 한대도 결코 과장된 표현이 아닐 것 같았다. 그런데 젊은 시인이 그것에 대해 강한 반감을 토로한 것이다. 그는 몽골의 낭송문화는 율격의 지나친 강제, 그리고 쉬운 표현을 요구하는 대중성으로 시를 죽이고 있다고 역설했다. 그는 들려주는 시가 아니라 읽히는 시가 자신들의 정신을, 현대의 몽골을 표현하는 데 더 적합하다고 덧붙였다. 아닌게아니라 자신의 나체사진을 표지 디자인으로 삼고 자의식의 언어들로 충만한 그의 두번째 시집을 선물로 받고 나서 나는 그의 주장에 동의했다기보다 그를 이해하게 되었다.

"북한인들을 만나보았소?"

나는 고개를 저었고 그는 고개를 끄덕였다. 자르갈 시인은 젊은시절을 사회주의체제에서 살다가 만년을 자본주의체제에서 사는 사람이었다. 비단 북한 여자가 화제에 오르지 않았더라도 그는 이런 대화들로 한국인을 만났으리라. 나는 조금은 얄미운 마음으로 원로에게 물었다.

"체제가 바뀌고 나서 혼란스럽지 않았습니까?"

그는 오랫동안 생각에 골몰해 있다가 천천히 입을 열었다. 그는 어떤 통증을 느끼는 것처럼 보였다.

"내 절친한 친구 중에 체덴발* 치하에서 사막으로 유형을 가서 낙타를 치며 살다가 떠난 친구가 있소. 그가 울란바타르에 남은, 소위 실용주의자들이라는 친구들에게 이런 시를 써서 보냈지. 흰 늑대든 검은 늑대든 늙으면 모두 회색 늑대가 된다. 그때는 젊은 때라 부끄러웠지. 그러나 모든 늑대가 회색 늑대가 된다는 말은 이 초원에서는 메타포이기 전에 준엄한 자연의 법칙이오. 진실이지. 그 친구가 이 나이까지 살았다면 우리가 늑대에 대해 어떤 말을 나누었을까? 그는 늘 자유를 노래했지만 조국에 대해서는 추호도 의심이 없는 사람이었소. 반면 나는 인민을 찬양했지만 늘 칭기즈칸의 민족을 의심했소. 도대체 우리는 서로에게 비수를 꽂

* 사회주의 시절 몽골의 서기장, 1952년부터 1984년까지 32년간 독재를 했다.

을 만큼 뭐가 달랐던 걸까? 고독이 떠나버린 이 대지에서 우리는 모두 나약한 시인이었을 뿐인데…… 우리가 새로운 나라를 만들자고 했을 때 역시 고독 따위는 안중에도 없었소. 이 고독한 대지 위에 질주의 욕망만 부려놓았소.”

그러면서 그는 예의 잊혔던 질문을 다시 한숨처럼 토해냈다.

“대체 우리가 끝내 알 수 없는 것들을 다 무어라 불러야겠는가?”

나는 비로소 자르갈 시인이 독특한 어법으로 반복하는 질문이 한숨이 아닐지도 모른다는 생각에 이르게 되었다. 그것을 무어라 명명해야 하는지 그는 이미 알고 있을 것 같았다. 갑자기 나는 숙제를 받은 기분에 젖고 말았다. 그 모든 것이 혹시 고독이 아닐까, 어렴풋이 그런 생각이 스쳤다.

자르갈 시인이 잠자리에 들 준비를 하자 나는 자리를 피해 통로로 나왔다. 승무원이 통로 끝에 설치된 보일러에 탄을 때고 있어서 통로는 매캐한 연기와 후끈한 열기로 가득했다. 방 두세 군데에서 술자리가 한창 무르익어 있었다. 나는 화장실을 찾아 걷다가 창문에 이마를 대고 선 냐마를 발견했다. 꽤 취했는지 그녀는 몸의 균형을 온통 이마에 싣고 창밖을 응시하고 있었다. 나는 그녀의 어깨에 손을 올렸다. 그녀가 놀란 듯 고개를 들었는데 눈시울이 붉게 젖어 있었다. 당황한 나는 어깨에서 손을 거두지 않을 수 없었다.

“괜찮아요?”

그러나 그녀는 손바닥으로 눈을 씻으며 대답 대신 물었다.

"얘기는 많이 들었어요? 그 여자를 찾을 수 있을 것 같아요?"

나는 고개를 끄덕였다. 뭔가 위로하고 싶었지만 어떻게 해야 할지 알 수 없었다. 동료들이 냐마를 불러서 우리는 더 서 있을 수 없었다. 그녀는 술자리로 돌아가고 나는 화장실로 발걸음을 옮겼다. 마음이 무거웠다. 냐마를 여행에 끌어들인 사람은 나였다. 볼강은 냐마의 고향이지만 그녀는 방문을 썩 내켜하지 않았다. 어쩌면 BLUE SKY의 멤버들이 빠진 낭송여행에 부담을 느꼈는지 모른다. 내가 북한 여자를 찾는 일을 도와달라고 부탁한 며칠 후 냐마는 북한 여자를 자신이 관계하는 잡지에 기사로 써도 되겠느냐고 물어왔다.

냐마는 평소 쾌활하고 활동적인 여자였다. 그녀 역시 BLUE SKY의 멤버로 항공회사에 기내잡지를 납품하는 편집회사를 운영하고 있었다. 그녀는 BLUE SKY의 든든한 후원자이기도 했다. 다소 보수적인데다가 시인으로서 뚜렷한 정체성이 없는데도 그녀가 BLUE SKY의 주요 멤버로 활약하는 것은 후원자로서 역할이 크게 작용하는 것 같았다. 그러나 어쨌든 냐마는 매력적인 여자임에는 틀림없었다. 그녀는 일찍이 남편을 잃었다. 남편은 사회주의 시절에 활약한 명망있는 원로 작곡가였는데 고향을 방문했다가 냐마와 만난 것으로 알려져 있었다. 냐마는 작곡가의 세 번째 아내가 되었다. 작곡가는 냐마를 만난 후 숨을 거둘 때까지 4년을 고향에 머무르며 만년작들을 쏟아냈다. 그가 생전에 냐마를 위해 작곡한 교향곡은 몽골인들이 가장 사랑하는 음악이 되었다. 대중이 추앙하는 예술가의 젊은 미망인으로서 그녀는 여전히 세인들의 관심과 사랑을 받고 있었다.

그러나 BLUE SKY에는 냐마로 인한 미묘한 불화가 끊이지 않았다. 남자 멤버들과 냐마 사이에는 일정한 거리가 형성되어 있었다. 물론 그들은 진심으로 친했다. 그렇다고 티를 내면서 냐마를 가까이 대하는 남자들은 드물었다. 처음에는 그녀의 역할과 이력 탓일 거라고 짐작했는데 머잖아 그게 남자들 사이에 형성된 미묘한 긴장관계에서 비롯한 것을 알게 되었다. 모두가 그녀와 춤추기를 원하나 서로 경계하느라 홀로 남겨진 공주. 냐마는 꼭 그런 신세 같았다.

BLUE SKY 남자들은 자신들끼리 나누지 못하는 고백들을 나에게 털어놓았다. 그들 중 적어도 서너 명은 그녀에게 구애했다가 거절당한 전력을 갖고 있었다. 총각도 있고 이혼남도 있고 유부남도 있었다. 전남편을 너무나 사랑하는 여자라며 '냐마는 파계(破戒)해야 할 라마'라고 해가면서 비통해하는 친구도 있었다. 어떤 친구는 냐마에게 자신이 희롱당했다고 분개했다. 어느 정도 그 말에 동의할 수 있었다. 심성이 여리고 착한 냐마는 모두에게 친절했고 그것을 호감으로 착각한 사내들이 날아들었다가 데이는 것 같았다. 그러나 호의와 호감을 구분 못하는 남자들이 바보이지 냐마를 성토할 이유는 없었다.

그런 의미에서 남자들도 냐마도 국외자인 나를 경계하지 않았다. 나는 제삼지대에 놓인 사람이었고, 역설적으로 그녀와 자유롭게 춤을 출 수 있는 사람이었다. 나 역시 냐마가 왜 사랑으로부터 마음을 닫고 사는지 궁금했다. 몽골은 미망인이 연애하고 재혼하는 걸 큰 흠으로 여기지 않는 사회였다. 그런데도 냐마가 왜 뭇사람들의 입에 오르내리며 미망인으로 늙어가는지 이해할 수 없었다. 전남편 탓이 아닐까 짐작도 해보았다. 이 사회는 아직도 많은 영웅들의 동상(銅像)을 거리에 세워놓고 있지 않은가. 냐마의 남편은 죽지 않은 것이나 다름없었다. 그런 여러 상황들이 냐마로 하여금 스스로 '조국의 여자'가 되게 한 건 아닐까 의심했다. 조국의 여자라는 말이 나와서 하는 말이지만, 나는 조국이라는 말에 일종의 후진성을 느꼈고, 그것을 훼손해보고 싶은 욕망에서 자유롭지 못했다.

언젠가 냐마가 술기운을 빌려 마음 한자락을 내비친 적이 있었다.

"나는 고독을 견디지 못하는 사람이에요. 사람은 사랑하는 순간에도 고독하다고 하잖아요. 나는 그걸 못 견디겠어요. 차라리 사랑 없이 나 혼자 감당하는 게 나아요."

나는 말의 이면을 콩콩거리는 치졸한 구석도 갖고 있다. 그녀가 고독이라는 말을 들먹일수록 나는 그게 틈으로 보였다. 어쩔 수 없이 나는 남자였다. 오호, 네가 그런 붉은 입술로 사내들을 끓렸구나. 나는 제삼지대로서 위치를 망각하고 금을 넘어보고 싶은 욕망에 사로잡혔다. 그건 백 퍼쎈트 진심도 아니었고 백 퍼쎈트 장난도 아니었다. 오랜 시간 동안 그녀가 눈치챌 만한 선에서 나는 뱀이 몸을 놀리듯 말과 몸짓으로 그녀를 흔들어보았다. 그녀는 금방 눈치를 채지 못하는 것 같았다. 그녀가 무딘 점도 있을 테고, 그동안 서로 스스럼없이 농담하고 장난치면서 생긴 방심

탓도 있었을 것이다. 어느 순간 냐마가 당황한 표정을 지어 보였다. 이내 그녀는 잔뜩 화난 표정으로 쏘아보았다. 나는 그 얼굴을 짓궂게 바라보았다. 그 철없는 여자의 입에서 '나는 조국과 결혼한 여자예요' 하는 말이 나오지 않을까 조마조마했다. 한동안 말이 없던 그녀가 입을 열었다.

"당신, 다치고 싶어요?"

그래놓고 그녀는 피식 웃었다. 그녀의 유치한 대답을 듣고 그녀가 정말 맹한 여자가 아닐까 다시금 바라보았다. 아니면 그녀는 생각보다 훨씬 사려 깊은 여자일지도 모른다. 어쨌든 그녀가 그 상황을 장난으로 만들어주어서 우리는 다시 얼굴을 맞대고 지낼 수 있었으니까. 그러나 그날 나는 두려웠고, 그래서 비겁했다는 걸 인정해야 했다. 몽골을 떠날 때까지 냐마에게 그 마음을 들키지 않으리라 작정했다. 한편으로 나는 냐마가 내 진심을 조금이라도 알아주기를 간절히 바랐다.

그녀는 왜 울었을까? 문득 그녀에게 사랑이 찾아왔는지도 모른다는 예감이 들었다. 이 열차 안에 있는 남자 중 하나인지도 몰랐다. 그런데도 이상하게 질투심 같은 것은 일지 않았다. 그녀가 한없이 안타까우면서 한편으로 나 자신이 외롭다는 느낌이 들었다. 그녀는 나와는 상관없이 존재한다는 고독감이 파도처럼 뼛속을 들랑거렸다.

나는 침대로 돌아와 누웠다. 자르갈 시인은 고른 숨을 내쉬며 잠들어 있었다. 열차에서 잠자리가 편할 리 없었다. 나는 간간이 뒤척이다가 깼고, 그때마다 누군가 부르는 노랫소리를 들었다.

이튿날 아침 여덟시가 넘어서 기차는 종착역 에르데네트에 도착했다. 역사는 멀리 도심을 바라보는 눈 쌓인 언덕에 있었다. 우리는 차로 두 시간 거리에 있는 볼강 시로 다시 이동해야 했다. 지역 문인들이 자동차를 가지고 나와 일행을 기다리고 있었다.

볼강 시로 이동하는 동안, 밤새 술자리를 가진 시인들은 지역 문인들을 만나서 술판을 더 크게 벌였다. 초원에서 자동차 행렬은 여러번 멈춰섰다. 그들은 영하의 추위에서도 초원으로 몰려나가 보뜨까 병을 돌리고 노래를 불렀다. 그리고 쉴새없이 사진을 찍었다. 나는 마치 한나절을 술병과 카메라 사이에서 탁구공처럼 오가다가 볼강 시로 스매싱을 당한 느낌이었다. 젊은 시인 하나는 두 중년여자에게 부축을 받으며 겨우 호텔로 옮겨졌는데 두 여자는 젊은 시인의 유년기에 그를 가르친 교사들이었다. 그녀들은 시종 유쾌한 웃음을 잃지 않았다.

소련군이 진주해 개발했다는 볼강 시는 그들이 떠난 1980년대 중후반의 시간 속에 머물러 있는 것 같았다. 작고 낡은 잿빛 도시는 수도 울란바타르와는 전혀 다른 정체된 느낌을 자아냈다. 지붕 낮은 상가들은 그사이 간판만 바뀌가면서 오늘에 이른 듯했다. 호텔은 시민회관이 있는 광장에 면해 있었는데, 광장 산책로에는 낙엽송 숲이 조성되어 있었다. 왠지 나는 그 헐벗은 낙엽송 숲이 이 도시의 자랑이 아닐까 싶었다. 그건 시민들이 도시를 가꾸고 있다는 인상을 주었다. 그 점이 뭔가 도시에 안정감을 주고 있었지만, 그래서 강한 배타성마저 느껴졌다.

이튿날 아침 나는 다소 황당하고 우스꽝스런 사건과 맞닥뜨렸

다. 오후에 시민회관에서 시낭송대회가 열릴 예정이라 오전 일정
은 시청에서 마련한 박물관 견학이 잡혀 있었다. 일행과 함께 호
텔 로비에 나갔다가 나는 가죽점퍼 차림의 한 사내에게 저지를
당했다. 그는 경찰관이라고 신분을 밝혔다. 그는 나에게 신분증
을 요구했고, 여권을 확인한 후에는 여행허가증을 내놓으라고 했
다. 여행허가증이라는 말도 처음 들어보았을 뿐 아니라 경관 역
시 일행들이 어떤 목적으로 이 도시를 방문했는지 빤히 아는 처
지라 그의 요구를 어떻게 받아들여야 할지 난감했다. 경관은 더
없이 순진한 용모를 지닌 삼십대의 젊은이였다. 나는 이자가 돈
을 요구하는 건 아닐까 하는 의심부터 들었다. 주위에 있던 몽골
시인들이 나서서 그의 신분을 확인하고, 상황을 설명하고, 항의
도 하였지만 그는 막무가내였다.

　잠시 후 행사를 기획하고 시인들을 인솔해온 작가협회 실무자
가 나에게 다가와 설명했다. 경관의 요구가 법에 근거하고 있는
건 사실이라고 했다. 사회주의 시절부터 외국인은 지방을 방문할
때 관내 경찰서에서 여행허가증을 발급받아 소지해야 한다는 거
였다. 그러나 그는 꽤 심통 난 표정으로 이미 죽은 법을 가지고
고집을 부린다고 툴툴거렸다. 자신도 외국인과 여행을 해보았지
만 처음 겪는 일이라고 경관이 들릴 만큼 크게 욕설을 내뱉었다.

　경관이 원칙적인 일처리를 요구하고 있었으므로 나 역시 일을
원칙적으로 처리하면 간단해질 것 같았다. 나는 실무자에게 경찰
서로 가서 신고를 하고 오겠다고 했다. 그러나 문제는 점점 꼬여
갔다. 시인들은 자존심이 상해서 그와 맞설 태세였다. 당사자인

나는 뒷전으로 밀리고 시인들이 나서서 경관에게 삿대질을 하는 사태가 벌어졌다. 경관은 무표정한 얼굴로 미동도 하지 않았다.

한참 실랑이 끝에 자르갈 시인이 나서서 내가 여행신고서를 작성하는 것으로 정리를 해주었다. 그러나 이번에는 경관이 다른 조건을 내걸었다. 내가 시낭송대회의 정식 참가자라는 작가협회 회장의 싸인이 들어간 초청장 형식의 공문을 요구했다. 그런 종류의 서류는 울란바타르에서 만들어서 보내야 했다. 경관은 팩스로 받는 사본은 필요없고 정본을 제시해야 한다고 했다. 정본을 받으려면 적어도 이삼일은 걸릴 것이므로 결국 여행을 허가하지 않겠다는 속셈이었다. 시인들이 당장 시청과 경찰서로 쳐들어갈 것처럼 분개했다.

나 때문에 행사가 망쳐질까 염려되어 나는 호텔에 남아 기다리겠다고 했다. 시인들을 호텔에서 내모느라 또 한바탕 소동이 벌어졌다. 자르갈 시인이 아니었다면 나는 그 모든 상황이 더없이 낭패스러웠을 것이다. 짧은 시간이었지만 나는 온몸에서 힘이 빠져 호텔 밖으로 나갈 수 있더라도 그럴 엄두가 나지 않았다. 결국 시인들이 견학을 나서고 나는 객실로 올라갔다. 경관은 마치 호텔에 고용된 경비원처럼 로비 의자에 앉아서 이해할 수 없는 인내력으로 자리를 지켰다. 나는 그가 애초에 상황을 이렇게까지 끌고 올 생각은 없었으리라 생각했다. 서로 얽혀버린 자존심과 감정이 사태를 이 지경으로 만들었을 것이므로 시간이 지나면 그가 곧 돌아가리라 믿었다. 그러나 경관은 점심시간이 돼서야 호텔문을 나섰다. 호텔의 늙은 관리인 여자가 올라와 경관이 떠났다고 알려왔다. 그녀는 그러나 그가 점심을 먹고 다시 돌아올 거라고 일러주었다. 그러면서 여자는 덧붙였는데 뜻밖에도 냐마가 나서야만 이 사태가 수습되리라는 거였다. 나는 무슨 소리인가 싶어 그녀를 바라보았다.

"저놈은 스무살 이후로 냐마만 나타나면 사냥개처럼 따라다닌 다오."

냐마는 아침 일찍부터 관공서를 돌아다니며 북한 여자의 소재를 확인하느라 그 소동을 보지 못했다. 우리의 계획대로라면 여행 마지막날인 내일 초원으로 나가 여자를 찾을 거였다.

내가 호텔 식당에서 점심을 먹고 있을 때 냐마가 돌아왔다. 그녀는 호텔 관리인에게 이야기를 듣고 들어오는 길인지 얼굴이 상기되어 있었다. 그녀가 이 일에 대해 뭔가 말하리라 예상했는데 그녀는 오전에 돌아다닌 일만 언급했다.

"찾지 못했어요. 몽골 관청이라는 데가 이렇게 엉터리라니까요. 그런데 다행히 어떤 사람이 사원을 찾아가보라고 해서 그곳에 갔다가 대충 어디에 사는지 알아왔어요. 내일 새벽에 출발해요. 그 지역에 가서 또 묻고 다녀야 하니까 오후 네시까지 돌아오려면 빠듯할 수도 있어요."

새벽에 떠나자는 그녀의 말은 핑계처럼 들렸다. 그녀는 앞에 놓인 음식에는 손을 대지 않고 뜨거운 차를 거푸 세 잔이나 따라 마셨다. 나는 그녀를 낯설게 바라보았다. 사실 그런 낯섦은 지금 이 순간뿐이 아니었다. 요 며칠 동안 그녀는 무슨 벼랑 같은 데서 겨우 버티고 있는 사람처럼 보였다. 그녀는 나와 함께 여행하고 있다는 사실에 어떤 심리적 동요도 없는 것 같았다. 오직 북한 여자를 찾는 일에만 매달리는 것처럼 행동했다. 이번 여행에 북한 여자는 나에게 그렇듯 냐마에게도 핑곗거리일 수 있었다. 냐마가 그 정도는 알리라 믿고 있었다. 그래서 나는 몹시 화가 나고 섭섭했다. 나는 그녀에게서 자신의 고향을 방문한 사람에게 보여주는 일반적인 배려심마저도 느낄 수 없었다.

오후 세시가 될 때까지 경관은 나타나지 않았다. 일행들은 두시에 시작된 낭송대회에 참석하러 시민회관으로 가고 없었다. 광장에 설치된 스피커를 통해 시인들이 시를 낭송하는 소리가 들려왔다. 나는 냐마와 함께 산책이나 할까 싶어 그녀의 방으로 찾아갔으나 그녀도 낭송대회에 갔는지 보이지 않았다. 나는 호텔을 나와 시내를 걸었다. 오전의 일 때문에 나는 줄곧 쫓기는 자처럼 주위를 두리번거려야 했다.

나는 도시의 서쪽 언덕에 작은 천문대 같은 건물이 보여 그곳을 향해 걸었다. 작은 개천을 건너야 하는 그 길은 아주 한적해서 주위를 두리번거릴 필요가 없었다. 볕이 좋아 추위는 견딜 만했다. 십여분을 걸어 언덕에 올라섰다. 그곳은 천문대가 아니라 전쟁영웅의 묘이자 기념관이었다. 나는 돌아서서 시내를 내려다보았다. 손바닥만큼 얇은 분지에 씨멘트 창고 같은 회색 도시가 앉아 있었다. 도시가 조금 만만해 보였고, 그러자 움츠러들었던 마음이 한결 풀렸다. 나는 기념관에 비치된 관광안내도를 가지고 도심의 박물관으로 걸음을 옮겼다.

박물관은 몽골의 지역박물관이 일반적으로 그렇듯 역사박물관과 자연사박물관이 통합된 형태였다. 지질과 동식물, 유물과 그리고 볼강을 고향으로 둔 인물들의 유품이 전시되어 있었다. 전시된 인물 중에 이채로운 이는 몽골뿐 아니라 동아시아 최초의 우주인이라는 구라차였다. 나는 쏘유즈호에 앉아서 지구를 향해 손을 흔들고 있는 그의 사진 앞에 한동안 머물렀다. 박물관을 나서려던 나는 언뜻 스치는 사진에 발걸음을 세웠다. 조그만 흑백 사진 속에서 나는 조금 앳되어 보이기는 하지만 냐마가 분명한 여자를 뚫어지게 들여다보았다. 고개를 들자 한 남자의 초상화가 눈에 들어왔다. 그는 작곡가이자 냐마의 남편이었다. 작은 사진 들과 악보와 펜 등속이 초상화 밑으로 전시되어 있었다. 사진 중 에는 작곡가가 각기 다른 세 여자와 찍은 사진들이 나란히 걸려 있었다. 왼쪽에서 오른쪽으로 갈수록 사진 속 작곡가는 늙어가고 있었으며, 맨 마지막 사진에 이르러 그는 딸 같은 냐마와 함께 있 었다. 마치 여자와 함께 작품세계가 조명되곤 하는 삐까쏘의 전 시관에 와 있는 느낌이 들었다. 나는 머리를 한대 얻어맞은 듯 한 동안 사진 앞에 서 있다가 우울하게 박물관을 나왔다.

박물관 밖에서 한 사내가 기다리고 있었다. 검정 가죽점퍼를 입은 사내는 담배꽁초를 버리며 다가왔다. 나는 또다른 경관이거 니 추측하고 체념하는 마음이 되었다.

사내는 다짜고짜 냐마를 아느냐고 퉁명스럽게 물었다. 술냄새 가 훅 끼쳤다. 그러고 보니 사내의 구두는 지나치게 더럽고 낡았 으며 눈은 풀려 있어서 정상적인 생활을 하는 사람으로 보이지 않았다. 나는 경계하며 고개를 끄덕였다. 그가 졸린 듯한 눈으로 말했다.

"냐마는 아직 젊고 예쁘죠."

그렇게 말해놓고 사내는 박물관의 음악가가 자신의 형님이라고 한동안 떠들어댔다. 주정처럼 어찌나 맥락이 없고 횡설수설인지 그는 부끄러운 자의식으로 괴로워하는 사람처럼 보였다. 어느 구석인가 작곡가를 닮은 듯도 했다. 그러는 동안 그가 해코지하려는 마음이 전혀 없다는 걸 깨달았고 경계심이 사라진 자리에 호기심만 차올랐다. 이윽고 그가 나를 기다린 용건을 꺼냈다. 그는 아까부터 손에 들고 있던, 보라색 천으로 싼 장총 같은 물건을 서둘러 풀었다. 오래된 마두금 악기였다.

"형님에게 받은 것입니다. 생전에 아주 아끼셨죠. 이 도시에는 이놈을 사줄 만한 사람이 없습니다."

그러고 나서 그는 또 횡설수설하더니 매듭짓듯이 오만 투그릭이라고 말했다. 생각보다 적은 액수였다. 울란바타르에서 자신의 그림을 거리로 가져 나와 외국인을 상대로 파는 화가나 사회주의 시절의 훈장을 밀거래하는 노인들이 더러 접근할 때가 있었다. 그도 그런 부류처럼 보였다. 비록 그가 보뜨까를 사기 위해 이 짓을 하고 있다고 해도 나는 탓할 생각은 없었다. 다만 이런 사내의 입에서 냐마라는 이름을 듣는 상황이 어떤 통증을 불러일으켰다. 견딜 수가 없었다. 나는 그에게 돈을 지불하고 마두금을 건네받았다.

나는 전혀 쓸모없는 악기를 들고 터벅터벅 호텔로 걸어갔다. 끝내 냐마에게 이 일을 털어놓지 못할 것이다. 일련의 사건들을 겪으면서 나는 혹시 냐마를 향해 장난과 같은 마음이 있다면 다 집어치우자고 마음먹었다. 그러자 그녀를 향한 내 마음이 더욱 순정하고 애틋해진 것만 같았다. 사내에게 건넨 오만 투그릭이 마치 금기를 푸는 벌금같이 여겨지기도 했다.

호텔에 다다랐을 때 일층 창문으로 호텔 관리인 여자가 불렀다. 그녀는 목소리를 한껏 낮추고 경관이 로비에 와 있다는 신호를 보내왔다. 그녀는 나에게 호텔 뒤쪽으로 돌아오라고 손짓했다. 식당으로 향하는 작은 문이 열리고, 나는 비상계단을 타고 내 방으로 돌아왔다.

잠시 후 나는 마두금을 들고 호텔 로비로 내려갔다. 이 도시의 충직한 개는 회전의자에 앉아 얼굴을 신문으로 덮은 채 졸고 있었다. 나는 관리인 여자에게 술을 주문해놓고, 경관 앞에서 헛기침을 했다. 그가 눈을 번쩍 떠서 나는 뒤로 주춤 물러났다. 호텔 밖으로 나갈 의사가 없다는 사실을 그에게 알렸다.

의자를 끌어다가 그의 앞에 앉았을 때 관리인 여자가 보뜨까와 치즈를 내왔다. 잔은 하나였다. 아마도 관리인 여자는 이 자리에서 몽골식으로 끝장을 보라는 눈치였다. 나는 잔을 채워 경관에게 내밀었다. 그는 손을 내저었다. 잔을 거둬들이지 않고 나는 말했다.

"어차피 당신과 나는 오후내 호텔에서 머물러야 한다. 즐겁게 시간을 보내도 좋지 않겠는가?"

그가 잔을 받아들었다. 그는 단숨에 잔을 비우고 내게 내밀었다. 그 짓을 서너 차례 반복하는 동안 우리는 서로 말 한마디 건네지 않았다. 술이 약한 나는 얼굴이 금세 달아올랐다. 나는 그에게 마두금을 켤 수 있는지 물었다. 그는 가타부타 말없이 내게서 마두금을 받아서 어루만졌다. 그러나 악기를 켜지는 않고 되돌려주었다.

"좋은 악기인가?"

나는 물었다. 그는 머리를 흔들었다.

"오래되기는 했지만 흔한 기성품이다."

나는 작곡가의 이름을 대고 이 도시에 그의 형제가 남아 있는지 물었다. 내 느낌인지 모르지만 순간적으로 그의 눈에서 불꽃이 튄 것처럼 보였다.

"무엇을 허가받으려는지 모르겠지만 당신의 말을 들어줄 가족이나 형제는 없다. 그는 엄밀히 말해 이곳 사람이라고 할 수 없다. 여기에서 태어나고 죽었지만 대부분을 울란바타르에서 살았다."

그러더니 경관이 무릎을 꿇듯이 의자에서 내려서서 내 손을 덥석 잡았다.

"나는 어머니 말고 다른 여자의 향기는 냐마밖에 모른다. 냐마를 데려가지 마라. 가끔이지만, 멀리서라도 이 땅에서 볼 수 있게 해달라."

나는 그의 손을 이끌어세웠다.

"냐마는 아무에게도 가지 않을 것이다."

그렇게 말해놓고 그에게도 한마디 건네지 않을 수 없었다.

"누구도 냐마를 구속할 수 없다. 냐마의 영혼은 자유롭다."

내 말에 자극을 받았는지 술기운 탓인지 경관은 그후 십여분
을 비통하게 흐느꼈다. 경관과 헤어지기 전, 나는 마두금을 그에
게 선물했다.

"이걸 받아줘라. 내 마음이다."

이튿날 새벽 다섯시에 냐마는 내 방문을 두드렸다. 호텔 밖에
는 지프와 고용한 운전사가 대기하고 있었다. 그녀가 조수석으로
올라버려서 나는 뒷좌석에 홀로 앉았다. 그녀는 내게 화가 나 있
는 듯했다. 나는 그녀가 경관과의 술자리를 전해들었는가 싶었
다. 아니면 이틀 새 내 마음에 인 미묘한 변화를 여자의 직감으로
눈치챘는지 모른다.

냐마와 나는 잠든 시가지를 빠져나가면서 싸운 사람들처럼 입
을 다물었다. 초원에 들어섰을 때 나는 친구와 자르갈 시인을 통
해 들은 북한 여자에 대한 정보를 기록한 쪽지를 냐마에게 전해
주었다. 애초에 냐마를 이 여행에 끌어들인 의도대로 그녀는 그
녀의 욕망으로 북한 여자를 찾고 있다는 사실을 나는 알고 있었
다. 나는 조금 잔인하다 싶었지만 쪽지를 읽는 냐마의 얼굴에 나
타날 반응을 살폈다. 그러나 냐마에게서 이렇다 할 표정의 변화
를 느낄 수 없었다.

"냐마, 우리 그만 돌아갈래요?"

나는 그녀에게 말했다. 냐마는 한동안 말없이 앉아 있다가 대
답했다.

"나는 꼭 만나보고 싶어요."

지프는 두 시간을 넘게 겨울초원을 달렸다. 솜〔郡〕 소재지에

도착하여 냐마는 관청과 상점을 들락거리며 여자의 소재지를 수소문했다. 냐마는 유목민은 솜 영역 내에서 이동하기 때문에 금방 찾을 수 있을 거라고 말했다. 그러나 이름도 모를뿐더러 오직 북한에서 온 여자라는 단서밖에 없다는 사실 때문에 나로서는 불가능해 보였다. 냐마가 밝은 얼굴로 상점에서 나왔다.

"알아냈어요?"

나는 성급하게 물었다. 냐마는 "거의……"라고 말해놓고 운전사에게 약도를 건네주며 설명했다. 운전사는 자신의 지도를 펼쳐서 위치를 확인했다. 차가 출발하자 그녀가 돌아보며 말했다.

"북쪽 골짜기에 가면 그녀의 소식을 알 만한 유목민이 산대요."

다시 차는 삼십여분을 달렸다. 그 시간 동안 우리가 지나친 유목민 게르는 겨우 둘뿐이었다. 우리는 가끔 길가에서 죽은 채 널브러진 낙타의 사체를 보았고, 게르 근처에서는 양떼의 사쳇더미를 보았다. 여름가뭄이 심해 초지가 메말랐고 엎친 데 덮친 격으로 겨울추위가 다른 때보다 극심했다. 운전사는 봄이 오면 정부에서 죽은 가축들을 매장해줄 거라고 말했다.

여러번 길을 헤맨 끝에 게르 하나를 발견했다. 그곳 역시 재해로 죽은 양들을 게르 곁에 쌓아두고 있었다. 유목민에게 점심을 청해서 먹을 시간이 되었으나 우리는 차에서 내릴 엄두가 나지 않았다. 냐마만 늙은 유목민 부부를 따라 게르로 들어갔다.

잠시 후 냐마가 치즈를 천에 담아 차로 돌아왔다.

"서쪽 골짜기로 가보라고 해요. 여자의 겨울 게르가 그쪽에 있다고 해요."

나는 여행이 막바지에 이른 것을 알았다. 피로와 함께 긴장감이 몰려왔다.

우리는 서쪽 골짜기에 들어 연기 피어오르는 게르를 저만치 앞두고 차를 세웠다. 대문이라고 해야 하는 위치에 무슨 바리케이드처럼 백여 마리가 넘는 양들의 사체가 쌓여 있었다. 냐마는 한숨을 내쉬었다. 개 한 마리가 차 앞으로 달려와 짖어댔으므로 우리는 차에서 주인이 나오기를 기다렸다. 머잖아 보라색 델을 입은 여자가 게르에서 걸어나왔다. 그녀는 천천히 걸어와 개를 앉히더니 줄로 발을 묶었다. 나는 늙은 여자를 유심히 바라보았다. 생김새만으로는 우리가 찾는 사람이라고 단정할 수 없었다. 그건 냐마도 마찬가지인 눈치였다.

이윽고 우리는 노인의 안내를 받으며 게르로 걸어갔다. 노인은 눈시울을 붉힌 채 우리에게 끊임없이 하소연했다. 손을 휘저어 하늘을 가리키고 죽은 양떼를 바라보며 고개를 저었다. 가축을 잃은 비통함에 노인은 반쯤 얼이 빠진 듯했다. 게르에 들어서자 끼쳐오는 연기와 냄새로 숨이 막힐 지경이었다. 자욱한 연기 속에서 게르 한편에서 가축 울음소리가 들려왔다. 게르 한구석을 널빤지로 막아 만든 우리에서 새끼양 세 마리가 꾸물꾸물 우리를 바라보고 있었다. 노인은 그 세 마리만 살아남았다고 또 눈시울을 붉혔다.

나는 누추한 게르를 둘러보았다. 주황색 칠을 한 단조로운 서랍장과 나무궤짝 같은 낡은 트렁크 두 개, 그리고 평상 모양의 나무침대 따위 전형적인 유목민 살림살이들이 게르 가장자리를 두르고 있었다. 나는 혹시 사진첩 같은 단서들이 없나 주위를 둘러보았으나 노인의 과거를 읽을 만한 어떤 물건도 눈에 띄지 않았다. 그러다가 게르 한쪽 기둥에서 마른 풀줄기로 엮어 걸어놓은 약초 같은 게 눈에 띄었는데, 자세히 보니 그건 말린 야생마늘이었다. 나는 이 노인이 우리가 찾고 있는 여자라고 직감했다. 냐마는 섣불리 용건을 꺼내지 못하고 그녀가 하염없이 쏟아내는 하소연을 맥없이 듣고 있었다.

나는 냐마에게 눈짓을 주고 게르를 나섰다. 숨이 트이는 것 같았다.

냐마가 인터뷰하는 동안 나는 차에서 기다렸다. 나는 양들의 사체를 찍기 위해 사진기를 꺼내 차에서 내렸다. 꽁꽁 언 양들은 사체라기보다 깎아서 쌓아놓은 양털 무더기로 보였다. 추위에 손발이 얼어 다시 차로 돌아왔는데도 냐마는 나올 기미가 없었다. 운전사가 가요 테이프를 틀었다. 그는 노래를 목청껏 따라 불렀고, 나는 무릎장단을 치거나 깔깔거리며 시간을 보냈다.

그러고도 시간이 얼마나 흘렀을까. 드디어 냐마가 게르에서 나왔다. 나는 냐마가 잡지에 쓸 사진을 찍어주기 위해 카메라를 챙겨서 차에서 내렸지만 노인은 따라나오지 않았다. 그 쪽에서는 새끼양들의 울음소리만 간헐적으로 들려올 뿐 아무 기척이 없었다. 냐마가 입을 꼭 다문 채 소매로 눈물을 훔쳐내며 걸어왔다. 무슨 사연이 그리 사무쳤을까. 냐마는 부끄럽다는 듯 시선을 피한 채 말했다.

"만날 수 없대요. 그 여자는 죽었대요."

내가 뭐라 대꾸할 틈도 없이 그녀는 내 품으로 쓰러졌다. 그러
더니 마음먹고 울기로 작정한 여자처럼 소리내어 울었다. 나는
엉거주춤 서서 굴뚝 연기 잦아든 게르를 조금은 아쉬운 마음으로
바라보았다. 그 순간 나는 어떤 극심한 외로움과 함께 부끄러움
이, 그리고 두 여자를 두고 어떤 질투심마저 들었는데 그 심리상
태가 어디에서 연유하고 딱히 무어라 명명할 수 있을지 알 수 없
었다. 다만 나는 아주 오래전부터 그리워한 듯 그녀를 품에 안고
사랑할 자격이 있을까, 진심으로 자문했다.

중국산 폭죽

"여보, 그 아이들이 또 왔어요."

아내가 서재 문을 열고 말했다. 안방에서 잠든 아기 탓에 아내
는 목소리를 한껏 낮추고 있었으나 경계심과 짜증이 묻어났다.
목사는 무슨 일이냐는 듯 책상에서 고개를 들었다.

"저번에 빈병들을 가져간 부랑아들 말이에요."

현관문 밖에서는, 그러고 보니 서투른 휘파람 소리와 킬킬거
리는 웃음소리가 들려왔다. 아내는 차갑게 말했다.

"못돼먹었어요, 휘파람으로 사람을 불러내다니."

목사는 현관 문구멍을 통해 밖을 내다보았다. 사흘 전의 그 몽
골 소년들이었다. 두 아이는 나무난간에 걸터앉아 있었는데 마른
아이는 앞니 빠진 입으로 휘파람을 불었고, 그보다 한뼘은 작아
보이는 아이가 기름때에 전 자루를 바닥으로 내려뜨린 채 두 발을

흔들고 있었다. 이웃집 동무에게 놀러 온 아이들처럼 여유로웠다.

목사는 문고리를 잡은 채 신발장 옆에 놓인 폐품상자를 들여다보았다. 아내가 이미 처리했는지 상자는 말끔히 비워져 있었다. 그는 문고리를 놓았다. 어쨌든 오늘은 그들에게 줄 빈병 따위는 없었다. 그는 현관에서 한발 물러났다. 안에서 대답이 없으면 그냥 물러가리라 여겼다.

그러나 노크소리가 들려왔다. 당신은 들켰다는 듯 두 녀석이 동시에 철문을 두들겨댔다. 이웃 눈치가 보일 만큼 노크소리는 점점 시끄러워졌다. 목사는 왠지 두려움을 느꼈다. 분명 짜증이 아닌 두려움이었다. 조금 전에 자신이 취한 행동에 대한 어떤 죄의식 같았다. 그는 하루에도 여러차례 이런 심리적 국면에 처하곤 하였다. 그때마다 그는 목자로서 자신의 그릇이 아직 부족하다고 괴로워했다.

목사는 문을 열었다.

추위와 가난에 전 꾀죄죄한 두 얼굴이 반갑게 웃었다. 목사는 문고리를 꼭 잡은 채 말했다.

"어떻게 하지? 오늘은 줄 게 없구나."

목사는 바닥에 놓인, 텅 빈 재활용상자를 내려다보았다. 미안한 마음으로 그는 덧붙였다.

"밖으로 내놨더니 다른 사람이 가져간 모양이야."

대번에 아이들의 표정이 굳어졌다. 자루를 어깨에 걸친 아이는 숫제 확인을 해야겠다는 듯 몸을 기웃이 들이밀었다. 반사적으로 문고리를 잡은 목사의 손아귀에는 더욱 힘이 들어갔다. 녀석은 상자가 빈 것을 확인하고는 욕설이 분명한 몽골어를 짧게 토해냈다. 딱히 그를 향한 욕설이라고 보기 어려웠는데도 순간적으로 목사는 침이라도 튄 것처럼 기분이 상했다.

그때 건물 귀퉁이 마당 쪽에서 인기척이 났다. 목사는 재빨리 아이들 어깨 너머로 시선을 던졌다. 그러나 그쪽으로 사람의 형체는 나타나지 않았다. 머잖아 씨멘트 바닥을 삽 같은 연장으로 긁는 소리가 이웃 아파트들에 부딪혀 공명하며 들려왔다. 아마도 건물을 관리하는 노인이 마당에서 얼음을 긁어내는 모양이었다. 어쩌면 목가적으로 들릴 수 있는 그 소리가 그러나 목사에게는 무슨 경고음처럼 몸을 움츠러들게 했다.

"일단 들어오너라."

문을 더 열면서 목사는 상반신을 비켜주었다. 아이들이 경계하듯 뒤로 물러섰다.

"뭣들 하니? 어서 들어오라니까!"

목사는 명령하듯 낮게 소리쳤다.

아이들이 움찔 놀라서 현관으로 들어섰고, 목사는 문을 닫았다.

아이들을 들여놓자 지금껏 맡지 못한 악취가 코끝으로 밀려들었다. 짐승의 털 그슬리는 노린내와 흡사했다. 관리실 노인의 눈을 피하느라 아이들을 급히 집 안으로 들여놓긴 했지만 목사는 곤경에 처한 걸 깨달았다. 이 지저분한 아이들을 거실로 들여놓을 수도, 그렇다고 다시 내보낼 수도 없는 처지였던 것이다.

"왜 우리 것을 남한테 줬어요?"

작은 아이가 따지듯 물었다. 그 아이는 성인용 가죽장갑을 끼고 있었는데 그 두툼한 손으로 빈 상자를 가리켰다. 목사는 어처구니가 없어 눈을 동그랗게 떴다. 잘못을 따지듯이 하는 아이의 태도도 그렇지만 결코 목사는 아이들과 어떤 약속도 한 바 없었다.

"미안하구나. 나는 너희가 다시 안 올 줄 알았다."

"오늘 온다고 했잖아요."

큰 아이가 역시 열띤 목소리로 대꾸했다. 그 아이의 눈빛은 옅은 갈색이었는데 그 눈빛과 더불어 밋밋해 보이는 볼은 그 아이의 출신을 부랴트족*으로 짐작하게 했다. 반대로 작은 아이는 광대뼈가 두드러졌다. 또 하관이 짧고 둥글어서 전형적인 할하족** 아이처럼 보였다. 열두어 살쯤 되어 보이는 아이들은 마르고 왜소한 몸을 풍덩한 외투 속에 감추고 있었다.

원망 가득한 눈빛으로 대답을 기다리는 아이들을 목사는 난처한 표정으로 내려다보았다. 그들이 오늘 다시 오기로 했다는 말 따위는 기억나지 않았다.

작은 할하 아이가 말했다.

"변상을 해주세요."

"변상? 뭘 변상하라는 말이냐?"

"우리 것을 남에게 줬잖아요. 그러니까 돈으로 변상해주세요."

할하 아이는 동의를 구하듯 제 친구를 바라보았다.

"농담이지?"

목사는 애써 태연하게 물었다.

---

* 부랴트족(Buryatwhr族): 몽골족의 주요 분파.
** 할하족(Khalkha族): 몽골 민족의 80퍼쎈트를 구성하는 몽골족 최대 분파.

"그 폐품들이 어떻게 너희 거란 말이냐?"

두 아이가 동시에 고개를 가로저었다.

"지난번에 약속했잖아요?"

할하 아이가 자루를 바닥으로 내려놓았다. 자루에서 깡통 부딪는 소리가 났다.

"아저씨가 우리를 불러서 분명히 그렇게 약속했어요."

옆에 선 부랴트 아이도 고개를 끄덕였다. 목사는 실소를 터뜨렸고, 이내 고개를 살래살래 흔들었다.

물론 사흘 전 아이들을 불러들인 장본인은 목사 자신이었다. 그날 아침 그는 서재 창가에 서 있었다. 밤새 내린 눈이 잿빛 도시를 해끔하게 닦아놓고 있었다. 건물 왼편으로는 사회주의 시절부터 이 도시에서 가장 큰 대중공연장인 '인민궁전'이 자리잡고 있었다. 그곳에서는 온갖 공연과 전시회와 결혼식 들이 열렸다. 그 인민궁전 광장이 밤새 설원으로 변해 있었다. 아파트 쓰레기장을 배회하며 사는 까마귀떼가 눈 위에 발자국을 찍고 노느라 종종걸음을 쳤다. 영하 삼십도의 날씨에도 불구하고 이 먼지 많은 도시에는 좀처럼 눈이 내리지 않았다. 눈 쌓인 풍경을 보고 있자니 그는 마음속까지 개운해지는 느낌이었다.

그러나 이내 목사는 눈살을 찌푸리지 않을 수 없었다. 이웃 아파트 쓰레기장에 시선이 닿았을 때, 쓰레깃더미에 쌓인 눈을 걷어내며 폐품을 골라내는 아이들이 보였던 것이다. 아이들은 모두 세 명이었는데 평소 골목에서 자주 눈에 띄던 녀석들이었다. 도시에 그런 부랑아들은 흔했다. 그들은 하나같이 때에 전 자루를

어깨에 걸치고 있었는데 쓰레깃더미에서 먹을 만한 빵조각이라
도 나오면 그 자리에서 해치우곤 했다. 그뿐인가. 갓 열살이 넘었
을까 싶은 아이들이 둥글게 쪼그리고 앉아서 담배꽁초를 나누어
피우는 광경은 경악스럽기까지 했다. 도시의 까마귀들과 다를 바
없었다. 자신의 교회에 나오는 몽골인 집사 암가는 그런 아이들
이 이 도시에 오천 명은 될 거라고 알려주었다. 그것도 언론이 발
표하는 숫자이고, 실제로는 족히 만 명쯤 될 거라고 했다.

창문에서 몸을 떼던 목사는 다시 몸을 기울였다. 그는 아이들
속에서 낯익은 여자아이를 발견했다. 네댓살쯤 되어 보이는 작은
여자아이였는데, 한 달 전인가 예배시간에 암가가 거리에서 전도
해온 일곱 명의 아이들 중 하나였다. 아이는 기침을 심하게 했다.
가슴과 목이 짜개지는 듯한 기침소리였다. 설교하는 동안 목사는
여간 신경이 쓰이지 않았다. 그는 설교문의 문장을 간간이 놓치
곤 했다. 예민한 신도 몇사람이 암가를 향해 눈을 흘겼고, 눈치
없는 이 집사는 한참 만에 일어나, 그러나 이번에는 제법 신속하
고 조용하게 아이를 데리고 밖으로 나갔다. 얼마 후 목사는 암가
혼자 돌아오는 모습을 확인하고 기도를 인도하느라 눈을 감았다.

“오, 주여!”

하고 목사가 외쳤을 때였다. 외마디 비명 같은 목소리가 울음소
리에 섞여 예배당에 울려퍼졌다.

“빵 주세요!”

조금 전 암가가 데리고 나간 여자아이였다. 아이는 빵 한 조각
을 두 손에 쥔 채 예배당 문앞에 서 있었다. 불현듯 목사에게는

'작은 악마'라는 낱말이 떠올랐고, 그는 세차게 머리를 흔들었다. 기도를 중단하고 그는 말했다.

"저 어린 영혼에게 먹을 것을 주세요."

암가를 통해 자초지종을 들으니 전도할 때 약속한 대로 아이에게 빵을 들려서 돌려보내려고 했는데, 아이는 오빠 몫으로 두 개를 더 달라고 떼를 썼다고 했다. 암가는 다음 주일에 오빠를 데려오면 그때 빵을 더 주겠노라며 아이의 등을 떠밀다시피 하고 돌아온 모양이었다. 그 주인공들이 지금 쓰레기장에 나타난 거였다.

목사는 창문을 열고 손짓해서 아이들을 불렀다. 평소 그는 소심하다 싶을 만큼 꼼꼼한 성격이었지만 어떤 경우에는 아주 충동적으로 일을 저지르곤 했다. 여자아이는 지난번 일 때문인지 아파트 마당에 서 있고, 두 사내아이만 문앞으로 다가왔다.

목사는 아이들을 현관 앞에 세워놓고 폐품상자를 내밀었다. 그 속에는 분유통, 통조림 깡통, 플라스틱 물병, 그리고 음료수 캔과 폐지가 그득했다. 아이들은 횡재라도 했다는 듯 생글거리며 그것들을 자루에 옮겨담았다.

작업이 끝나자 두 아이는 뭔가를 꾸미는 것처럼 서로 눈길을 주고받았다. 이윽고 부랴트 아이가 마당을 향해 "아즈자야!" 하고 여자아이를 불렀다. 아이는 쭈뼛거리며 다가왔는데 숫기없는 모습이 지난번 소동을 일으킨 아이답지 않았다. 헐벗고 지저분해서 그렇지 얼굴은 꽤 귀염성이 있었다. 여자아이를 가운데 세운 사내아이들이 서로 눈치를 보면서 비죽이 웃었다. 목사는 무슨 꿍

꿍이속인지 궁금한 얼굴로 아이들을 지켜보았다. 할하 아이가 입을 열었다.

"아저씨, 우리가 애한테 욕을 가르쳤어요. 한번 들어보실래요?"

"욕을 가르쳤다고?"

목사는 열기가 얼굴로 후끈 치솟았다. 아이들은 제지할 틈도 없이 자신들의 공연을 시작했다.

"아즈자야, 욕해봐. 이 아저씨한테 보여줘."

부랴트 아이가 허리를 굽히고 여자아이를 재촉했다. 아이는 부랴트 아이 뒤로 몸을 반쯤 숨긴 채 목사를 훔쳐보았다. 아마도 부랴트 아이가 친오빠인 모양이었다. 목사는 답을 기다리는 교사처럼 물끄러미 아이를 바라보았다. 아이가 입을 오물거리더니 이윽고 작은 목소리로 말했다.

"욕!"

두 사내아이는 자지러지게 웃고, 목사와 여자아이는 멍하니 서 있었다. 목사는 한참 만에 웃었다.

아이들은 우쭐거리며 돌아섰고, 목사는 그런 아이들을 물끄러미 바라보았다. 아이들에게 베푼 작은 선의로 그는 마음이 뿌듯했다.

그러나 그런 마음도 잠시뿐이었다. 관리실 노인이 문을 두드렸다. 웬일인지 노인은 몹시 화가 나 있었다.

"부랑아들을 왜 불러들이오?"

노인이 따져물었다. 꼭대기층인 삼층에는 목사가 담임으로 있는 교회가 입주해 있었고, 그 사실은 누구보다도 노인이 잘 알고 있을 터였다.

"영감님, 교회는 누구든지 올 수 있는 곳입니다."

목사는 납득할 수 없다는 듯 말했다.

"그러면 나 같은 사람을 왜 두겠소? 일층하고 이층에는 엄연히 살림집들이 있잖소. 저런 아이들은 불러들여서는 안된단 말이지."

노인은 아파트의 쓰레기장을 가리켰다. 얼마 전에 물러간 아이들이 다시 쓰레기를 뒤지고 있었다.

"사장이 날 해고할 수도 있단 말이오."

몇달 전 임대계약을 할 때 건물주는 부랑자들의 출입을 금해야 한다는 것을 조건으로 달았다. 예배당을 빌리기 위해 몇달간 고생이 심했던 목사는 그 조건을 따져볼 염이 없었다.

"알았습니다. 그저 지나가는 아이들이었어요."

목사는 피곤한 얼굴로 해명했다.

노인이 물러가자 아내가 말했다.

"당신이 괜한 짓을 한 것 같아요. 이 건물에서 나오는 폐품들은 저 노인네 차지인 것 같던데."

그러니까 노인이 화를 낸 이유는 정작 제 몫의 재활용품을 앗긴 데 있다는 소리였다.

"원, 그게 얼마나 돈이 된다고……"

목사는 혀를 찼다. 이웃들의 곤궁함에 까닭없이 짜증이 났다.

목사는 제 앞에 버티고 선 아이들을 난감한 얼굴로 바라보았다. 분명 사흘 전에 이 아이들을 부른 일은 충동적이긴 했지만 결코 또다시 방문해달라고 말한 적은 없었다.

"다음부터는 꼭 너희에게 주마."

그쯤에서 그는 아이들을 돌려보내야겠다고 생각했다. 그러나 아이들은 꿈쩍도 하지 않았다.

"그건 그거고요. 오늘 것은 변상해줘야 해요."

역시 할하 아이였다. 도대체 말이 안되는 녀석들이군. 직업상 그의 말이 거부된 일은 드물어서 목사는 이 상황이 몹시 낯설고 당혹스러웠다. 그는 체념한 듯 물었다.

"좋다. 얼마를 달라는 거냐?"

악취는 아랑곳없다는 듯 그는 아이들 쪽으로 바짝 허리를 굽혔다. 아이들은 우물쭈물 대답을 못했다. 목사는 두 아이를 번갈아 바라보았다. 할하 아이가 자루를 집어들며 입을 열었다.

"그거야 우리가 알 수 없지요."

"알아서 달라는 소리냐?"

처음으로 그는 눈을 흘겼다.

"얼마냐? 오백 투그릭이면 되겠느냐?"

"아니오."

할하 아이가 곧바로 머리를 저었다. 목사는 허리를 세웠다. 자신이 결코 경험해보지 못한 인내심으로 그는 자리를 지키고 있다는 사실을 깨달았다.

"오백 투그릭이면 적은 돈이 아니다. 한 끼 식사도 가능한 돈이야."

"알아요. 그렇지만 그건 우리가 원하는 돈이 아니에요."

"도대체 얼마를 뜯어내겠다는 거냐?"

목사는 낮게 소리쳤다. 할하 아이가 아랑곳하지 않고 말했다.

"폐품이 얼마나 되었나요?"

"그러니까, 그러니까 말이다, 너는 지금 내다버린 폐품 양을 묻고 있는 거냐?"

아이는 머리를 끄덕였다.

"우리는 꼭 그만큼만 변상받길 원해요."

목사는 힘없이 손뼉을 쳤다. 어처구니가 없었다. 그런데도 그는 어떤 충격을 받은 느낌이었다. 마치 어린 악마들을 대하고 있는 것 같았다. 그러나 어쩐지 이들과의 대화가 점점 흥미로워진 건 사실이었다.

"아마 분유통이 하나였을 게다. 그리고 물통이 네댓 개쯤, 통조림 깡통이 두어 개…… 아아, 모르겠다."

자신이 무슨 짓을 하고 있나 싶어 목사는 머리를 저었다.

"생각해보렴. 그런 걸 눈여겨 기억해두는 사람이 몇이나 되겠느냐?"

그는 아이들이 어떻게 나오는지 보려고 팔짱을 끼었다.

"좋아요."

할하 아이가 말했다.

"아저씨 말을 믿을게요. 분유통과 깡통은 무게로 계산하니까 백 투그릭을 받겠어요. 물병은 큰 건가요?"

목사는 머리를 끄덕였다.

"그래, 일점오 리터짜리지."

“그건 한 개에 이십 투그릭이에요.”

잠자코 서 있던 부랴트 아이가 우쭐해서 입을 열었다.

“모두 백팔십 투그릭이야.”

목사는 서재로 들어가 지폐 두 장을 내왔다. 그는 할하 아이에게 돈을 건넸다.

“거스름돈은 다음에 갚을게요. 아시죠? 아저씨가 손해본 것은 없어요.”

아이들은 마치 거래를 끝낸 상인들처럼 쾌활하게 문밖으로 나섰다. 문이 닫히기 전, 할하 아이가 덧붙였다.

“약속하세요, 폐품을 우리한테 꼭 넘기겠다고.”

목사는 씁쓰레하게 웃으며 고개를 끄덕였다. 아이들은 인사도 없이 돌아섰다.

“잠깐만, 얘들아!”

목사는 화들짝 놀란 목소리로 아이들을 불러세웠다. 그리고 그는 마당 쪽으로 귀를 기울였다. 여전히 얼음 치우는 소리가 들려왔다.

“자, 다시 들어오너라. 관리실 할아버지가 일을 끝마칠 때까지는 여기서 머물러야겠어.”

아이들은 금방 이해한 눈치였다.

다시금 목사는 아이들을 현관에 들여놓고 어정쩡하게 서 있었다. 아이들은 피신한 짐승들처럼 아무 말이 없었다. 그사이 목사는 몇차례 거실 창으로 다가가 바깥 동정을 살폈다. 노인은 이제 그의 집 앞마당까지 다가와 있었지만 작업이 금방 끝날 것 같지는 않았다.

"집들이 어디냐?"

할하 아이는 머리를 저었다. 부랴트 아이는 북쪽으로 손짓을 하며 게르촌에 산다고 했다.

"그렇지만 저는 집에 안 가요."

목사는 이유를 추궁하는 눈빛으로 부랴트 아이를 바라보았다. 할하 아이가 대신 대답했다.

"애 아버지가 매일 술 먹고 때린대요. 그래서 여동생하고 가출 했어요."

"여동생 말이냐?"

목사는 여자아이를 떠올리며 물었다.

"며칠 전에 병원으로 갔어요. 많이 아파요."

할하 아이가 말했다.

"도대체 너희는 어디서 먹고 자는 거냐?"

"맨홀 아세요?"

목사가 고개를 끄덕이자 할하 아이가 말했다.

"거기서 주로 자고, 운좋은 날은 아파트 계단에서도 자요. 아파트는 힘들어요. 관리인이 쫓아내거든요. 그래도 우리가 떼를 지어 몰려가면 쫓아내지 않아요. 무서우니까."

녀석은 아무 감정도 실리지 않은 목소리로 말했다.

현관문 너머로 삽 놀리는 소리가 가까이 들려왔다. 그들은 입을 다물고 한동안 서 있었다. 입을 다물자 다시 악취가 솔솔 피어났다. 녀석들은 운동화를 신고 있었는데 양말이 비어져나올 정도로 나달나달했다.

"그래, 그것들을 모아서 하루에 얼마씩이나 벌지?"

목사는 할하 아이가 어깨에 멘 자루를 바라보며 물었다.

"대중없어요. 많이 버는 날은 오백 투그릭쯤."

"그럼, 아까 내가 오백 투그릭을 주겠다고 했을 때 왜 거절했지?"

할하 아이가 열없이 웃었다.

"아저씨는 이제 우리 고객이잖아요."

녀석은 숫제 손을 뻗어 목사의 팔뚝을 툭 쳤다.

부랴트 아이가 현관문을 살짝 열고 문틈으로 밖을 내다보았다. 아이가 활짝 웃는 얼굴로 돌아서서 말했다.

"이제 가도 되겠는걸."

"잠깐!"

목사는 아이들을 붙잡았다.

"너희들도 몇가지를 약속해줘야겠다."

아이들이 쳐다보자 목사는 빠르게 말했다.

"사흘마다 한번씩 꼭 들러야 한다. 사흘을 넘기면 밖으로 내놓을 거야. 그리고 둘이서 함께 오지 말고 한 사람만 와라. 올 때는 그 자루를 들고 오지 마라. 폐품은 내가 봉투에 싸서 줄 테니까."

두 아이는 고개를 끄덕이고 문밖으로 나갔다.

그가 막 책상에 앉았을 때 창밖에서 관리실 노인의 고함이 들려왔다.

"이 녀석들, 썩 꺼지지 못해!"

목사는 잔뜩 움츠러들어서 창가로 몸을 기울였다. 놀랍게도 인민궁전으로 가는 길목에서 아까 그 아이들이 멱살잡이를 한 채 서로 악을 쓰고 있었고, 관리실 노인은 싸움을 말리느라 울타리에서 소리치는 중이었다.

목사는 신발을 꿰고 아이들한테 달려갔다.

그가 막 도착했을 때는 결국 할하 아이가 주먹으로 부랴트 아이의 뺨을 한 대 갈긴 뒤였다. 눈을 뒤집으며 달려드는 부랴트 아이를 목사는 두 팔로 껴안았다.

"도대체 너희들 왜 이러느냐? 그만둬라."

부랴트 아이는 목사의 품에서 제 친구를 향해 발길질하느라 발버둥을 쳤다. 그 틈에 할하 아이는 욕설을 퍼부으며 몸을 돌렸다.

"혼자 다 처먹어라!"

녀석이 제 주먹에서 뭔가를 휙 집어던졌는데 길에 떨어진 것은 목사가 준 지폐였다. 녀석은 광장 쪽으로 뛰어서 멀어져갔다.

목사는 부랴트 아이를 내려놓았다. 녀석은 땅에 널브러진 자루를 주워메고 돈도 챙겼다. 그런 녀석이 몸을 돌려 씩씩거리며 목사를 노려보았다. 눈물이 그렁한 눈에는 원망과 저주가 가득했다. 목사는 뭘 어떻게 해볼 도리가 없었다. 목사를 한동안 노려보던 녀석이 몸을 휙 돌려 광장 쪽으로 걸어갔다.

그날 일 때문인지 아이들은 목사의 집을 방문하지 않았다. 이웃 아파트의 쓰레기장에도 모습을 드러내지 않는 것 같았다. 열흘 동안 치우지 못한 폐품들이 현관에 쌓였다. 목사는 집을 드나

들 때마다 발길에 걸리는 폐품들을 바라보며 그 아이들을 떠올렸
다. 결국 아내와 한바탕 말다툼을 하고 나서 목사는 폐품을 밖으
로 내놓았다.

크리스마스가 다가왔다. 밤마다 주택가 골목과 광장에서 아이
들이 중국산 폭죽을 터뜨리며 노느라 도시는 마치 전쟁이 난 것
처럼 변했다. 목사는 외국인 선교사들과 함께 거리의 아이들에게
빵을 나눠주기 위해 인민궁전 광장에 서 있었다. 그는 몰려드는
부랑자들 속에서 할하 아이를 발견했다. 녀석은 목사를 보고 반
가운 기색을 비쳤다.

"왜 오지 않았느냐? 네 친구는 어디 있지?"

목사는 그 아이가 혼자인 것을 보고 주위로 눈을 돌렸다.

부랴트 아이는 자루를 어깨에 걸치고 인파에서 멀리 떨어져
홀로 서 있었다. 아까부터 그랬는지 녀석은 목사를 바라보고 있
었다. 목사와 시선이 마주치자 녀석은 몸을 돌려 힘없이 걸음을
떼었다. 빈손인 것을 보니 아직 빵을 받지 못한 듯했다.

목사는 아이를 쫓아갔다. 녀석은 인사는커녕 화난 아이처럼
뾰로통한 얼굴로 목사의 시선을 외면했다.

"왜 빵을 받지 않고 그냥 가느냐?"

아이는 대답이 없었다. 며칠 새에 얼굴이 더 파리해져서 병색
마저 느껴졌다.

"여기 있거라. 빵을 좀 가져오마."

그러자 아이는 머리를 저었다.

"왜 다른 걸 먹고 싶으냐?"

목사는 주위를 둘러보았다. 가까운 곳에 보쯔가게가 보였다. 아이의 소매를 끌자 녀석은 몸을 비틀며 목사의 손을 털어냈다. 아무리 아이지만 괘씸했다. 녀석이 눈물 글썽한 얼굴로 입술을 달싹거렸다. 목소리가 잠겨서 알아들을 수 없었다. 목사는 허리를 굽혀 귀를 가까이 댔다. 녀석은 저만치 빵을 받아들고 서 있는 할하 아이를 가리켰다.

"저 새끼를 때려주세요."

"뭐라고?"

"저 새끼를 한 대만 때려주세요. 그날 아저씨가 말리는 바람에 나는 때리지 못했어요. 공평하게 한 대만 때려주세요."

목사는 입을 벌린 채 한발 물러났다. 그러자 녀석은 몸을 휙 돌리더니 걸어가버렸다. 목사는 그 아이를 쫓아가 한 대 쥐어박고 싶은 심정이었다.

그는 할하 아이에게 다가갔다.

"너희들 지난번에 왜 싸웠느냐?"

"제가 잘못한 게 아니란 말예요."

할하 아이가 경계하는 목소리로 말했다.

"그 새끼가 혼자 돈을 다 먹으려 해서 그랬다고요."

대충 짐작이 갔다. 목사는 부랴트 아이가 걸어간 길을 바라보았다. 어느 골목으로 사라졌는지 녀석은 보이지 않았다.

"그 새끼는 여러번 그랬어요. 제 아픈 동생을 봐서 몇번 봐줬더니……"

"아무튼 너희는 친구니까 이제 화해해라."

목사는 빵 두 개를 챙겨서 녀석에게 안겼다.

"친구를 찾아서 전해줘."

그러안은 빵을 내려다보며 할하 아이가 말했다.

"걔 동생은 죽었는데요. 며칠 전에 죽었다고요."

녀석이 빵 하나를 되돌려줄 셈으로 내밀었는데 목사는 그저 맥없이 서서 부랴트 아이가 사라진 거리를 바라보았다.

이튿날 할하 아이가 목사 집을 찾아왔다.

"폐품을 가지러 왔어요."

녀석은 눈두덩이 퍼렇게 멍들어 있었다. 목사는 그 아이 어깨 너머를 건너다보았다. 건물 밖에 부랴트 아이가 자루를 어깨에 걸치고 서 있었다. 녀석은 목사와 눈이 마주치자 성끗 웃어 보였다.

"아저씨, 전에 주시려다가 만 오백 투그릭을 우리에게 줄 수 있어요? 크리스마스 선물로요."

할하 아이가 폐품묶음을 받아들고 서서 말을 이었다. 목사는 주머니에서 지폐를 꺼내 건넸다.

"어디에 쓸 거냐?"

하고 물어놓고 그는 후회했다. 그러나 아이의 입에서는 뜻밖의 대답이 돌아왔다.

"폭죽을 살 거예요."

목사는 자신의 선의가 배신당한 느낌이 들었다. 녀석도 낌새를 챘는지 급히 몸을 돌렸다.

약속대로 사흘 뒤에 녀석들이 목사를 다시 찾아왔다. 이번에는 부랴트 아이가 현관문을 두드렸다. 표정이 꽤 밝아 보였다. 목사는 교회에서 나오는 폐품까지 모아다가 둔 것을 내놓았다.

"아저씨, 마지막날 밤에 뭐 하세요?"

"그믐밤 말이냐? 가족들하고 텔레비전으로 해가 바뀌는 걸 볼 게다."

"그럼, 그날밤 열두시에 저기를 보세요."

할하 아이가 인민궁전 광장을 가리켰다.

"왜? 무슨 일이 있느냐?"

"우리 친구들이 다 모일 거예요."

목사는 궁금한 얼굴로 아이를 바라보았다.

"잊지 말고 꼭 보세요."

할하 아이는 몇번을 당부하며 돌아갔다. 녀석들은 몹시 바쁜 눈치였다.

그믐날 저녁에 암가를 비롯한 교회 집사들이 몽골 전통대로 말고기로 빚은 보쯔를 가지고 왔다. 몽골 사람들은 그믐밤에 말고기 보쯔를 먹으며 새해를 맞이했다.

할하 아이가 말한 그 시간이 가까워지자 목사는 창가에 섰다. 멀리 가로등 불빛이 희미한 인민궁전 광장으로 새카맣게 아이들이 모여 있었다. 족히 사오백 명은 되어 보였다. 멀어서 입성을 확인할 수 없으나 저들이 모두 부랑아들이라고 생각하자 목사는 오싹 소름마저 끼치는 느낌이었다. 그는 폭동이라도 일어나는 건 아닐까 두려웠다. 그의 집앞으로도 부랑아로 보이는 아이들 여러 명이 지나갔다. 아이들은 계속 몰려드는 것 같았다. 광장이 어느

새 아이들로 가득 찬 느낌이 들었다. 그들은 층층이 원을 그리며 중심을 향해 서 있었다.

거실의 벽시계가 열두시를 알리는 종을 쳤다.

멀리 광장이 순간적으로 밝아지는 느낌이 들었다. 하얀 불꽃 하나가 하늘로 솟구쳤다. 그리고 삼십 미터 상공에서 콩볶는 소리를 내며 불꽃이 작렬했다. 폭죽이 연달아 터지며 하늘을 수놓았다.

"거리에서 죽은 친구들을 위해 저런 짓을 한답니다."

목사 곁에 서 있던 암가가 말했다. 또다른 집사가 덧붙였다.

"폭죽 하나에 영혼이 하나라죠?"

목사는 찬바람이 들이쳤지만 창문을 열었다. 폭죽은 처음 스무 발이 터진 후 잠시 공백을 두었다가 다시 작렬했다. 저도 모르게 목사는 그게 어린 양들의 목숨인 양 속으로 폭죽을 셈하였다. 폭죽이 서른 발을 넘어설 무렵 광장 저쪽 큰길로 경찰차 네댓 대가 싸이렌을 울리며 달려왔다. 아이들은 불꽃이 솟구치는 중심을 향해 더욱 단단하게 모여들었다.

강을 건너는 사람들

오후 다섯시가 되자 어김없이 포병들이 포를 점검하는 소리가 들려왔다. 산협을 넘어오는 메아리는 여러 겹이었다. 달 삼킨 늑대의 울부짖음처럼 길고 아득했다. 사람을 부르는 소리 같기도 하고, 학교의 구령소리 같기도 했다. 소리가 일정하게 반복되었으므로 어렵사리 꿰어들을 수는 있었다.

1포 이상 무! 2포 이상 무! 3포 이상 무……

포병 진지는 보이지 않았다. 앞산 능선 너머나 개천을 따라 북쪽으로 휘어든 개활지에 산개한 모양이었다.

"꼭 저녁 먹으라고 어머니가 부르는 소리 같단 말이야."

낡은 운동화 밑창에 들러붙은 흙을 막대기로 긁어내던 청년이 창문을 올려다보며 읊조렸다. 이 여유로운 말에 호응하는 사람은 아무도 없었다. 길잡이가 방문할 시간인 것이다.

그들―다섯 사람은 이레째 외딴 가옥에 머무르고 있었다. 가옥은 오랫동안 농장의 사무실로 사용한 듯했다. 남아 있는 집기 따위는 없었다. 마루청을 다 뜯어내서 불퉁하고 검은 맨땅이 그 대로 드러났다. 주민들이 땔감으로 거두어간 듯했다. 땅바닥 가 운데로는 그들이 밤에만 피우는 불자리가 식어 있었다. 함석으로 만든 문은 녹이 슬어 아래쪽으로 날금날금 떨어져나가고 없었다. 바람이 거세지면 함석이 우그러졌다가 펴지면서 괴로운 소리를 냈다. 회 바른 벽에는 액자를 떼어낸 자리가 선명하였고, 그 흔적 만으로도 그들은 움츠러들었다. 벽에는 생산과 작업을 독려하는 구호들이 붉은 페인트 글씨로 씌어 있었다. 미곡과 잡곡의 배급 량을 기록한 글씨도 흐릿하게 남아 있었다. 그곳의 누구도 그 수 치를 현실감있게 받아들이지 않았다. 미국의 경제봉쇄 이후 그 수치는 유명무실해졌던 것이다. 하루 오백 그램이던 배급량은 날 이 갈수록 줄어 지난해 가을부터는 이백 그램으로 줄었고, 겨울 을 나는 석 달 동안에는 밀가루 한 홉 받아본 적이 없었다. 외국 에서 구호식량이 들어온다는 소문만 몇달째 떠돌고 있었다.

이번 기근으로 농장이 폐쇄되었는지 알 수 없었지만 이 산간 오지의 상황은 다른 데보다 더 심각했으면 했지 덜하지는 않을 것 같았다. 사실 이 고장은 내륙에서 접근하기에는 워낙 힘든 산

간지대인데다가 연대 규모의 군부대가 주둔하고 있었고, 강심도 깊어 이곳을 통해 강을 넘는 사람은 드물었다. 그러나 최근에 국경 경계가 강화되는 바람에 약한 둑이 터지듯 유민들이 부쩍 이곳으로 모여들었다. 그런만큼 이 길도 언제까지 안전할지 장담할 수 없었다.

사내가 창에 씌운 거적때기를 막대기로 들추고 바깥 동정을 살폈다. 저녁밥 타령을 하던 청년이었다. 곧추섰는데도 턱이 겨우 문턱에 닿았다. 그는 귀까지 내려덮는 털모자를 쓰고 있었다. 서른이 넘은 것 같기도 하고 더 어린 것 같기도 했다. 말은 많았으되 제 이야기를 입에 올리는 경우는 드물었다. 포병생활을 했던 모양으로 소리의 정체를 처음으로 분간해낸 사람도 그였다.

"달이 뜨는군."

청년이 중얼거렸다. 사람들은 청년이 열어놓은 창문 구멍으로 잠깐 시선을 던졌다.

날이 저물면서 고갯길도 산그늘에 잠기고, 아직 번한 능선 위 하늘로 까마귀로 보이는 새가 솟구쳐 날곤 했다. 길잡이는 그 고갯길로 넘어올 텐데 아직 모습이 보이지 않았다. 그쪽 하늘에 동전 같은 달이 떠서 익어가고 있었다. 일교차가 심해서 밤이면 안개가 짙었고 이곳에 든 후 맑은 밤하늘을 보기 힘들었다. 낮으로는 언 땅이 풀리며 길이 몹시 질척거렸다. 오후에는 고개를 넘어오던 군용트럭이 도랑으로 미끄러졌는데, 열댓 명 남짓한 병사들이 나타나서 밧줄을 걸어 개활지 쪽으로 끌고 갔다. 그쪽으로는 마을이 있었다.

예닐곱 평쯤 되는 방 안에 그들은 흩어져 자리를 잡고 있었다. 창에서 조금 비껴난 아랫자리에는 다섯살짜리 여아를 둔 부부가 앉아 있었다. 남편은 강파른 얼굴에 수염이 가시시한 안경잡이였다. 뿔테안경 너머 붉게 충혈된 눈매가 퍽이나 매서웠으나 오랫동안 지쳐 지낸 사람처럼 나른해 보이기도 했다. 옆에는 그의 아내가 가방을 깔고 앉아 오후내 눈을 감은 채 아이를 안고 있었다. 잠든 것 같지는 않았다. 포병의 외침소리가 들려오면 그녀는 담요 밑으로 손을 뻗어 잠든 아이의 귀를 막아주곤 했다. 아내의 얇은 미간이 잠깐씩 접히는 모습을 남편은 세심하게 바라보고 있었다. 이들 부부는 통 말이 없었다. 여자가 야맹증을 앓아서 그녀가 밤에 볼일을 보러 마당으로 나설 때마다 남편이 손수 손을 이끌었다. 남편의 시선을 의식해서인지 여자가 눈을 떴다. 사위가 이렇게 어두워진 줄 몰랐다는 듯 여자는 눈을 부릅떴다. 남편은 머리를 가볍게 흔들었다.

"이제 곧 오겠지."

여자는 무릎 쪽으로 담요를 여미고 다시 눈을 감았다. 새근거리는 숨소리가 아니라면 그 담요 속에 아이가 누워 있으리라고는 여겨지지 않았다. 일행이 보기에 그 아이는 이미 죽은 목숨이나 다름없었다. 오줌똥을 치우느라 옷을 벗길 때 삭정이 같은 사지가 뒤틀리고 맹꽁이배를 한 아이를 목격할 수 있었다. 이들 부부는 미숫가루를 개어 억지로 떠먹여보곤 했는데 아이는 받아먹지 못했다. 아이가 목숨을 연장하고 있는 것은 제 어미가 가끔 물리는 젖 때문인지도 몰랐다. 보아하니 젖도 거의 나오지 않는 것 같았다. 다섯살짜리 아이에게 젖 물리는 광경을 처음 보았을 때는 모두 의아해했다. 어려운 시절이 아니라면 다 큰 아이의 버릇을 잘못 들였다고 타박쯤은 했으리라.

문 쪽 구석자리에서는 가장 연장자인 오십대 사내가 짐을 꾸리고 있었다. 그는 사흘째 되는 날 일행에 합류했는데 친지를 만나기 위해 몰래 강을 건너온 중국교포라 했다. 갑작스럽게 대규모 군사훈련이 시작되면서 그는 발이 묶였다. 강을 건넌 게 이번이 세번째였다. 그는 유일하게 시계를 차고 있어서 일행은 때때로 그를 통해 시간을 확인했다. 그는 인색해 보였는데 하루이틀 겪으면서 그가 꼭 인상 같지만은 않다는 걸 알게 되었다. 아이가 밤중에 열이 많이 올랐을 때는 그가 소지품에서 해열제를 내줘서 잘게 쪼개 먹였다. 교포 사내는 강을 건너면 아이를 병원으로 데려가주겠다고 했다. 이 가옥에 규율 같은 것은 없었으나 자연스럽게 교포 사내의 말이 힘을 얻었다. 가옥에 머무는 사람들 중에 누구도 자신이 이 땅을 떠난다고 말하지는 않았다. 안경잡이 가족은 병원을 찾아간다고 했고, 청년은 중국에 사는 친척을 만나러 간다고 했다.

사위가 어두워지면서 포병들의 소리도 잠잠해졌다. 정적 속으로 무료한 시간이 고여들었다. 무작정 기다려야 하는 일만큼 고통스러운 게 없다는 사실을 이 방에 갇힌 사람들은 뼈저리게 실감하고 있었다. 교포 사내가 창 쪽으로 다가가 청년 옆에 섰다. 청년이 머리통 하나는 더 작았다. 청년이 담배를 내밀었는데 잎담배를 종이에 만 것이었다. 교포 사내는 외투 주머니를 더듬어 담뱃갑을 꺼내들었다. 아예 통째로 안기려다가 그는 담뱃갑을 털어 담배 개비가 비어져나오게 했다.

"흐음, 중국 것이구만요."

청년은 자신의 담배를 모자 깃에 꽂고 사내의 것에서 한 개비 빼들었다. 그는 담배를 코로 가져가 냄새 맡는 시늉을 하고 불을 붙였다. 교포 사내는 안경잡이에게도 한 개비 권했다. 사내가 자리에서 일어나 창가 쪽으로 걸어왔다. 창 쪽으로 선 세 사람 모두 첫 모금에 절로 한숨을 토해냈다. 안경잡이 사내는 좀 어지러운지 쪼그려앉았다. 그들은 한동안 말없이 담배를 피웠다.

"저 달이 누구 것 같소?"

침묵을 깨고 교포 사내가 장난처럼 물었다.

"누구 거라니요? 달에 무슨 주인이 있습니까?"

청년이 설핏 웃으며 대꾸했다.

"옛날에는 옥토끼가 주인 아니었나?"

"헤헤, 농담이시구만요."

청년이 싱겁게 넘기자 교포 사내는 오히려 눈을 간잔지런하게 뜨고 내다보았다.

"저 달에 지번(地番)을 매겨서 분양하는 사람들이 있답니다."

"달을 팔아요?"

"그렇다니까. 조국 밖에서는 그런 장난이 좀 있어요."

"그럼 그걸 사는 사람들이 있답니까?"

"있다마다. 달의 낭만성을 싼값에 사서 소유하는 거요."

청년은 참 별일이라는 듯 뚱해 있었다. 농담에 맞장구를 쳐주고 싶은데 때를 맞추지 못해 초조한 사람의 얼굴이었다. 교포 사내가 다시 입을 열었다.

"근데 미국이 달 남반구에서 유전을 발견했다지요. 본격적으로 개발할 거랍디다."

"기름회사가요?"

"아니, 거 우주선을 쏴서 달에 성조기를 꽂은 나사라는 데 말이오."

"정말이에요?"

"그렇소. 이제 저 달은 미국 소유요. 우리는 어디서나 이제 미국 달을 보게 되는 거지."

교포 사내는 달에 닿을 듯 담배연기를 길게 내뿜었다. 청년은 전혀 가늠이 안된다는 듯 맥없이 서 있었다. 그는 사내의 이야기를 들으며 알 수 없는 동경심과 두려움이 마음속에 일어나는 것을 깨달았다. 그는 필터까지 담배를 빨았다. 꽁초를 던진 그는 발끝으로 불씨를 눌렀다.

"미국과 두번째 전쟁을 치르고 있다는 말이 맞아."

교포 사내가 혼잣말처럼 뇌까렸다.

"전쟁 때 다음으로 노인들과 아이들이 많이 죽어가고 있다잖소. 아이들 씨가 마를 지경이야. 여자들도 몸을 닫아서 달거리를 안한다지."

교포 사내는 머리를 저었다. 안경잡이는 어둠속 제 아내를 힐끗 바라보았다.

"그래도 최근 들어 출산율이 좀 올랐다는데요."

청년이 말했다. 그는 귀에 꽂은 담배를 뽑아 창문턱에다가 속을 다지고 있었다.

"글쎄, 숫자놀음일 테지. 이제 숫자놀음밖에 안 남았어."

교포 사내의 목소리는 한숨 같았다. 바닥 쪽에서 조용하던 안경잡이가 입을 열었다.

"미국이 정말 우리를 칠까요?"

그의 말투에선 회의하는 빛이 묻어났다. 담뱃불에 그의 콧날과 안경테가 날카롭게 돋았다가 무너졌다.

"쉿! 문밖에서……"

어둠속에서 여자의 목소리가 낮게 깔렸다. 안경잡이 아내의 목소리였다. 두 사내가 동시에 주저앉았다. 여자가 겁에 질려서 몸을 떨자 안경잡이는 아내 옆으로 다가가 어깨를 잡아주었다. 놀랍게도 여자는 더 기겁을 해서 남편의 손을 뿌리쳤다. 낙망한 표정으로 사내는 물러났다. 청년과 교포 사내가 앉은걸음으로 문으로 다가가 귀를 기울였다. 아무 소리도 들려오지 않았다. 청년은 삭아내린 함석문 밑으로 머리를 숙이고 오랫동안 바깥을 살폈다.

"바람소리를 들은 모양이오."

청년이 문에서 떨어져나오며 말했다. 그러나 청년은 마당까지 나가볼 셈으로 함석문을 열었다. 문이 열리며 날선 바람이 들어왔다. 불자리에서 재가 날았다. 여자는 고개를 틀었고, 어깨에서 담요가 흘러내렸다.

아이가 선뜻한 공기에 놀란 듯 울음을 터뜨렸다. 여자가 입을 틀어막듯 젖을 물렸다. 몸을 반쯤 튼 여자는 무엇을 바라보듯 눈을 크게 뜨고 있었는데 그쪽으로 보이는 것이라곤 어둠뿐이었다. 그건 무엇을 본다기보다는 제 속을 응시하는 것처럼 보였다. 아니, 그저 동공이 열려 있는 상태로 얼이 빠졌다는 표현에 합당한 표정이었다. 교포 사내는 그 표정이 무척 낯익어 보였다. 그는 이내 깨달았다. 길잡이의 눈빛이었던 것이다.

"오늘은 좀 늦구먼."

교포 사내가 시계를 들여다봤다.

안경잡이 사내는 불을 피워볼 생각으로 창문에서 거적때기를 걷어 못에 걸었다. 그는 땔감을 잿더미 위에 쌓고 청년이 돌아오길 기다렸다. 머잖아 청년이 들어왔다. 아무 말이 없는 것으로 미루어 밖은 안전한가보았다. 불자리를 보고 청년이 쪼그려앉았다. 불을 피우는 일은 청년의 몫이었다.

"오늘은 좀 이른데……"

말은 그렇게 했으나 청년은 주머니에서 라이터를 꺼냈다. 그는 낮에도 임의로 가옥을 빠져나가 돌아다니다가 왔다. 딴에는 바깥 동정을 살피러 나갔다가 오는 길이라고 했는데 먹을 것을 구하러 다니는 눈치였다. 돌아올 때는 땔감을 한아름씩 안고 나타났다.

"주변 일 킬로미터 내에는 쥐새끼 한 마리 없어요."

문으로 들어서며 그는 보고하듯이 말하곤 했다. 낮에 가옥을 들고 나는 일은 매우 위험해서 일행들이 별로 달가워하지 않았으나 그는 개의치 않았다.

"마을에는 내려가지도 않소."

　의심을 받을 때마다 청년은 그렇게 항변했다. 청년의 외출이 꼭 부정적인 것만은 아니었다. 누군가는 준비해야 하는 땔감이었고, 무엇보다도 그가 들고 나는 행위만으로도 외진 곳에 갇힌 고립감을 더는 것 같았다. 안경잡이 사내는 그가 묻혀오는 바깥바람이 그리워질 때가 있었다.

　불이 오르자 실내 공기도 그렇지만 마음이 한결 느즈러졌다. 교포 사내가 다시 담배를 한 개비씩 돌렸다.

　"선생."

　청년이 교포 사내를 건너다보았다.

　"그쪽에서 오늘도 힘들겠다 하면 어떡할 셈이오?"

　"어떡하다니?"

　"오늘밤에는 무조건 감행합시다. 잡혀봐야 끌려가기밖에 더 하겠어요."

　교포 사내는 입을 다문 채 청년을 물끄러미 건너다보았다.

　"죽기도 하오."

　"솔직히 난 믿지 못하겠어요. 무슨 군사훈련이 이렇게 오래간단 말이오?"

　청년이 툴툴거렸다.

　"미국놈들이 또 뭔 수작을 부린 게지. 날마다 훈련하는 소리를 못 들었소?"

　"솔직히 난 잘 모르겠던데. 일상적인 훈련인지 모르겠더라구요."

　"애기 아빠는 어떻게 생각하오?"

교포 사내가 안경잡이를 바라보며 물었다. 사내는 담배를 깊게 들이마셨다. 사실 이런 이야기로 그들은 부딪칠 만큼 부딪쳐왔다. 가옥에 머문 지 나흘째 되는 날도 그랬다. 밤이 깊었는데도 길잡이가 나타나지 않았다. 사전에 예고도 없었다. 그들은 밤에 강을 넘을 계획이었고, 가장 적당한 기회를 노리고 있었다. 도강 시기를 판단하는 일은 전적으로 길잡이 몫이었다. 길잡이는 매일 저녁 무렵에 올라와 그날밤에 감행할지 말지 그 여부를 알려주기로 되어 있었다. 일행은 밤을 새다시피 하며 길잡이를 기다렸다. 이 가옥에 버려지는 게 아닌가 두려웠다. 그들은 제 운명에 대해 스스로 손쓸 일이 하나도 없는 무력한 상황에 절망했다. 청년이 맨먼저 흔들렸다.

"우리를 버린 게 틀림없어."

그는 방 안의 사람들을 휘둘러보았다.

"틀림없이 돈만 챙기고 내뺀 거라고."

온기 없는 잿더미를 뒤적이다가 물러나 있던 교포 사내가 입을 열었다.

"그래서 어떻게 하겠다는 건가?"

"싫다면 나 혼자라도 갈랍니다."

청년은 몸을 벌떡 일으켰다. 그는 점점 격앙되어 안절부절못했다.

"오, 맙소사, 애어멈한테 목숨을 맡기다니!"

청년은 자신을 견디지 못하겠다는 듯 벽에 머리를 박았다.

"경솔하게 행동하지 말게."

교포 사내도 일어섰다.

"여자를 얕보지 말게나. 그럴 사람이 아니야. 무슨 사정이 있겠지."

"이 상황에 그런 소리가 나오쇼?"

"나는 두 번을 다 그 여자 배로 건넜다네."

동포 사내는 그렇게 말해놓고 안경잡이 사내 쪽으로 시선을 옮겼다.

"정말이오. 이보다 더 어려운 상황도 있었소."

그는 동의를 구하듯 사내를 바라보았다. 그러나 그건 사실이 아니었다. 사람들이 동요하는 걸 막으려고 둘러댄 말이었다. 내심 그도 여자가 나타나지 않은 사정이 궁금하고 불안하였다. 사실 앞서 두 번의 잠행을 도와준 이는 여자의 시아버지인 사공 영감이었다. 영감은 오랫동안 강변에서 거룻배 한 척을 몰았다. 이번에는 그가 죽고 없었다. 수소문해보니 혼자 남은 애어멈을 찾으라고 했다. 지금 상황에서는 여자를 의지할 수밖에 달리 방법이 없었다. 중국 배를 잡으면 모를까 이 강변에서 거룻배라고는 그 한 척뿐이었다.

길잡이는 다음날 저녁에야 나타났다. 하룻밤 새에 눈에 띄게 초췌해져 있었지만 평소처럼 외투로 덮은 아이를 업고 있었다. 사람들은 이 무표정하고 말수 적은 여자가 입을 열기를 기다렸다.

"오늘도 힘들어요."

늘 그렇듯 더 말이 없었다. 전날밤에 오지 못한 일에 대한 사과는커녕 해명도 없었다.

“우리도……”

이윽고 안경잡이 사내가 입을 열었다. 그는 더듬더듬 말을 이어나갔다.

“우리도 더 기다리기는 힘듭니다.”

그는 아내와 아이 쪽을 바라보았다. 여자는 흐릿한 구석자리에서 어둠을 향해 눈을 부릅뜨고 있었다.

“알았소. 이따 여자가 오면 상의해보리다.”

땔감이 많지 않았으므로 불은 금세 사그라졌다. 한 시간이 순식간에 흘러가버린 것 같았다. 남자들은 잿더미에서 온기를 쐬며 자리를 뜨지 않았다. 불맛을 봐서 그런지 몸이 으슬으슬 더 추웠다. 청년이 몸을 부르르 떨며 일어났다.

“함께 가지 않으려오?”

청년이 안경잡이를 내려다보며 말했다. 땔감을 구하러 가자는 소리였다. 안경잡이는 잠깐 아내의 눈치를 살핀 뒤 일어섰다. 그들은 문밖으로 나섰다. 마당 한편에서 바람을 타고 선 미루나무에서 활시위 소리가 났다. 달빛을 받아 빗자루 같은 나무의 음영이 선명했다. 오후내 지켜보던 산등성이가 어슴푸레한 윤곽으로 물러나 있었다.

“개울가에 가면 가다귀를 구하기가 쉽소. 애장터가 있던데 무섭더라도 그쪽으로 갑시다.”

청년이 앞장서 걸었다.

“돌이 많으니 조심하오.”

그들은 길을 건너 풀숲을 헤치며 빈밭으로 내려갔다. 겨울을 넘긴 옥수숫대 그루터기가 날카롭게 솟아 있었다. 다시 얼어붙기 시작한 땅거죽을 밟을 때마다 밤새 툇마루에 내놓은 걸레를 밟는 촉감이 들었다. 그들은 조심하느라 입을 열지 않았다. 청년은 걸음이 빨랐으나 초행인 사내는 자꾸 뒤로 처졌다. 풀숲과 밭이 반복되며 이어졌다. 경사면 아래로 갈수록 돌들이 많아졌다.

안경잡이는 돌무더기에 걸려 휘청, 허리를 접혔다. 손 짚은 자리에서 돌들이 무너졌다. 청년이 걸음을 세우고 뒤를 돌아보았다.

"어제도 마을 사내들이 올라와 애 하나를 묻고 갑디다."

안경잡이는 놀라서 벌떡 일어났다.

청년은 이미 몸을 돌려서 저 아래로 내려가고 있었다. 자갈 밟는 소리가 제법 크게 울리는 게 골짜기에 이른 모양이었다.

이윽고 청년이 걸음을 멈추었다. 뒤따라 안경잡이도 숨을 몰아쉬며 발걸음을 세웠다.

미루나무 몇그루가 장승처럼 서 있었다. 개울물 소리는 들리지 않았다.

청년이 허리를 굽혀 나뭇가지를 주웠다. 안경잡이 사내는 다른 미루나무 밑으로 걸어들어갔다. 눈이 어두운 사내는 발끝으로 더듬으며 나뭇가지를 주웠다. 점점 지형이 눈에 익어왔고, 어느 순간 사내는 흠칫해서 손길을 멈추었다. 거뭇한 돌무더기 하나가 눈에 들어왔다. 그는 그것이 애무덤이라는 걸 알아차렸다. 시선을 옮기자 숨어 있었다는 듯 돌무덤들이 하나둘 어둠 속의 꽃처럼 피어났다.

그리고 그 순간 뒤쪽에서 '헉!' 하는 소리와 함께 누군가 땅바

닥으로 무너지는 소리가 들렸다. 청년 쪽이었다. 안경잡이는 품
에 안은 나뭇가지를 쏟아버리고 소리나는 쪽으로 뛰어갔다. 청년
은 나뭇가지를 품은 채 주저앉아 있었다.

"무슨 일이오?"

안경잡이가 물었다.

청년은 길게 숨을 뱉어냈다. 그는 털모자를 벗어 이마에서 땀
을 훔쳐냈다. 바짝 깎은 머리카락이 자라서 기름지게 짓눌려 있
었다.

"사람들이 못 먹을 걸 입에 대고 있어요."

사내의 얼굴이 대번에 굳어졌다.

"무슨 말이오?"

"누군가 무덤을 헤쳤어요. 어제 여기다가 죽은 아이를 묻는 걸
봤단 말입니다. 그런데 보세요. 무덤이 파헤쳐졌어요."

사내는 한 발을 내디뎌 더듬거리며 청년이 말하는 곳을 살펴
보았다. 작은 구덩이가 있었고, 천조각인 듯 흰 물체가 흙더미에
흩어져 있었다. 사내는 입을 다물었다. 그는 제 손을 등뒤로 돌려
닦아내듯이 문질렀다.

"그런 구덩이가 여기뿐이 아니오. 어제는 마을 근처에서도 그
런 무덤을 봤어요."

청년이 무슨 말을 하는지 이제 확연해졌다. 사내는 손을 내밀
었다. 청년이 손을 잡고 일어섰다.

"직접 보지 않은 건 믿지 마시오."

사내가 허리를 꼿꼿이 세우고 단호하게 말했다. 그래서 더욱

겁에 질린 목소리처럼 들렸다. 청년은 진저리를 쳤다.

"죽은 아이를 이웃끼리 바꿔먹는다는 소문은 들었지만……"

"이 자식, 그만두지 못해!"

갑자기 안경잡이 사내가 청년의 뺨을 후려쳤다. 청년은 나뭇가지를 쏟으며 주춤 물러났다.

"보지 않은 건 믿지 말랬잖아. 그런 일은 없어. 산짐승들 짓이야."

사내가 쏟아붓듯 소리쳤다. 그래놓고 그는 멍하니 서 있었다.

청년이 힘없이 몸을 돌렸다. 사내는 땅바닥에서 나뭇가지를 주워 품에 안았다.

그들이 머무는 가옥에서는 불빛이 희미하게 새어나왔다. 길잡이가 온 모양이었다. 마당에 들어서자 사내가 청년의 어깨를 잡아세웠다.

"들어가서는 그런 말 따위는 하지 마오."

사내는 청년의 어깨에서 손을 거두었다.

"집사람이 젖먹이를 잃은 지 얼마 안되오. 석 달 전에 둘째를 잃었소…… 아까는 내 미안했소."

청년은 아무 대꾸도 없이 몸을 돌려 걸어갔다.

"오늘 떠나기로 했소."

교포 사내가 빠르게 말했다. 손전등을 든 길잡이 여자가 고개를 까닥해 보였다. 그녀는 경계심 많은 여자처럼 일행으로부터 멀찍이 떨어져 서 있었다. 원래 키가 작았는데, 아이를 들쳐업고 외투를 덮어서 허리가 꾸부정한 사람처럼 보였다. 아이를 어찌나 꽁꽁 싸맸는지 숨소리조차 새어나오지 않았다. 첫날 아이의 얼굴을 잠깐 봤는데 영양실조가 심한 사내아이였다. 안경잡이는 나뭇가지를 선 자리에 버렸다. 교포 사내가 말했다.

"달이 너무 밝은 게 맘에 걸리는데 어차피 새벽 강을 건너야 하니까 크게 문제될 건 아니고, 산등성이를 두 개나 넘는 길이라 아주머니가 걱정이오."

교포 사내가 안경잡이를 바라보았다.

"내가 책임질 일이니 걱정 마십시오."

여자가 일어서려다 말고 끙, 앓는 소리를 내며 도로 가방 위로 주저앉았으므로 일행은 창가 쪽으로 몸을 돌렸다. 여자는 담요 위로 허벅지를 쥐고 있었다.

안경잡이가 제 아내를 흘겨보았다.

"틈틈이 좀 움직여두래도……"

여자는 콧등에 침을 발랐다. 사내는 아내의 품에서 아이를 떼어내어 안았다. 담요가 벗어지며 여자아이의 얼굴이 잠깐 드러났다. 날씨가 차가운데도 아이는 볼이 발갛게 달아올랐고 이마로 내린 머리칼은 젖어 있었다.

"몇살이에요?"

길잡이 여자가 잠긴 목소리로 물었다. 뭔가를 묻는 건 처음이었다.

"걱정 안 해도 됩니다. 울 기력도 없는 아이요."

안경잡이가 말했다. 그는 길잡이 여자의 얼굴에 알 수 없는 표정이 잠깐 떠올랐다가 사라지는 것을 불안하게 바라보았다. 윗입

술이 살짝 들린 표정이었는데 놀라움인지 냉소인지 분간할 수가 없었다. 안경잡이는 터무니없게도 적의처럼 여겨졌다. 왠지 그는 수컷으로서 부끄러움을 느꼈다.

"잠깐 나가서들 기다려주세요."

길잡이 여자가 말했다. 안경잡이가 눈치를 채고 교포 사내와 청년을 데리고 마당으로 나갔다. 영문을 모르고 밀려난 두 사내가 안경잡이를 쳐다보았다.

"미안하오. 집사람이 어제부터 그걸 시작했는데 길잡이한테 개짐을 부탁해놓았소."

"아주머니가 고생이겠지만 어쨌든 반가운 소식이구려."

교포 사내가 말했다.

잠시 후 방 안에서 들어오라는 기척이 들렸다.

안경잡이 가족의 가방은 두 개였는데 사내가 하나를 등에 메고 또 하나는 들었다. 그는 막대기를 아내에게 들려주고, 가방을 동여맨 헝겊 끈을 풀어 그녀의 다른 손에 쥐여주었다. 일행은 두 내외의 행동을 잠자코 지켜보았다. 여자가 더듬듯 막대기를 두드리며 문턱을 넘어왔다.

교포 사내는 소매를 걷어 시계를 들여다보았다. 열한시 반이 막 지나고 있었다.

그들은 마당을 빠져나왔다.

"사람 만날 일은 없을 테니 안심하오."

가파른 고갯길로 들어서자 교포 사내가 말했다.

길잡이 여자가 서너 걸음 앞서서 길을 안내했고, 그 뒤로 안경잡이와 그의 아내가 끈을 잡고 따랐으며 맨뒤에서 청년과 교포 사내가 걸었다. 여자 탓에 걸음은 자연 더디었다.

그들은 고갯길을 거슬러올라갔다. 안개가 짙어지면서 부연 하늘로 달빛이 잠겨들고 있었다. 다들 못 먹은 사람들이라 오래 걷지 못했다. 그들은 몇번씩 길가에서 쉬어가며 걸었다. 바퀴자국이 난 흙이 다시 얼어서 길은 울퉁불퉁했다. 길잡이 여자는 매일 넘나드는 고갯길인데도 힘에 부치는지 쉴 때면 거친 숨이 잦아들지 않고 앓는 소리를 냈다. 그러나 그녀는 일정하게 거리를 유지하면서 길을 헤쳐갔다. 한번도 뒷사람들이 추월한 적이 없었다.

"아이는 내가 업겠소."

어느 길섶에서 청년이 팔을 뻗어 길잡이 여자의 포대기 끈을 잡았다.

"관두세요."

여자가 몸을 틀었다. 못된 손을 탄 사람처럼 몸짓이 매몰차서 청년은 무춤 물러났다.

"남의 선의를 너무 무시하는구만."

교포 사내에게 붙으며 청년은 머쓱하게 말했다.

"허허, 괘념 마오. 부끄러워 그렇겠지."

그러자 청년이 잠시 걸음을 세우고 경계하듯 말했다.

"그래도 좀 이상하지 않습네까?"

교포 사내는 한숨 돌리며 청년을 바라보았다.

"행동거지가 부자연스런 게 무슨 일을 낼 여자 같습네다."

"허어, 참…… 너무 긴장해서 그렇겠지. 어서 갑시다. 우리가 많이 처졌소.”

새벽 두시가 넘어 그들은 강변에 도착했다. 안개가 자욱했다. 길잡이 여자는 어느 초막 같은 곳으로 일행을 안내해놓고 사라졌다. 물소리만 찰랑거릴 뿐 사위는 조용했다. 초막에서는 물 젖은 풀냄새가 풍겨왔다.

그들은 움막에서 얼마간 졸았다. 밖에서 인기척이 들렸다. 길잡이 여자가 돌아왔다. 교포 사내와 안경잡이만 눈을 떴다.

“삼십분 뒤에 강변으로 나오세요.”

길잡이 여자가 어둠속에서 말했다. 이내 여자의 발소리는 멀어져갔다.

“몇시나 됐습니까?”

안경잡이가 물었다.

“글쎄, 어두워서 보여야지. 잠깐 라이터를 켭시다.”

깜박 불꽃이 지나갔다. 사내 곁에서 그의 아내가 눈을 뜨고 있었으므로 교포 사내는 혼겁을 했다.

“새벽 네시가 넘었소.”

“저 여자가 직접 배를 몹니까?”

“그렇소.”

“아이를 업고 강을 오간단 말이오?”

“유명합디다, 사시장철 아이를 업고 일하는 여자라고. 왜 불안하오?”

안경잡이는 여린 신음을 뱉어냈다.

“너무 걱정 마오. 이제 다 건넌 것이나 다름없으니까.”

그래놓고 교포 사내는 여자 들으라는 듯 덧붙였다.

"아이도 살릴 수 있으리다."

"선생."

어둠속에서 안경잡이가 교포 사내를 불렀다.

"아이가 아니었더라도 나는 강을 건넜을 거요. 그 기억을 안고 이 땅에서 살 수 없었으니까."

얼마간 정적이 흘렀다. 서로의 눈길은 확인할 수 없지만 그들은 서로를 바라보고 있다고 느꼈다.

"우리야 어떻게든 견디며 산다지만 죽은 제 동생 젖을 먹고 살아난 이 아이들은 장차 어떻게 살지요?"

어둠속으로 교포 사내가 손을 뻗어 안경잡이의 손을 잡았다.

"너무 끔찍합니다."

울음은 사내의 등뒤에서 터져나왔다. 어둠마저 짓누를 듯 여자는 삼키듯이 울었다.

"자, 긴 이야기는 강을 건너서 하고 눈 좀 붙입시다."

정확히 삼십분 뒤 그들은 초막을 나섰다. 거룻배 바닥에 노가 놓여 있었지만 길잡이 여자는 간짓대로 배를 밀어갔다.

교포 사내는 뱃머리를 바라보고 있었다. 나머지 사람들은 고개를 돌려 안개에 휩싸인 후방을 바라보았다. 마치 강가에 누구를 두고 가는 사람들처럼 그들은 아무것도 보이지 않는 안개 속에다가 시선을 던져놓고 있었다. 난데없이 안경잡이 사내가 큭, 하고 울음을 토해냈다. 그게 무슨 주문이라도 된 듯 그의 아내가 입을 틀어막았고, 청년이 뱃전에 얼굴을 묻었다.

"뭔 짓들이에요? 조용히들 하세요."

길잡이 여자가 차갑게 말했다. 그녀는 입술을 꽉 물고 배를 밀어갔다.

맞은편 강변에 이르렀을 때 동이 터왔다.

그들은 다시 그 강변에서 오랫동안 대기해야 했다.

"여기서들 기다리시오. 마을에 다녀오리다."

교포 사내가 길잡이 여인의 품삯으로 계산할 식량을 가지러 청년과 함께 떠났다.

안경잡이 사내와 아내는 모래언덕 밑에 자리를 잡고 앉았다. 길잡이 여자는 거룻배를 강버들 얽힌 강가로 밀어넣었다. 안경잡이는 여자를 물끄러미 바라보았다. 여자로서는 조금 힘에 부쳐 보이는 일을 아이를 들쳐업은 채 묵묵히 해내고 있었다.

얼마 후 거룻배에서 가래를 꺼내 든 여자가 강변의 자작나무 숲으로 휘적휘적 사라졌다. 안경잡이는 여자가 뒤를 보러 가는가 했다.

날이 제법 훤해졌을 때 교포 사내와 청년이 쌀자루를 어깨에 메고 돌아왔다. 청년이 쌀자루를 거룻배에 부렸다.

"애어멈은 어디 갔소?"

교포 사내가 안경잡이에게 물었다. 그제야 안경잡이는 길잡이 여자가 아직 돌아오지 않은 사실을 기억해냈다. 그는 숲을 가리켰다. 안개를 벗고 있는 자작나무 숲이 보였다.

"일보러 간 거요?"

"선생 떠나고 곧바로 들어갔는데 안 나오오."

안경잡이는 영문을 모르겠다는 듯 대답했다. 교포 사내의 얼굴이 수심에 잠겼다.

"조만간 중국인이 차를 몰고 오면 잡아두시오."

교포 사내는 말해놓고 자작나무 숲으로 걸어들어갔다.

길잡이 여자는 조그마한 흙무더기 앞에 엎드려 있었다. 놀랍게도 불룩한 그녀의 등이 꺼져 있었다. 교포 사내는 여자 옆을 바라보았다. 가래가 꽂혀 있고, 그 위에 낡은 포대기가 옷처럼 걸려 있었다.

"무슨 짓이오?"

사내는 놀라서 흙무더기 옆으로 내려섰다.

여자가 엎드린 채 말했다.

"나흘 전에 일을 당했어요."

그때가 언제인지 사내는 금방 깨달았고 더 묻지 않았다.

누구 내 구두 못 봤소?

청산도 데생이골 사는 이진생(李珍生) 씨는 아직도 소를 몰아 쟁기질하는 농부로, 신문이고 텔레비전이고 매스컴을 수차례 탔는데, 모델로 치자면 이 노인도 쟁기질 전문 모델이라 입춘 요맘때면 연중행사처럼 카메라들이 논두렁으로 달려들었다. 농업 종사자가 칠할 밑으로 빠진 시절이다. 해도 사계(四季)는 틀어지지 않아 해마다 봄가을 소식을 농사로 전하는 세태는 어쩌지 못하는 모양이었다.

소 몰아 땅을 가는 농부가 그이 하나랴만 매스컴이 이 절해고도까지 찾아드는 데는 그만한 연유가 있었다. 강남에서 오는 봄도 걸음걸이가 있어서 제주 유채밭에 들렀다가 이 섬을 경유해 올라갔다. 봄소식이 뭍보다 열흘은 일렀다. 또한 데생이골에는 섬사람들이 '구들장 논'이라 부르는 계단식 논이 산정까지 올라

구름에 젖는 산중답을 이루니 샘물보다 논물이 높고 들 밑으로
해가 빠졌다. 겹지고 굽진 두렁길이 바다 파랑까지 닿아 산수화
한폭 값을 했다. 일컬어 그림이 되었다.

구들장 논이라는 말도 그저 생긴 이름이 아니었다. 말 그대로
방고래 덮는 데 쓰는 구들돌을 놓아 만든 논에서 비롯했다. 속 모
르는 타지 사람들은 군불 지펴 나락을 기르느냐 물어오지만, 흙
귀하고 돌 많은 섬이라 대대로 방구들 앉히듯 돌 놓고 흙 돋아 논
을 만들었다. 돋아올린 흙은 채 한자나 됨직했다. 그 땅을 갈아먹
자니 자연 애로가 많았다. 물 가두는 일이 가장 큰일로 지렁이나
땅강아지가 낸 작은 구멍새라도 틀어막지 않으면 안되었다. 경운
기 같은 기계는 들이지 못해 소로 가는데 쟁기질도 배미를 따고
싸덮기를 하자면 육답(陸畓)보다 손길이 두세 번은 더 갔다. 까
치독사가 낫에 걸리고, 불알 물고 늘어지는 불개미 천지며, 벌집
을 건드리기 예사였다. 시름겨운 농사였다. 그새 묵힌 논이 늘어
서 이제 일 욕심 많고 힘 남은 진생씨랑 서너 집이나 겨우 부쳐
먹고 있었다.

이날까지 진생씨는 카메라로 찍자 하여 쟁기를 멘 일은 없었
다. 전화로 물어오면 아무 날 쟁기질할 예정이라고 알렸을 뿐이
다. 잡지며 신문에 난 사진 오려 도배를 해놓고는 살아도, 농사를
시늉으로 짓는 짓은 안해봤다.

올해도 어김없이 설 쇠고 섭외 오고 촬영이 들어왔다. 지방방
송국 사람들이 첫 배편으로 들어 아침상도 물리기 전에 마당으로
들어섰다. 진생씨는 화장실에 앉아 손님을 맞았는데 짐작으로 두

서넛은 몰려온 듯했다. 씨는 밑 닦았다가 도로 앉기를 되풀이하고 있었다. 밑구멍이 가랑가랑하고 아랫배가 근근한 게 좀처럼 오금을 펴지 못했다. 그예 안식구가 마당에 서서 참견을 하고 나섰다.

"암만해도 도로 줏어묵는겨."

잇따라 옆자리 외양간 구유에 물동이 붓는 소리가 들려왔다.

"하이고, 술이 웬수라. 대문 넘어들어오는 꼴이 사램이 아니라 아조 술부대더라니께. 자긔가 줄창 이팔청춘인 중 아는가베. 낫새가 그만치 기울었으믄 인생 뚜드리며 건너는 조심성도 있어야제. 이 미련퉁이 짐생은 지 발목가지를 밥그럭에다가 당구고 지랄이디야, 워쎄!"

소 엉덩이 갈기는 소리가 들렸다. 젊은 손들이 키득거렸다. 그 맛에 안식구가 말발을 더 세우는가 싶었다.

"쥥일 잘 놀고 왔으믄 됐지 왜 멀쩡한 구두는 내불고 요런 거렁뱅이 밑창 겉은 걸 끌고 오냔 말여. 이도 조상치레하넌 효심인가베. 그려, 젊어서야 손에 장을 지져도 그 내력이 으디 갈라고."

"엥간히 하소!"

참다 참다 진생씨는 힘이 입으로 올랐다. 조상치레 운운은 마누라쟁이 시아비를 이르는 말인데, 진생씨 아버지는 생전에 술이 과해 자식들이 손수레로 귀가시키는 일이 흔했다. 말년에는 새댁인 안식구가 그 일을 몇차례 해내 두고두고 시집살이 타령으로 삼았다. 유래는 가고 쓰임새만 남은 말이 있는데, '데생이골 술보 팔자'라는 말이 그렇다.

"나가 임자한테 지린 서답을 내놓던가 뒤를 훔쳐주라던가? 기자 양반들 커피나 타 내놓을 일이제 뭔 용천났다고 변소 문고리는 잡고 소삭대싸. 구두도 그려. 몸 돌리면 사방이 바다인디 고것이 으디를 갔을라고? 눈뜨자버텀 하품처럼 입에 단 소리가 장 그 소리네."

"궁께 내 말이요. 몸 돌리면 천지가 물인디 눈 없는 구두가 그리 들었으믄 어짤라?"

"넨장, 나가 바다엘 뭣 하러 가?"

성마른 소리에 밑이 터져 쭈르륵했다. 쥐 잡는 듯 마당까지 조용했다. 그새 어딜 가나, 안댁 목소리가 되살아났다.

"오매, 남세시러. 줏어묵잘 것도 없겄네."

방송국 사람들이 대놓고 자지러졌다. 웃음 끝에 사내 목소리가 묻어왔다.

"너무 그러지 마세요. 이러다가 공연히 싸움되시겠어요."

"이건 싸우는 기 아녀. 이거이 싸움이믄 우리가 으뜧게 자석을 일곱썩이나 봤겄어? 거기들도 살림한다믄 알겄지만 시상 여자덜 모다 똑같어. 술 애끼는 남정네 치새하는 여자 있을라구. 잉? 나가 저 냥반 매니저라고? 고것이 사람 잡도리하는 일이라믄 나가 맞네. 암튼 기자 냥반들, 난중에 다시 와야겄소. 암만해도 오늘은 틀렸어라. 우리집 농새가 아홉시 뉴스에 중계되는 농새래도 기저귀 차고 쟁기질헐 수는 없응게."

마침내 진생씨가 오금 저린 걸음으로 화장실에서 나왔다. 술 때 못 씻어 뜬 얼굴이 오줌작대기 하나 건사 못할 사람처럼 보였

다. 툇마루에서 쪼르르 일어서는 손들은 처녀까지 끼여 셋이었
고, 피디라는 사내는 작년에도 본 얼굴이었다.

"먼길 오셨는디 기냥 가라고는 헐 수 없고 우선 앉으시게들."

그래놓고 진생씨는 툇마루에서 아까 남기고 간 숭늉 그릇을
더듬었다.

"괜찮으시겠어요?"

피디라는 사내가 물어왔다.

"농한기 술은 골병드는 술이라더니 하나도 안 틀리는 말이구마.
그래도 농새꾼이 술 좀 묵었다고 어디 누울 팔자드라고. 논에 오
르재도 당장 챙길 거이 한둘이 아닝께 일을 좀 나긋이 보자고덜."

진생씨는 부엌에 대고 소리쳤다.

"커피 좀 내노란께 뭐 항가?"

"하요!"

해놓고 안식구는 마당으로 쫓아나왔다. 손에는 낡은 구두 한 켤
레가 들려 있었다.

"쟁깃날 찾으러 가는 길에 역부로 찾어보시오. 신발 꼬락서니
를 봉께 똑 봉수네 즈그 압씨 거인디."

진생씨는 혓바닥 뽑듯 구두를 낚아챘다.

"그노무 구두, 아조 뫼시고 살게 생겼네그랴."

"그깟 구두 한 커리 해쌓지만 고거 잊어보시오. 인저 당신은 성
남 둘째메눌아 낯을 못 보요. 여튼 새거라 누가 주워도 품고 말제."

"누가 내 문수를 신어? 청산항 김선장 빼놓고 이 섬에 나랑 문
수 맞는 사람 있간디."

"허이구, 그리 발 큰 양반이 요런 걸 발꾸락에 걸고 왔으까이."

피디라는 사내가 마당으로 내려섰다. 먼저 논에 올라 둘러보고 있겠노라 했다.

"그러시게. 내 금방 쟁기 지고 뒤따라갈 텡께."

진생씨는 구두를 꿰들고 집을 나섰다.

그는 이진칠 씨 집부터 찾았다. 진칠씨는 한 항렬로 형님뻘 되는 사람이었는데 전에 성냥간을 했고 요새도 더러 연장 벼르는 일을 받았다. 쟁기 연모 같은 건 그 집 아니면 구할 수가 없었다. 진칠씨는 아침상을 막 물리는 참이었다.

"기어이 올해도 데생이를 짓겄다고?"

"당자버덤 넘들이 더 걱정해주니 어디 서운해서 그만두겄소."

"묵고살자는 농새가 아니니 허는 소리시. 인저 웬만하믄 묵혀. 나넌 올라댕기기도 숨차데나."

진칠씨가 창고에서 붉게 녹슨 보습을 내왔다. 거기에 그리스를 두르고 새끼줄 뭉친 타래로 썩썩 문지르자 녹때가 가셨다. 서로 쪼그려앉아 말이 끊어지니 담배가 오갔다. 진생씨는 받은 걸 귓바퀴에 꽂았다. 첫 모금을 뱉어내며 진칠씨가 말했다.

"자네는 어저께 회의에서는 왜 그랬디야?"

"뭔 회의라?"

난데없는 소리라 진생씨가 눈이 빤해서 되물었다.

"아, 면사무소에서 열린 개발위원회 말여. 듣자니께 교육청에서 나와설랑 중학교 없애는 공청회를 했다는디 자네가 아조 적극적으로다 없애자는 편에 섰다등마."

"면사무소 곁에도 안 간 사람이 뭔 수로 그 말을 했을까이. 주
장은 평소 내 주장인디 이번 것은 내 입에서 나온 말은 아닌 것
같으요."

"갸가 없는 소리 할 아는 아닌디."

듣자하니 면사무소에 다니는 저희 딸을 두고 하는 말 같았다.

"그나저나 자네는 왜 없애자는 편에 서?"

"학생들이 없응께 없애제, 뭔 이유가 있간디. 글고 옳게 말하
면 없애는 게 아니라 통합이제라. 핵교를 뭍으로 내보내자는 거
니께."

"음마, 왜 학생들이 없다고 햐. 열다섯씩이나 되는 아그덜은
학생들이 아니고 뭐간디."

"우리 섬에 고등핵교 없는 사정은 나보담도 성님이 더 잘 알
거라. 박정희 때 지어준다는 걸 왜 우리가 반대했간디. 자석들은
무조건적으로다 바깥으로 내보내야 쓴다, 자석들 잡아놓고 섬놈
맹글 거냐, 요래가지고 유치 안헌 거 아뇨. 중핵교 폐교문제도 이
치로다는 똑같이 보요, 나넌."

"얼러리, 다 옛말이제. 우리가 자석들 키울 때야 뭍에다가 자
취를 시켜도 즈그 알어서 조석 끓여묵고 핵교 댕겼제만 으디 요
새 아그덜이 전만 같남. 당장 우리 진숙이 작은딸년이 내년에 중
학생이 되는디 아직도 지 에미 젖 주무르며 자는 아가 뭔 노무 자
취를 하겄능가."

말이야 진칠씨가 해서 그렇지 정 틀린 말은 아니었다.

"암튼 난 핵교에 널 자석 없는 입장에서 가타부타 더 못하겄소

만……."

진생씨는 보습을 들고 일어섰다. 진칠씨는 더 떨어질 말을 기다리며 쳐다보았다.

"내 야그를 넘한테 들응께 좀 거시기하구만."

"그랑게 왜 회의장은 찾어다녀싸."

타이르는 말이래도 모질었다.

"오매, 자꼬 무슨 회의장엘 갔다고 그래싼디야. 복창 터지겄네. 어저께는 찡일 봉수네 웃판에서 코가 휘었구만."

진생씨는 찌무룩해서 진칠씨 집을 나왔다. 진칠씨가 하도 몰아대서 그런지 몰라도 어제 기억이 어리숭했다. 한나절 기억이 있다고도 없다고도 할 수 없었다. 평소 술이라면 남한테 뒤지지 않게 해보는 편이었다. 들일 나갈 때 지게에 소주 됫병을 지고 가면 반을 비우고도 까딱없이 논두렁길 타고 돌아왔다. 일 없는 날도 그보다는 못해도 기억 없게 망가지지는 않았다.

씨는 골목을 나와 팽나무 밑 평상에 앉았다. 마을 남쪽 고개 쪽으로 청산항 가는 버스가 넘고 있었다. 어제 아침, 진생씨가 첫 걸음한 집은 도롱굴댁 할멈네였다. 논을 내놓았다는 말이 들려서 제가 받아 지어볼까 하고 찾은 길이었다. 두 집 논이 위아래로 나란해서 적은 품으로 돌려 지어볼 만했다. 막상 당자에게 확인하니 들리는 소리만큼 마음을 확실히 굳힌 건 아니나 그래도 거지반 넘어간 눈치였다. 방금 막 털어먹었다는, 뼈마디 쑤시는 데 장복한다는 약봉지가 네댓 가지나 되었다. 그러나 진생씨 낯 보곤 쟁기질 품 얻을 길이 떠올라 마음을 엎었는지 할멈이 술상을 봐왔다. 말마디마다 권하는 잔을 안된다고 물리면서도 됫병을 삼분의 일이나 비워버렸고, 종내에는 쟁기질 걱정으로 논을 묵혀선 안된다, 전답이웃이 괜히 있느냐, 걱정 마라 하고 물러났다. 그리고 어디를 갔던가? 동네 사람 하나를 길에서 만나 봉수네로 갔던 기억이 났다. 멍석을 밟고 선다고 웃 종지기를 빼앗기고는 아마 술상으로 물러난 듯한데, 그뒤로는 기억이 가뭇없었다. 남이 들으면 망령들었다는 소리 날까 두려웠다.

진생씨는 낡은 구두와 보습을 끼고 들을 건넜다.

올해부터 이장을 맡은 봉수네는 울 넘어 텃밭으로 거름을 져내고 있었다. 자연 첫 눈길이 봉수네 신발로 갔다. 운동화 차림이었다. 하기는 구두 꿰고 거름 내는 정신나간 인사가 있으랴. 진생씨는 돌담에 서서 말을 건넸다.

"어저께는 나가 술이 좀 과했제?"

"뭐 성님이 술 드시고 허튼소리하는 양반이오."

"그래도 내가 생각해보니 좀 과했다 싶으이. 혹시 이거 자네 건가?"

그는 구두를 들어 보였다. 봉수네는 거름 든 손으로 고개를 저었다. 얼핏 비위 상한 낯빛도 감추지 않았다.

"그려? 누구 짚이는 디도 없고?"

"누가 못 신어서 버린 것 아니오?"

"바께서 그려."

"그래라? 누구랑 그랬을까? 아직 신발 찾으러 온 사람은 없었는디."

212

진생씨는 몇달 전 설화(舌禍)에 휘말린 뒤로 봉수네 대하기가 은근히 조심스럽고 어색했다. 일 없는 겨울에는 이집 저집 모여 놀게 마련이고, 하다보면 대화도 갈퀴로 긁듯이 있는 말 없는 말 막 나와서 이웃간에 꼭 다툼이 생겼다. 여편네들이 회관에 모인 자리에서 진생씨가 매스컴을 탄 얘기가 나왔다가 이야기가 휘어서 섬에서 평생 언론 타본 사람이 누가 있는지 손꼽는 재미로 무르익었던 모양이다. 진생씨 말고도 두 사람이 더 있었다. 하나는 삼십여년 전에 복싱 동양챔피언을 한 북수리 아무개였고, 또 하나는 밭에서 개한테 물려 세상을 뜬 봉수 할머니였다. 봉수 할머니가 당한 사고는 농민신문이며 지방신문에 났고, 주민들 입장에서도 근래에 겪지 못한 끔찍하고 가슴아픈 일이라 서로 말을 삼가왔다. 팔순을 눈앞에 둘 때까지 한시도 손에서 일을 놓지 않던 양반이었다. 그나마 이제 사랑방 우스갯소리에도 오를 만큼 육칠년 저쪽으로 흐른 이야기가 되었던 것이다. 그 무슨 재미스런 이야기라고 얘기가 길거리까지 나왔는지 모르겠다. 봉수네가 듣고 여간 섭섭해하지 않더란 말이 들렸다. 그 말에 진생씨가 찔끔하여 이부자리 밑에서 안식구를 닦달해봤는데 아녀자들 심심풀이 이야기까지 들추느냐고 외려 역정이었다. 따지고 들면 누가 말머리를 풀었는지 찾지 못할 일도 아니나 말마따나 사랑방 말을 두고 임자를 찾는 짓도 우스웠다. 어쨌든 진생씨는 자신이 화근이 된 일마냥 께름칙해서 봉수네를 대할 때마다 몸이 반이나 틀어졌다.

봉수네가 다가와서 젖버듬히 구두를 내려다보았다.

"물에 퉁퉁 분 것이 바닷가 사람 것 같기도 헌디, 혹시 면사무소에서 바뀐 거 아닐랑가요?"

"면사무소?"

"바뀌었다믄 거길 거요."

"그랬겠네. 나가 좀 주책이었제?"

"뭘요. 술기운에 언성이 좀 높기는 했어도 영 틀린 말은 아니었제라."

"젊은 사람덜 자리에 나가 왜 끼는지 몰겄네. 하여튼 어디 동네 누구랑 바꼈을까?"

해놓고 진생씨는 돌아섰다. 싱거운 자리가 된 듯싶어 그도 마음에 걸렸다. 봉수네가 좀 이상히 본다는 걸 알면서도 진생씨는 축 처져서 걸었다. 면사무소로 간 행적만은 이제 틀림없는 사실이었다. 회의가 있다는 기별은 며칠 전에 벌써 받아서 알고 있었고, 평소 회의 통보라면 입영영장처럼 여기는 제 성미에 틀림없이 갔겠지 싶었다. 거기에서 또 뭔 딴소리를 해댔는지 도통 기억이 없어 찡찡했다.

"내 그럴 중 알었소. 하여튼 이녁은 평생 좋은 걸 못 끼고 살어."

구두를 그대로 들고 돌아오는 걸 보고 안식구가 눈을 흘겼다.

"임자, 나가 뭔 사연으로 그 구두를 신고 나가등가?"

"대체나 내 말이 그 말이요. 구두가 뭔 짐생이간디 질들인다고 끌고 나가냔 말여. 신다 보믄 저절로 질드는 게 신발이고 신을 만하믄 달캐서 못 신게 되는 게 그거 아닌가베."

"그만하소. 거지반 찾아뒀응께."

진생씨는 대꾸하기도 귀찮았다.

214

"음마, 고것이 뭔 소리랴. 찾으믄 찾은 거제 거지반 찾았다니. 바꿔신은 임자는 찾았는디 내놓지럴 않습디요? 고 작자가 누 요?"

안식구는 당장 나설 듯 소매를 걷어붙였다. 진생씨가 손사래 를 쳤다.

"심 딸리네, 그만혀. 쟁기질 갈라니께 물주전자랑 좀 챙겨보소."

"오매, 내 정신머리 좀 봐. 아까 면에서 전화가 왔습디다."

"면사무소에서? 왜, 구두 가져가라든가?"

진생씨는 반색하여 물었다.

"면사무소에서 구두도 노놔주요? 지서랍디다. 당신 갑장 계꾼 인지 발 문수 갑장인지 하는 김선장 양반 있잖은가베."

"갸가 왜?"

"그 냥반이 뭐 어쩧게 됐다고 함시롱 당신 들어오믄 역부로 연 락 주랍디다."

"뭣이 어쨌다길래 지서에서 연락이 와? 차근차근 조리있게 해 봐."

"갸들이 은제 션하게 개르쳐줍디요."

"남 뒷간 일까지 애바른 사람이 왜 고건 안 궁금했으까이."

목마른 놈이 우물 판다고 진생씨는 경찰서로 전화를 넣었다. 선장 김록성이 실종되었다는 소식이었다. 청산항 앞바다를 수색 하는 중이라고 했다. 어제 행적을 추적하다가 영감님한테 연락하 게 되었으니 빨리 지구대로 출두해달라는 요구였다.

"건 또 뭔 소리랴? 그러니께 이 이진생이하고 그 김록셍이가 한꾸네 술을 마셨다 그 말이여? 하이고……"

진생씨는 이마를 짚었다. 한풀 가신 듯싶은 숙취가 다시 올라왔다. 제 이야기를 남의 입으로 듣고 곧이들어야 하니 누가 부러 놀리느라 꾸민 장난질 같았다. 이제는 공권력까지 나서서 잃어버린 행적을 쫓고 있었다. 뭔가에 씌었든가 정말 망령이라도 든 걸까.

진생씨는 허겁지겁 옷을 갈아입었다. 쟁기질 간다던 사람이 외출복을 빼입고 나오니 안식구는 눈이 휘둥그레졌다. 이내 피식 웃는 게 입이 근질거리는 표정이었다.

"생각 잘혔소. 그도 방송출연인디 억지로 꾸미지는 못해도 있는 입성이나 제대로 갖춰야제. 예전부텀 노상 입속에서 근지럽던 의견이요."

"여보게, 임자, 나가 이진생이고 임자가 오공례 맞제? 나가 일흔야닯, 자네가 일흔서이 맞제?"

"음마, 낸둥없이 뭔 호적을 캐싼디야."

"그러제. 나가 아직은 그럴 때가 아닐 거여."

진생씨는 맨발로 토방으로 내려서서 신발을 찾다가 아침내 끼고 다니던 그 낡은 구두를 꿰었다. 길이 난 대로 뒤축을 꺾어신었다. 뒷말 없이 대문으로 나서는 남편을 두고 안식구가 발을 동동 굴렀다.

"왜 그 숭한 걸 또 끌고 갈까 몰겄네잉."

진생씨는 팽나무 아래 버스정류장에서 열시 버스에 올랐다. 좌석 하나를 차고 앉았을 때 멀리 데생이골 논두렁에 얼쩡거리는

216

사람 그림자가 눈에 들어왔다. 기별도 주지 못하고 가는 게 마음에 걸렸다. 뒤미처 모든 약속에는 천재지변이 있는 법이고, 지금 자신한테 닥친 일이 그중 하나라 여겨졌다. 버스가 고개를 넘자 그 생각마저도 사그라졌다.

만에 하나라도 김선장이 그렇게 됐을 리 없었다. 그에게도 여러 다단한 사정이 있으나 둘만 뭉쳐도 이백살을 넘보는 나이에 그만한 근심 없는 사람이 있겠는가. 김선장은 전쟁 때 황해도에서 내려와 염전 따라 영광으로 신안으로 돌다가 서른을 넘겨 섬에 들어와 박힌 사람인데 진생씨와는 막역하게 지낸 세월이 벌써 사십여년이었다. 그는 이북에 처자식을 두고 있었다. 이남에서 처녀장가 들면서 그 사실을 숨겨서 이산가족찾기로 천지에 눈물 사태가 날 때도 그만은 뒤로 눈물을 삼켰다. 제 처자식에게도 토설 못한 비밀을 먼저 들은 죄로 진생씨는 그와의 술자리를 피할 수 없었다. 남들 눈에서 벗어나 술자리를 갖게 되니 선착장 맨바닥이거나 김선장이 모는 목선 위였다. 처음에는 복도 많은 사람이라고 놀려먹기도 했다. 어디까지나 당해보지 않은 사람의 경솔함이었다.

정상회담이 열리고 남북관계에도 볕이 들어 가족상봉이 이루어지자 이번에는 진생씨가 작심하고 나섰다. 이제는 내놓고 북녘 가족을 찾아보라고 거들었다. 언제 갈지 모르는 나이, 끝내 그 무거운 짐을 저승으로 지고 가려느냐? 자식 셋 다 키워서 시집장가 보낸 마당에 애비 이해 못하겠느냐? 이북에 둔 여자가 용케 살았다면 거기도 남은 날이 많지는 않을 것이다. 설득에 그랬으랴만 김선장은 마침내 아내를 앉혀놓고 묵은 사연을 털어놓았다. 오년 전 일이었다.

김선장 안식구는 용서해주지 않았다. 과거 내력이 문제가 아니라 평생을 헛것과 산 것 같아 견디지 못하겠노라 했다. 안댁은 짐을 싸서 자식네로 가버렸다. 그러자니 자식들한테 제 입으로 설명하려던 기회도 달아났다. 한동안 자식들도 발길을 끊었다. 김선장이 괴로워하자 진생씨는 괜히 일을 덧낸 것 같아 후회스러웠다. 김선장 몰래 큰아들한테 전화를 넣어 설득했다. 큰아들이 오고, 점차 다른 자식들도 아비를 찾아 섬에 발길을 주자 그나마 마음이 놓였다. 큰아들이 나서서 적십자사에 생사확인의뢰서를 접수해 작년 초에는 이북에 아내와 딸이 생존해 있다는 소식을 받았다. 더불어 그 어렵다는 화상상봉 기회도 잡았다. 상봉 자리에는 자식들이 모두 참석하겠다고 해서 김선장은 여름이 오기만을 기다렸다. 시국이 꼬이더니 그만 화상상봉이 무산되고 말았다. 해를 넘겨도 날은 잡히지 않고 오늘에 이르고 있었다. 그런 일을 둔 사람이 몹쓸 짓을 했을 리 없었다.

진생씨는 지구대에 들를 필요도 없이 선착장으로 곧장 갔다. 거기가 버스 종점이었다. 등대가 있는 방파제에 사람들이 바글바글했다. 거기는 평소 진생씨와 김선장이 술잔을 나누곤 하던 자리였다. 불길한 느낌이 온몸에 끼쳤다. 해경에서 배도 띄우고 잠수부도 물에 든 모양이었다. 진생씨는 현장을 단속하고 있는 경찰을 찾았다. 신원확인 끝에 경찰이 물었다.

"술을 얼마나 드셨다요?"

"그게 글씨…… 우리가 술 묵은 건 으뜧게 알았댜?"

"김록성 씨한테서 뭔 특별한 낌새 같은 것 눈치 못 채셨어요?"

"그게 글씨……"

"충격이 크신 줄은 아는디요, 좀 도와주세요."

경찰이 사정조로 나왔다.

"근디 여그서 우리 술 묵은 건 누가 증언을 했남?"

"등대다방 아가씨랑 저기 월성슈퍼 주인이랑 여러 사람이 목격했답니다. 우리가 아저씨를 의심해서 조사하는 게 아니라 진상 파악을 위해서 그러니께 정신을 채리고 말씀을 해주세요."

"미안시럽네만 솔직헌 소리로다 나가 술이 과해서 김록셍이럴 만난 것도 기억 못헌다네."

진생씨는 금방 오열할 사람처럼 울상이 되어 주저앉았다.

"고것이 뭔 소리라요?"

"글씨 나가 눈을 떠보니 그러네. 김록셍이가 바다로 든 건 틀림없제?"

"월성슈퍼 증언으로는 소주 네 병뿐이 안 왔다는디."

"그랴?"

"아무튼 벗어놓은 구두도 발견되었고, 어제 아저씨랑 얘기 나누는 걸 목격한 사람들 증언도 실종자가 죽겠다는 소리를 여러번 했다고 합니다. 기억을 찬찬히 되짚어보세요."

"구두까장 그래놓고 갔어?"

뭔가 찾겠다는 듯 진생씨는 두리번거렸다. 경찰이 얼굴을 들이밀고 코를 킁킁거렸다.

“오매, 아직도 술이 안 깼구만. 암튼 지금으로서는 진상을 다 아는 분은 아저씨밖에 없으니께 이따라도 기억나면 날 찾으시오.”

경찰은 다시 삼발이를 타고 올라가 수색작업을 벌이는 바다를 내려다보았다.

진생씨는 일어나서 삼발이를 짚고 경찰에게 외쳤다.

“거 구두는 어디에 있을까이?”

경찰은 대답이 없고 주위에 선 사람들이 지구대로 수거해갔다고 알려줬다.

진생씨는 면사무소 곁에 있는 지구대로 갔다. 텅 빈 사무실을 젊은 경찰 하나가 지키고 있었다.

“쩌그 방파제에서 줏어온 구두 좀 볼 수 있을랑가?”

“왜요?”

“나가 좀 아는 사람인디……”

구두는 어디 깊은 데 보관된 게 아니라 경찰이 앉은 책상 곁 바닥에 놓여 있었다. 먼지를 탔으나 뒤축이 빳빳한 그것은 한눈에도 진생씨 구두였다. 난데없고 실없이, 그는 밑구멍이 가랑가랑해서 책상 귀를 누르고 꾹 버티었다. 둘이 신발을 바꾼 건 틀림없었고, 그길로 친구가 가버렸으리라 싶은 방정맞은 예감이 소름처럼 끼쳐왔다. 심증은 순식간에 확신이 되었고, 그는 괄약근을 풀어버렸다. 경찰이 힐끗 내려보았으나 흘린 소리쯤으로 여기는 눈치였다.

진생씨는 헌털뱅이를 털어 벗었다. 그리고 맨발 걸음으로 제 구두에 발을 꿰러 움직였다. 경찰이 놀라서 발을 뻗어서 제지

했다.

"왜요?"

진생씨는 아이처럼 울먹한 목소리로 손짓을 섞어 말했다.

"내 거라. 내 구두랑게."

눈이 동그래진 경관이 "으짜까, 벌써 구신 나와부렀네" 하면서 일어섰다.

"와, 돌아버리겠네. 저 난리 피워놓은 장본인이 낮잠 자다 나타났단 말이죠, 시방?"

경찰은 "상황종료!"를 외치며 당장 뛰어나갈 사람처럼 허리춤을 추어올렸다.

"미안시럽네만 나도 정신이 겁나게 사납네. 성가시럽더라도 일단 거그 좀 앉어볼랑가."

진생씨는 손짓으로 경찰에게 의자를 권했고 자신은 찡찡해서 뒤로 몇걸음 물러났다. 사타구니로 척척한 게 흘러내리고 있었다.

"나가 실종자한테 빌려줬을 거여. 아매 그랬을 거라. 마누라 상봉하는 디 신고 가라고 억지로 신켰을 거여. 염병할……"

진생씨는 곧 울음을 터뜨릴 것 같았다. 마침내 경찰이 코를 벌름거리며 고개를 뺐고, 이내 손을 흔들며 의자에 주저앉았다.

"영감님, 사정을 충분히 알아들었으니까 일단 댁으로 돌아가세요. 구두는 당장 못 가지고 가고요. 영감님 말씀대로 신발이 바뀌었다면 지금 신고 계신 것도 벗어두고 가셔야겠어요. 증거물이니께."

그러면서 그는 책상 밑에서 슬리퍼 하나를 꺼내주었다. 헌털

뱅이를 발끝으로 밀어주며 진생씨가 말했다.

"이거이 김록셍이 거라고 장담은 못허네."

"그건 또 뭔 소리래요? 신발이 바뀌었으면 그쪽 거지."

"김록셍이도 나랑 같은 문수를 신었단 말여."

그래놓고 진생씨는 낡은 구두를 다시 내려다보았다. 도대체 이것은 누구 거란 말인가?

진생씨는 슬리퍼를 끌고 다시 방파제 쪽으로 걸었다. 오토바이 한 대가 앞에 섰다. 다방 아가씨였다.

"어머, 어떻게 해? 난 아직도 떨려요. 어제 마지막 배달이었는데."

"여보게, 우리가 방파제에서 뭘 어쩌고 놀던가?"

"필름이 끊기셨구나? 뭘 어쩌기는 어째요, 내 손 한번 만지자고 세 분이 다투시고 그랬죠."

"다퉜어? 자네 시방 춤이나 볼르고 그랑가?"

"에이, 그 다툼이 아니구요. 뭔지 모르지만 아저씨는 가야 한다, 그 아저씨는 못 간다, 어찌나 실랑이를 벌이는지 그럼 날 보내달라고 했는걸요. 근데 아저씨! 김선장님 말예요, 할머니가 돌아가셨나봐요?"

"그건 뭔 소리여?"

"옥분아, 옥분아, 호강 한번 못 시켜주고 보냈구나, 해싸며 막 우셨잖아요? 아저씨는 위로하시고."

"……고맙세."

"뭘요, 하루에 꼭 한두 사람씩은 제가 기억을 찾아주는데요.

히힛."

오토바이는 갔다. 겨울볕 따사로이 내리쬐는 방파제를 진생씨는 구들장 논길이라도 걷는 듯 휘청이며 걸었다. 몇걸음 못 떼고 월성슈퍼 앞을 지날 때였다. 또 뭔가가 옆으로 달려와 섰다. 방송국 차량이었다. 차창이 열리며 안식구가 고개를 뺐다.

"으디를 가믄 간다 오믄 온다 말을 해야 쓸 거 아녀."

큰소리를 친 안댁이 목소리를 납죽 깔고 덧붙였다.

"어떻게 찾았다요?"

진생씨는 고개를 젓고 슬리퍼 신은 발을 내려다보았다. 안식구가 혀를 찼다.

"그 양반이 뭔 걱정이 있다고 그래 금매……"

안댁 어깨 너머로 피디라는 사내가 고개를 뺐다.

"잠깐이라도 시간을 내시면 좋겠는데요."

진생씨는 화들짝 놀란 사람처럼 말했다.

"잉, 논도 갈어야제."

진생씨가 엉거주춤 뒷문 손잡이를 잡았을 때 월성슈퍼 주인이 소주 궤짝을 들고 서서 소리쳤다.

"성님, 혹시 내 구두 못 봤수?"

아이들도 돈이 필요하다

교장은 예의 그 줄자를 바지 주머니에서 꺼내들었다. 우리는 열중쉬어 자세로 숨죽인 채 조회대를 바라보았다. 오학년 오쟁이가 벌받는 아이처럼 서 있었고, 뚱뚱한 교장이 쪼그려앉더니 오쟁이의 종아리에 줄자를 둘렀다. 피 쏠린 얼굴로 교장이 운동장 쪽을 바라보았다. 뭐라고 입술을 달싹거렸으나 잘 들리지 않았다. 교무주임이 재빠르게 사회자 마이크를 교장에게 전달했다.

"지난주에는 얼마였죠?"

하는 목소리가 선명하게 살아났다. 교장의 만족스런 목소리에서 우리는 오쟁이의 다리통이 그새 더 굵어졌다는 사실을 짐작했다.

"십육점이 쎈치요!"

우리는 한소리로 외쳤다. 오쟁이 다리통 굵기를 모르는 학생은 없었다. 교문을 들어서면 '1교 1운동—육상 시범학교'라는 입간판이 세워져 있었고, 그 상단에는 오쟁이의 다리통 치수를 주 단위로 체크해 올리는 기록지가 붙어 있었다.

"정확히 삼 밀리 늘어난 십육점오 쎈치입니다."

교장의 발표가 있자 학생들이 일제히 박수를 쳤다. 환호성을 지르는 녀석들도 있었다. 그때만큼은 줄이 좀 흐트러져도 나무라는 교사가 없었다. 교장은 여전히 오쟁이의 종아리를 그러쥔 채 박수소리가 잠잠해지길 기다렸다.

"시월 들어서만도 도합 일점칠이 늘었어요. 전문가에 따르면 이는 아주 놀라운 수치라고 합니다."

교장은 몸을 일으킨 후 말을 이었다.

"오장희 어린이는 매일 점심으로 육미관에서 설렁탕을 대먹고 있습니다. 육미관 설렁탕이 보통 설렁탕입니까? 원래 고기 인심이 푸짐한 집인데 나는 듬뿍 더 넣어달라고 특별히 당부까지 해두었어요. 여러분도 이 오장희를 본받아서 열심히 연습에 임해주기 바랍니다. 스무 명이고 서른 명이고 훌륭한 선수들만 나온다면 나는 설렁탕을 대기 위해 얼마든지 사재를 털 용의가 있다 이겁니다."

제 말에 홀린 듯 교장은 격앙되어 주먹을 불끈 쥐어올렸다. 이윽고 그가 오쟁이에게 시선을 떨어뜨렸다.

"오늘도 먹으러 가야지?"

교장의 목소리를 들으며 나는 현관 위 시계탑을 쳐다보았다. 열한시 오십분이 막 지나고 있었다. 운동장에 모인 지 삼십분이 넘었다. 저학년 중에서 몸을 꼬는 아이들이 눈에 띄었다. 오줌이나 똥을 눈 녀석이 있는지도 몰랐다. 몇주 전에는 이학년생 내 동생이 바지에 오줌을 지렸다.

"자, 어서 가봐라."

교장이 오쟁이의 등을 가볍게 밀었다. 마치 내 등이 떼밀린 듯 나는 숨을 토해냈다. 오쟁이가 의자에서 뛰어내렸다. 그는 곧장 조회대 계단으로 내려와서 전교생이 집합한 운동장을 가로질러 교문으로 뛰어갔다. 그 모습이 멋지다기보다는 마치 써커스단의 공연을 지켜보는 것처럼 기이해 보였다. 햇볕에 까맣게 그을린 피부, 깡마른 몸피, 기계총 흔적이 성성한 까까머리. 그에 비해 그는 지나치게 헐렁한 붉은 셔츠와 검은 러닝복을 입고 하얀 스파이크 슈즈를 신고 있었다. 그러나 누가 봐도 몇달 전까지 검정 고무신을 들고 뛰어다니던 그 오쟁이라고는 상상할 수 없었다. 오쟁이가 교문 밖으로 사라지자 나는 발밑의 가방을 내려보았다. 오늘도 오쟁이의 가방을 들고 가야 할 처지였다.

그해 이학기 동안 토요일만 되면 우리는 교장의 일명 '설렁탕 훈화'를 들어야 했다. 토요일은 일제하교식이 있는 날이었다. 전교생이 마을 단위로 모여 애향단 깃발을 앞세우고 일제히 귀가했다. 마을마다 담당교사가 정해져 있었고, 육학년이 애향단장을 맡았다.

오쟁이의 다리통이 얼마나 굵어졌는지 확인하러 인근의 상인들도 교문 앞으로 구경을 오곤 했다. 영희네 문방구 내외, 오뚜기 분식 아주머니, 샛별미용실의 두 처녀, 교장에게 줄자를 협찬한 런던라사 김사장, 양조장 직원들이 그들이었다. 따라서 교장의 훈화는 초등학생들이 듣기에는 힘에 부칠 만큼 날로 어려워지고 길어졌다.

교장이 그해 봄에 부임한 후 학교에는 많은 일이 벌어졌다. 운동장 가로 늘어선, 이 고장의 명물이기도 한 오래된 벚나무들이 베어져나갔다. 일제의 잔재를 청산한다는 명목이었다. 그 자리에는 겨우 어른 팔뚝만한 포플러가 심겼다. 어린 포플러에 가끔 농부들이 소를 몰아다가 매어놓곤 하였다. 그럴 때면 어김없이 확성기가 울려퍼졌다.

"교장이올시다. 성스런 학원에 소를 들여놓은 분은 속히 몰아가주시기 바랍니다. 선진조국의 시민은 학생들의 면학 분위기를 저해하는 일체의 행위를 삼가야겠습니다. 다시 한번 알립니다……"

방송이 나가면 교감과 소사가 허겁지겁 운동장을 가로질러가는 모습이 보이곤 했다. 확성기 소리는 시도때도없이 울려서 우리의 면학 분위기를 해치는 사람은 오히려 교장으로 여겨질 정도였다. 머잖아 교장은 학교 울타리를 탱자나무로 둘러버렸다.

교장은 학교에 세워져 있는 갖가지 동상도 정비하였다. 인물상으로는 이순신 장군상, 유관순 누나상, 반공소년 이승복과 상주(尙州) 출신 효자 정재수 어린이상, 그리고 독서하는 소녀상이 있었다. 정구장 옆 화단에 세워진 이승복 어린이상이 정문 쪽으로 옮겨졌다. 이순신 장군상이 연못가에 있었는데, 교장은 그게 가장 마음에 걸린 모양이었다. 장군상을 철거하여 처음에는 정문 쪽에다 옮겼다가, 보름이 채 지나지 않아 교무실 앞 화단에다가 모시더니 급기야는 학교 서쪽의 동백나무 숲을 밀어내고 계단이

총 이백삼십단에 이르는 무궁화동산 조성공사에 들어갔다. 공사는 여름방학 때까지 계속되었다. 이순신 동상은 넉 달 동안 미끄럼틀 옆에서 긴 검을 찬 채 누워 있었다. 방학중에 등교령이 내렸다. 이순신 동상을 무궁화동산 능선으로 옮기는 광경은 그야말로 장관이었다. 주민들까지 부역을 나와 통나무에 올린 동상을 줄다리기할 때 쓰던 밧줄로 끌어올렸다.

여름방학이 끝나자 면 거리에 제11대 대통령 취임식을 축하하는 현수막이 내걸렸다. 전두환 장군이 새 대통령에 취임하였다. 아버지는 종씨가 대통령이 되었다고 좋아했다. 대통령이라고는 박대통령밖에 모르던 나는 11대 대통령이라는 글귀를 보고 그전에 대통령이 열 명이나 재임하다가 서거한 줄 알았다.

교장이 하프마라톤이라는, 이름도 생소한 운동종목을 가지고 학생들을 볶기 시작한 것은 그 무렵부터였다. 유명무실하기는 했으나 학교에는 공식적인 육성 운동종목으로 연식 정구부가 있었다. 교장이 운동종목을 변경한 데는 양다래 사건이 계기가 되었다. 매년 팔월부터 시월까지 녹동항으로 제주도산 양다래를 실은 화물선이 들어오는데, 그 무렵이 되면 양다래를 산적한 화물차들이 밤낮으로 국도를 오르내렸다. 하루는 화물차 한 대가 면 거리를 조금 벗어난 지점에서 전복했다. 마을 아이 하나가 양다래 상자를 가지고 나타나서 우리는 허겁지겁 그곳으로 달려갔다. 도중에 우리는 양다래 상자를 든 아이들과 어른들을 여럿 만났다. 다들 도망치듯 걸으면서 어서 가보라고 했다. 마을 아이들과 함께 현장에 도착했을 때는 물크러져 굴러다니는 양다래 알들을 빼놓고는 남아 있는 상자가 없었다. 나는 뭔가 큰 손해를 본 것 같았다. 왜 나는 이 근처에서 놀지 않았나 후회스러웠고, 트럭이 우리 마을 쪽에서 전복하지 않은 데 화가 났다.

이내 마을마다 양다래 상자를 회수한다는 방송이 나갔다. 처벌과 변상 운운하는 온갖 협박과 설득 끝에 오 톤 중에 삼 톤이 되돌아왔다.

"아싸리 까놓고 말해서 질바닥에 떨어진 건 몬자 줍는 사람이 임자 아녀?"

상자를 되돌려주는 사람 중에 그렇게 말하는 이도 있었다.

전복차량 옆에는 운전사가 메리야스를 겨드랑이까지 올려붙이고 앉아 있었는데 그는 경찰들을 향해 하소연했다.

"저쩌쩌 작것을 잡어야 된당게요. 저놈이 기중 먼저 상자를 갖고 토껴서 나가 삼 킬로나 쫓아갔지라. 잡어서 쥐질러 죽에불고 잡퍼도 어찌나 날랜지 못 잡겄드랑께요. 돌아와보니께 워매, 다 가져가불고 없어라. 세상천지에 요런 동네가 으디 있다요? 아따, 저 쥐밤톨만한 새끼……"

그가 분에 겨워 손가락을 떨면서 가리키는 곳은 무궁화동산 쪽이었다. 이순신 장군상 옆에 한 아이가 저녁놀을 지고 서 있었다. 무릎을 짚은 꾸부정한 자세가 저도 숨을 고르고 있는 것 같았다. 오쟁이였다.

교장은 오쟁이더러 벌로 운동장을 돌게 하였다. 다섯 바퀴쯤 돌았을 때 교장은 교무실에서 스톱워치를 가지고 나왔다. 오쟁이는 장장 스물다섯 바퀴를 문제없이 돌았다. 교장의 눈썰미대로 그는 몇달 만에 삼천 미터 중거리달리기 종목에서 군대회를 휩쓸더니 도대회에서도 금메달을 받아왔다. 오쟁이는 다음번에는 서울땅을 꼭 밟고 오겠다고 외운 듯 포부를 밝혔다.

이듬해 봄에 '3·1마라톤대회'라는 전국적인 규모의 대회가 예정되어 있었다. 초등부 종목으로 오 킬로미터 경기가 있다고 했다. 교장은 그 대회에 선수들을 뽑아 출전시켜 개인전부터 단체전까지 휩쓸 야심찬 계획을 가지고 있었다. 교장 성격이 워낙 감퍼서 누구 하나 나서서 말려볼 사람이 없었다. 사학년 이상 학생들은 방과후에 달리기 연습을 해야 했다. 학교 인근 마을 학생들은 학교 운동장에서 연습을 했고, 먼 마을들은 애향단장 책임 아래 연습이 마을에서 이루어졌다. 우리 마을은 학교에서 멀었다. 사실 우리 마을은 일학년생부터 육학년생까지 모두 합해도 고작 아홉 명밖에 되지 않는 작은 마을이었다. 육학년이래야 갈퀴집 명심이가 유일했다. 애향단 중에 여자가 단장을 맡은 곳은 우리 마을뿐이었다. 명심이와 나는 동갑내기였다. 그런데도 내가 학년이 밑인 것은 동생을 업어키우느라 한해를 끓어 아홉살에 입학한 탓이었다. 어쨌든 오학년생으로는 나를 비롯해 오쟁이와 은경이가 있었고, 사학년생은 아예 없었으며 나머지는 내 동생처럼 모두 저학년 학생들이었다. 교장이 부임하고 처음 일제하교식이 있던 날, 교장은 긴 대열 한귀퉁이에 게꽁지만하게 붙은 우리 마을 아이들을 보고 한숨을 내쉬었다.

"저 애향단은 어디오?"

교무주임이 대답했다.

"귓등이라고 합니다."

"뭐라고요?"

"거북 구(龜)자에 오를 등(登)자를 써서 귓등이라고 부릅니다. 고개 아랫마을입니다. 사실 행정구역상 장전리의 한 반으로 편성되어 있는 마을이죠. 마을로 인정하자니 거시기하고 안하자니 뭐시기해서 아주 골치아픈 동넵니다. 본 동네에서는 엄청 떨어져 있거든요. 근데 이곳 주민들 사이에서는 일반적으로 마을로 인정하는 추세입니다."

"행정구역대로 하세요. 무슨 특수부대도 아니고, 도통 대열이 뽄대가 안 나잖소."

그래서 우리 애향단은 깃발을 내리고 장전리 뒤에 붙었다. 그러던 것이 오쟁이를 배출한 마을이라고 하여 이학기부터는 다시 분리되었다.

우리는 명심이가 부르는 호루라기 소리에 맞춰 교문을 빠져나왔다. 깃발잡이는 나였다. 나는 오쟁이의 가방까지 해서 두 개를 앞뒤로 메고 걸었다. 후미에는 우리 애향단의 인솔교사인 최선생이 무료한 얼굴로 자전거를 몰고 있었다. 다방 앞을 지날 때 최선생이 행렬을 세웠다.

"아이, 난 오늘 바쁜 일이 있어서 끝까지 인솔 못한다. 이탈하지 말고 명심이를 따라서 마을까지 가야 쓴다이. 명심아, 오늘 동네 열 바퀴 도는 것도 니가 지도해야 쓰겄다. 그라고 내일 아침 마을 청소 시키는 것도 잊지 말고, 알았제? 일지는 니가 써서 다음주 월요일에 가져오고. 명심해라이."

최선생은 옆구리에 끼고 있던 애향단 일지를 명심이에게 넘기고 나서 덧붙였다.

"느그들 나가 불시에 마을로 올라가는 수가 있으니께 똑바로 해라이, 알겄냐?"

"야."

"싸게들 가."

최선생은 우리를 몰아세운 뒤 자전거를 다방 뒤뜰로 끌고 갔다. 늘 있는 일이어서 우리는 덤덤하게 바라보았다. 한번은 다방 아가씨가 최선생 반 출석부를 들고 학교까지 뛰어온 적도 있었다.

최선생이 사라지자 나는 깃발을 내렸다.

"나넌 오쟁이한테 가방 갖다줘야 되는디."

"음마, 이 머시메 좀 봐. 그람 깃발은 누가 드냐?"

명심이가 뽀로통해서 말했다. 나는 깃발을 은경이한테 내밀었다. 창에라도 찔린 듯 은경이가 움찔 물러났다.

"나도 안된다아. 우리 엄마가 심바람 시켰단 말여. 사카리 사오라고."

그러자 옆에 선 제 동생 은자까지 옆구리에 달라붙었다. 삼학년짜리 명숙이도 할말이 있는지 목을 박고 서 있었다.

"니는 왜?"

"언니야, 나넌 고모 집에 가서 우리 진숙이 찾어가야 쓴디."

명숙이네 고모 집은 면 거리에 있는 양장점이었다.

"으매매, 야들 좀 보소. 그람 동네는 누가 가냐?"

명심이는 노란 완장을 부채처럼 흔들었다.

"안되것다. 느그들 동네까장 갔다가 다시 돌아온나."

"뭐시야? 차라리 여서 지달려라."

나는 대열에서 한발짝 물러났다. 이제 이학년이 된 동생이 따라나서려고 했다. 명심이가 동생을 붙들어세웠다.

"니까정 가먼 더 늦어진게 니는 여 있어. 니 동생은 볼모니께 싸게 와야 돼."

울상이 된 동생에게 나는 눈짓을 해주고 돌아섰다.

마침 오쟁이가 육미관에서 나오는 걸 불러세웠다. 연방 입술을 씰룩이는 게 표정이 안 좋아 보였다. 나는 내심 시샘도 없지 않아서 시큰둥하게 물었다.

"왜 그라냐?"

"설렁탕도 한 달 반을 묵어놓게 인자 입구녕에서 꾼내가 날라고 해야."

오쟁이는 혀를 쭉 내밀었다.

"빙신, 다른 걸로 묵제. 도가니탕도 있구 수육도 있구만."

나는 육미관 창을 기웃거리며 말했다.

"고건 더 비쌀걸. 그라고 교장선생님이 꼭 확인한단 말여."

서로 할말이 없어졌다. 아랫배에서 꾸르륵 소리가 났다. 나는 가슴 쪽으로 멘 가방을 벗어서 오쟁이한테 건넸다. 오쟁이는 원래 달리기를 잘한 놈이지만 애들 말로는 못이 박힌 스파이크를 신은 후로 실력이 월등히 좋아졌다고 했다. 육상계를 대표하는 세계적인 선수들도 다 그걸 신는다는 거였다.

"니 신발 구경 좀 하자."

오쟁이가 운동화 한짝을 벗어주었다. 내가 신발을 뒤집어 밑창을 살피자 오쟁이가 말했다.

"생고무여. 그라고 앞부리 쪽에 나사 구녕 같은 거 있제? 거기다가 뽕을 박는 건디 차고 나가는 심이 좋아야."

"요것 신응께 참말로 스피드가 살어나디?"

"말이라고 하간. 고무신은 잽도 안되제. 겁나게 빨러."

나는 내 검정고무신을 내려다보았다.

"이것도 교장선생님이 사줬냐?"

"응, 여기 신발집에도 요것만 못해도 괜찮은 스파이크를 들여놨다더라. 사천원이라든가."

나는 오쟁이의 운동화를 땅바닥에 내려놓았다.

"니는 오늘도 학교에 남어 연습해야 쓰냐?"

오쟁이가 힘없이 고개를 끄덕였다.

"죽겄다. 인자 가방도 집에 두고 댕게야겄어. 교실에는 들어가보도 못하는디 짐밖에 더 되냐."

오쟁이가 돌아섰다. 설렁탕까지 먹은 놈이 가방 끈을 끌듯이 잡고 학교 쪽으로 터덜터덜 걸어갔다.

오후 네시면 우리는 마을회관 앞에 모여 몸을 풀고 달리기를 했다. 동네를 열 바퀴 돌아야 명심이한테 검사를 받을 수 있었다. 최선생이 오 킬로미터는 그 정도 돌아야 될 거리라며 눈대중으로 정해주었다. 아이들이 얼추 모였는데 은경이가 보이지 않았다. 은자가 하는 말이 제 언니는 소 풀 뜯기러 갔다고 했다. 동네를 돌 사람은 이제 명심이와 나 둘뿐이었다.

명심이는 저학년 애들까지 세워놓고 준비체조를 시켰다. 아이들은 킥킥거리며 다리도 찢고 목도 돌렸다.

"느그는 이것만 하고 놀아."

우리가 달리기 연습을 하는 동안 애들은 구슬치기와 공기놀이를 했다.

"저기 바크샤가 씨 풀고 온다."

아이 하나가 외쳤다. 돼지어멈이 흰 돼지를 몰며 마을길로 들어서고 있었다. 돼지가 주둥이로 풀숲을 헤집느라 도랑으로 내려갔고, 그녀는 작대기로 갈겨가면서 힘겹게 놈을 다시 길로 올리고 있었다. 돼지는 바크셔종 수돼지로 돼지어멈은 그놈을 인근 마을로 몰고 다니며 씨장사를 했다. 사람들은 그 수돼지를 바크샤라 불렀다. 바크샤의 거대한 몸집도 구경거리였지만 돼지어멈도 거인을 연상시킬 만큼 데억져서 옆에 서면 위압감이 들었다. 돼지 사료를 세 포씩이나 머리에 이고 고개를 넘어다녔다. 사람들은 그녀의 매부리코를 두고 콧등에서 복이 미끄러져서 일찍 과수댁이 되었노라 했다. 그러나 그녀가 시집올 때 호랑이를 타고 왔다는 소문을 우리 아이들은 의심해본 적이 없었다. 그녀에게는 건달 같은 외아들이 있었는데 중학교도 그만두고 서울에서 제 큰 아버지인가 작은아버지인가 하는 친척이 운영하는 그릇공장으로 올라갔다가 다시 내려왔다. 요새는 학교 앞 런던라사에 취직해 일하고 있었다. 우리는 그를 '쎄비 형'이라 불렀다. 가끔 학교를 오가다 보면 청색 통바지에 옷깃이 넓은 노란 와이셔츠를 입고 다니는 그를 볼 수 있었다. 눈에 튀는 그 복장은 쎄비 형이 손수

지어 입은 것이라 했다. 아이들을 보면 어찌나 못살게 구는지 우리는 되도록이면 그를 피했다. 내가 어릴 때 쎄비 형이 유리구슬 속에 든 무늬가 진짜 구름이라고 속여서 한동안 그렇게 믿은 적이 있었다. 동생을 돌보느라 학교를 가지 못한 여덟살 때는 내가 키가 작아서 학교에 못 간 거라고 우겼다. 그러면서 키크는 비법이라며 장화 속에 요소비료와 석회가루를 잘 섞어넣고 다니면 된다기에 실제로 나는 그렇게 하고 다니기도 했다.

우리는 길가로 비껴나 돼지어멈에게 소리없이 인사했다.

"오냐. 공부 댕기느라 고생들 많지야."

그새 바크샤가 길을 벗어나서 돼지어멈은 눈길을 거두어갔다. 지쳐 보였다. 바크샤의 불그스름하고 큼지막한 불알이 엉덩이 밑에서 덜렁이는 것을 우리는 신기하게 바라보았다. 돼지어멈과 바크샤가 멀어졌을 때 나는 명심이에게 물었다.

"한번 붙는 데 얼마씩 받는다냐?"

명심이 얼굴이 벌게졌다. 뭔지 정확히 알 수는 없으나 실수를 했다는 생각이 스쳤다. 옆에서 명숙이가 대신 아는 체를 했다.

"이 앞전에 우리집 도야지하고 붙었는데 오천원을 주든디."

"되게 비싸네. 하루에 세 번씩 댕길 때도 있다등마."

내가 눈을 동그랗게 뜨고 중얼거리자 명숙이가 다시 쫑알거렸다.

"저 바크샤는 인저 죽어서도 돈을 번대야."

"뭔 소리댜?"

"불알하고 고치하고 사서 구워묵겄다고 아재들이 줄을 섰대야."

238

"맹숙이 너 그만 안해야. 얼릉 줄서."

명심이가 빽 소리쳤다. 그러나 대열은 이미 흐지부지된 뒤였다. 명심이가 매운 눈으로 나를 쏘아보았다. 요즘 들어 나는 명심이와 말을 놓고 지내는 게 거북스러워졌다. 명심이는 걸핏하면 누나 노릇을 하려고 들었다. 예전에는 내 이름도 부르고 하던 것이 이제는 이름은 아예 삶아먹고 마지못해 부를 일이 있을 때는 '야, 머시메야'라고 했다. 동생들 앞에서 핀잔주기를 예사로 했다. 하긴 키도 부쩍 자라서 나보다 한 주먹은 더 컸다.

명심이와 나는 마을길을 달려갔다. 명심이 보폭이 크고 발이 재서 나는 숨이 찼다. 내다 넌 나락과 고추 탓에 우리는 종종 갈라지기는 했어도 대체로 나란히 달렸다.

"이걸 언제까장 해야 한다?"

내가 씩씩거리며 물었다.

"십일월에 일차로 한 오십명 뽑고 방학 전에 이차로 열댓 명을 뽑는다더라."

"솔직히 니가 보기에 난 안될 것 같제?"

명심이는 대답이 없었다. 명심이의 작은 가슴이 옷 속에서 오르내렸고, 나는 자꾸 눈길이 그리로 갔다. 한 바퀴를 돌아 원점을 지날 때 명숙이가 회관에서 달려나오며 소리쳤다.

"오분 사십오초!"

회관 방에 걸린 시계를 보고 와 알려주는 것이다. 최소한 사분 삼십초를 넘어서는 별볼일없는 기록이었다.

명심이가 속도를 높였다. 나는 공기놀이하는 애들 옆을 지나면서 검정고무신을 털어 벗어던지고 맨발로 명심이를 쫓아갔다.

"육학년들은 선수로 안 뽑는다는디 니는 뭐 할라고 달리냐?"

가까스로 따라붙으며 나는 물었다. 그러나 명심이는 대답 없이 속도를 더 높였다. 점점 명심이와의 거리는 벌어져서 대숲길을 지날 때는 명심이의 모습이 보이지 않았다. 다섯 바퀴째 돌 무렵에는 명심이가 뒤쪽으로 백 미터까지 쫓아와서 마치 내가 앞서 달리는 모양새가 되었다. 나는 추월은 당하지 않아야겠다는 일념으로 입을 악물고 뛰었다.

대숲길을 지날 때 나는 문득 발걸음을 세웠다. 길바닥에 돈이 떨어져 있었다. 오천원짜리 지폐였다. 그것은 네 겹으로 접혀 있었다. 나는 돈을 쥐고 길가로 바짝 붙어섰다. 달려오는 명심이만 보일 뿐 길에는 아무도 없었다.

"맹심아, 니 개와에 돈 있었냐?"

"너 시방 뛰다 말고 뭐 하냐?"

명심이가 지나가며 소리쳤다. 나는 응, 해놓고 몇발짝 뛰는 시늉을 하다가 방향을 바꾸어 면 거리 쪽으로 냅다 내달렸다.

나는 신발가게로 가서 스파이크를 사서 신었다. 그러고도 천원이 남아서 육미관에서 설렁탕을 사먹었다. 마지막 국물을 들이켜고 나서 길게 트림을 했다. 막상 돈을 쓰고 나자 마음속에 일던 일말의 죄책감과 불안감도 사라졌다. 나는 학교 운동장으로 갔다. 오쟁이가 운동장을 돌다 말고 뛰어왔다.

"아따, 니도 샀네?"

"이."

나는 생글거리며 오쟁이에게 잘 보이도록 발을 요리조리 돌려 보였다.

"나랑 시합 한번 해볼래?"

오쟁이가 물었다. 나는 운동장 트랙을 향해 뛰어갔다. 오쟁이를 따라잡을 수 없어도 발걸음은 나는 것처럼 가벼웠다.

해거름녘에 나는 오쟁이와 껌을 나눠 씹으며 고갯길을 넘어왔다.

고갯마루에 이르렀을 때 걷다 뛰다 하며 허겁지겁 고개를 넘어오는 아주머니가 있었다. 돼지어멈이었다. 순간 아차 싶었다. 그러나 나는 도망가지 않았다. 대신 오쟁이를 저만큼 물러나게 했다. 돼지어멈이 다가와 덥석 내 손을 잡았다. 그러나 누구를 붙드는 손길이 아니라 반갑다고 내미는 손길이었다.

"아이고매, 여기서 만나는구나이."

그녀는 숨을 몰아쉬었다.

"갈퀴집 가이내가 그러는디 니가 돈을 주웠다메야?"

나는 얼굴이 화끈 달아올랐다. 껌을 뱉어내 손바닥에 쥐고 고개를 끄덕였다.

"이미 까묵어불었는디요."

나는 그녀가 어떤 처분을 내려주길 기다리며 고개를 숙였다. 그녀가 한숨을 폭 내쉬었다.

"이 일을 어짤끄나."

힐끗 쳐다보니 그녀도 울상이었다.

"갚어줄게라."

나도 모르게 입에서 그런 소리가 나오고 말았다. 나는 곧바로 후회했다. 돼지어멈이 코를 훌쩍 들이마셨다.

"근디 아줌니, 엄마 아부지한테 말하믄 난 뒤지요이."

나는 울먹하여 말했다. 그녀가 잠시 생각하다가 입을 열었다. 없던 일로 해주리라 생각했다.

"오냐, 말 안하마. 생기믄 갚어라. 나가 외려 미안타."

"아니어라. 갚어야제요."

그러나 돈 갚을 길은 막막했다. 일정하게 받는 용돈이라는 것이 있을 수 없었고, 행여 친척이나 손님이 와도 동생한테나 동전을 쥐여줄까 나에게는 국물도 없었다. 나는 밤새 끙끙거리다가 이튿날 스파이크를 들고 신발가게를 찾아갔다.

"안되겄넌디. 이미 신은 신발을 어찧게 물리겄냐. 빵으로 치자면 이미 한입 비묵은 거나 다름없다."

주인이 고개를 절레절레 저었다.

나는 신발을 들고 거리로 나와 막막하게 서 있었다. 이 길로 멀리 떠나버릴까 하는 생각도 해보았다. 그러자 눈물이 찔끔 비어져나왔다.

"인마, 너 잘 만났다. 이리 와봐."

쎄비 형이었다. 그는 양복바지 한 벌을 팔에 걸고 서 있었다. 나는 이제 죽었구나 생각했다. 돼지어멈이 밤새 제 아들에게 말하지 않았을 리 없었다. 나는 죄지은 아이처럼 몸을 웅크리고 쎄비 형 앞으로 갔다.

"니 일요일 아칙부터 왜 여 나와 있어?"

그가 내 귀때기를 잡아당겨 얼굴을 세웠다.

"어쭈, 이 새끼 울었네. 집 나왔어?"

나는 고개를 저었다.

"아항, 운동화 사러 왔구만."

그는 일을 모르는 눈치였다. 나는 내심 안도했다. 그러자 머릿속에 퍼뜩 떠오르는 생각이 있었다.

"나 돈 좀 빌려줘."

그가 잡았던 귀를 놓으며 꿀밤을 먹였다.

"돈? 쥐방울만한 새끼가 아칙부터 돈 타령이여."

"오천원만 빌레줘."

"오천원? 니 운동화 산다고 돈 타다가 쎄비했제?"

나는 대답하지 않았다.

"딱 보니께 그라구만. 쇡일 사람을 쇡여야지. 우선 요것 심바람부터 하고 오믄 내 생각해보겠다."

그는 양복바지를 내밀었다. 나는 별로 기대감 없이 귀찮게 받아들었다.

"느그 교장 사택 알제? 결혼식 가는 건 지제 나여? 공일 아칙부터 전화질이긴……"

내가 교장 사택에 바지를 전해주고 오자 쎄비 형이 말대로 돈 오천원을 빌려주었다.

"언제 갚을래? 쎄비한 거라 금방은 못 갚을 거구."

"개구락지를 잡어서라도 갚을게. 근디 이건 비밀이여."

"돈 생기는 대로 바로바로 꺼나가. 이자는 이부여."

“이부가 얼만디?”

“글씨, 한 천원이라고 생각하믄 돼야. 니는 인자 나한테 죽었다.”

나는 그길로 마을로 돌아와 돼지어멈을 찾아가 돈을 갚았다.

그날부터 나는 정말로 개구리잡이에 나섰다. 옆동네에 개구리와 뱀을 사는 집이 있었다. 주인남자가 폐병으로 오랫동안 투병 중인 집이었다. 개구리를 그대로 가져오면 마리당 이원, 가죽을 벗긴 뒷다리를 모아오면 오원씩 쳐준다고 했다. 뱀은 주로 화사(花蛇)를 사들였는데 마리당 백원씩이었다. 나는 땅바닥에 앉아 나뭇가지를 집어들었다. 오천원을 만들려면 개구리와 뱀을 몇마리나 잡아야 하는지 계산해보았다. 개구리를 날로 넘길 경우 이천오백 마리나 잡아야 했다. 나는 놀라서 다시 계산해보았다. 의심의 여지 없이 이천오백 마리였다. 나는 나뭇가지를 내던졌다. 이천오백 마리라…… 가늠이 되지 않는 숫자였다. 나는 다시 나뭇가지를 집어들었다. 다리를 벗겨 넘길 경우 천 마리라는 계산이 나왔다. 그건 해볼 만했다. 뱀은 오십 마리를 잡아야 오천원을 받을 수 있으므로 우선 젖혀놓았다. 잡을 용기도 없거니와 그만한 뱀을 구경하기도 쉽지 않을 터였다. 나는 개구리를 주로 잡고 뱀의 경우 혹시라도 눈에 띄면 그건 덤으로 어떻게 해볼 심산이었다.

개구리 잡는 요령이야 아이들 사이에 널리 알려져 있었다. 나는 노루모산 깡통에 구멍을 내서 노끈으로 어깨띠를 만들어 멨다. 지팡이만한 대나무를 구해다가 그 끝을 쪼아 여러 가닥으로 쪼갰다. 그래야만 면적이 넓어져서 개구리를 때려잡기 좋았고,

244

개구리를 타격할 때 훼손을 덜 입혀 좋은 물건을 얻을 수 있었다.

나는 스파이크를 들고 명심이를 찾아갔다. 명심이는 일을 대충 눈치채고 있었으므로 나는 주저없이 말했다.

"오늘부텀 달리기 연습 못하겠다."

"멍충이, 니 그랄 줄 알었어야."

명심이는 코끝이 휘게 비웃었다. 나는 스파이크를 명심이한테 내밀었다.

"신어봐."

"이걸 나가 왜 신어?"

"누가 아조 준대? 당분간 빌레주는 거여."

나는 명심이 발을 끌어다가 신발에 억지로 끼워넣었다. 조금 작은 듯싶었으나 용케 발이 들어갔다.

"출석 체크는 내가 적당히 해놓을게."

명심이 제자리에서 뜀뛰기를 하며 말했다.

나는 깡통을 메고 산으로 올라갔다. 원래 이 고장 사람들은 들개구리는 별로 쳐주지 않았다. 농약도 농약이지만 굵기도 산개구리가 훨씬 나았다. 그리고 화사라도 구경하려면 산으로 가야 했다. 그러나 산개구리는 별로 눈에 띄지 않았다. 세 시간이나 숲을 헤매었는데도 깡통에 모인 개구리는 일곱 마리밖에 되지 않았다. 깡통을 들여다보며 비로소 천 마리라는 수량이 실감났다.

이튿날은 개울가로 나갔다. 어차피 가죽 벗긴 다리만 넘길 텐데 그게 산에서 잡은 것인지 들에서 잡은 것인지 구분해낼 입은 드물 거였다. 들에는 개구리가 많았다. 문제는 개구리가 물속으로 뛰어든 뒤에는 눈에 뻔히 보여도 잡을 방법이 없다는 거였다. 열 마리 중에 겨우 한두 마리를 잡을까 말까 했다. 그래도 그날은 서른 마리 넘게 잡을 수 있었다. 나는 저녁 어스름이 내리는 개울가에 앉아 도루코로 개구리 허리부분을 잘라냈다. 살가죽은 잘 잘렸지만 늘 마지막에 뼈가 걸렸다. 그건 손으로 비틀어서 끊어낼 수밖에 없었다. 다리를 떼어내면 이제 손톱으로 가죽을 벗겨냈다. 한번에 죽 벗겨져서 그 일은 별로 어렵지 않았다. 흰 살덩이를 드러낸 개구리 다리를 나는 강아지풀에 꿰었다. 남은 몸통 부분은 깡통에 담아다가 바크샤 구유에 넣어주었다. 내 깜냥에는 그렇게라도 속죄하고 싶었다. 이틀 동안 잡은 개구리가 모두 마흔두 마리였다. 그걸 옆동네 폐병쟁이 집으로 가져가서 이백십원을 받았다.

나는 하루도 거르지 않고 들로 쏘다녔다. 닷새 만에 천원을 만들었고, 여드레 만에 이천원을 만들었다. 개구리 사백 마리를 잡아낸 것이다. 나는 그 돈을 쎄비 형에게 갖다줬다. 아무리 빨랫비누로 손을 씻어도 비린내가 가시지 않았다. 숟가락을 들면 밥에서도 비린내가 올라오는 것 같았다. 밤에는 악몽을 꾸었다. 개구리 수천수만 마리가 바글대며 나에게 달려드는 꿈이었다.

나는 개울 방죽을 걷다가 노루모산 깡통을 벗어 풀숲에 처박아버렸다. 아무래도 다른 돈벌이를 찾아야 할 것 같았다. 나는 교실에 앉아서도 돈벌 궁리를 했다.

마침 양조장에서 라면봉지를 수집한다는 소문이 들려왔다. 술통 꼭지를 틀어막아 막걸리가 새지 않도록 하는 데 쓴다는 거였다. 나는 그걸 줍기로 결심했다. 라면을 흔하게 먹던 시절이 아니어서 나는 그것을 어디에서 구해야 할지 알 수 없었다. 면 거리 쪽은 다른 아이들이 이미 몇차례 훑어버린 뒤였다. 나는 토요일 오후에 신작로를 따라 녹동항까지 걸어갔다. 이십릿길이었다. 길가에서 라면봉지를 두 개 주웠고, 목선 조선소 근처에서 예닐곱 개를 한꺼번에 줍는 횡재도 했다. 항구에는 라면봉지가 의외로 많았다. 불과 한 시간 만에 나는 서른 장이 넘는 라면봉지를 주웠다. 그것을 물에 씻어서 양조장으로 가져갔다.

"아따, 많이 가져왔네."

양조장 직원이 라면봉지를 세지도 않고 종이박스에 넣었으므로 나는 조바심이 났다.

"서른두 장인디요. 서른두 장요."

이미 종이박스 안에는 라면봉지가 제법 쌓여 있었다.

"니네 집에서 다 묵은 거냐?"

길에서 주워왔다고 하면 퇴짜를 놓을까 걱정이었다. 나는 그렇다고 대답했다.

"느그 집이 좀 있이 사는갑다."

양조장 직원이 잠깐 기다리라고 해놓고 사무실로 들어갔다. 나는 값을 얼마나 쳐줄지 궁금했다. 양조장 직원이 국화빵 담는 종이봉투 같은 걸 하나 들고 나왔다. 뭘 넣었는지 봉투가 제법 불룩했다. 나는 그 자리에서 봉투를 까보았다. 우리가 '깐밥'이라고 부르는, 술 내리고 나서 나오는 지게미 말린 것이 수북이 들어 있었다.

"왜 너무 적냐? 더 주까? 많이 묵으믄 취할 건디……"

"돈 안 줘요?"

"뭔 돈 말이냐?"

그는 나보다 더 뜨악한 얼굴로 바라보았다.

"라면봉지 갖고 오믄 돈 준다메요?"

나는 싸울 듯이 가슴을 내밀었다.

"허허, 우리는 돈을 줘본 적이 없다. 잘못 들은 모냥이다."

에이 씨, 나는 돌아섰다.

동네로 돌아오는 고갯길에서 길을 벗어나 숲으로 발걸음을 옮겼다. 남의 무덤가에 앉아 지게미를 한줌 두줌 집어먹었다. 그것을 훔쳐먹으려고 양조장을 기웃거린 적도 있었다. 좀처럼 화가 풀리지 않았다. 양조장의 처사가 얄밉다기보다는 내 처지가 비참해서 견딜 수가 없었다. 일어서다가 휘청하여 다시 주저앉았다.

나는 불불 기다시피 집으로 돌아가서 쓰러졌다. 이튿날 아침에는 자리에서 일어날 수가 없었다. 밤새 열이 끓었고 목이 부어 침을 삼키기도 힘들었다. 목젖이 내려앉고 편도선이 부어 있었다. 어머니는 숟가락을 뒤집어서 굵은 소금을 얹은 다음 입속 깊숙이 찔러서 목젖을 올려주었다. 소금물로 여러차례 목을 헹궈냈지만 편도선은 좀처럼 가라앉지 않았다.

"야가 요새 붕알 떨어지게 담박질을 해쌌등마 기어이 탈이 났네이."

어머니가 걱정스럽게 말했다.

"인저 담박질 그만둬라. 우리집 내력에 발빠른 인사 없응께.

느그 아부지 봐라만 뭐든지 한박자씩 늦지 않더냐. 머시메가 공부를 해야제 그깟 담박질 잘해서 으디에다 쓸 거냐. 그 공력으로 공부를 해봐라만 판검사도 되고 남제."

어머니는 수시로 입을 벌리게 해서 목을 들여다봤다.

"아이고매, 기양 부은 거이 아니라 곪은 모양이네. 안되겄다."

어머니는 여기저기 수소문해서 목병을 잘 본다는 노인을 알아냈다. 어머니는 멀리 바닷가 장애라는 마을까지 나를 데려갔다. 처음으로 가보는 먼 마을이었다. 높은 산을 하나 넘어야 했다.

"엄마, 병원으로 가."

나는 노인 집앞에서 발을 버팅겼다.

"뭔 죽을 빙이라고 빙원으로 가야. 아조 용하다니게 어여 들어가야."

나는 노인 집 툇마루에 앉아 편도선 수술을 받았다. 어머니가 윗니와 아랫니를 손가락을 벌려서 잡고, 노인이 입으로 칼을 집어넣어 편도선을 갈라내고 피고름을 짜냈다. 눈물이 쏙 빠지게 아팠다. 노인이 모나미 볼펜 대롱에다가 무슨 씨멘트 같은 가루약을 넣고 훅 불었다. 노인네의 고약한 입냄새가 풍겨왔고, 이내 땡감을 씹은 듯 입안이 까칠해졌다.

"과로로 열이 오르믄 생기는 병이라. 원래 야가 열이 좀 많은 체질이오. 그란게 찬 음석을 마이 멕이시오."

"찬 음석이라?"

어머니가 공손히 여쭈었다.

"거 아이스께끼 같은 거 있잖은가베."

“아아.”

어머니는 집을 나설 때,

“용한 선상님을 만나서 애 하나 살렸소. 참말로 고맙소이.”
하며 거푸 허리를 굽실거렸다.

어머니와 나는 다시 걸어서 산을 넘어왔다. 면 거리를 지나다
가 점방 앞에서 나는 꽉 잠긴 목소리로 어머니에게 말했다.

“아이스께끼 하나 묵자.”

그러자 어머니가 등짝을 냅다 내질렀다.

“하이고, 니가 살긴 살았는갑다. 고런 정신이 들게. 니는 고런
돌팔이 말을 믿냐.”

그래놓고 어머니는 내 손을 거칠게 잡아끌었다.

오쟁이의 다리통이 십팔 쎈티미터를 넘어섰다. 나는 여전히
빚이 사천원이나 남아 있었다. 다시 개구리를 잡아야겠다고 생각
했다.

점심 때 교문 앞으로 쎄비 형이 찾아왔다. 나는 참 괴로웠다.

“이 새끼, 너 요새 통 소식 없드라.”

“겁나게 아펐어요.”

나는 머리를 긁적이며 변명했다.

“아프겄제. 이 쎄비 돈 띠묵고 안 아픈 놈 없다.”

그렇게 말한 쎄비 형이 침을 찍 갈기고 덧붙였다.

“바쁜게 본론만 말하는디, 니 오늘 수업 끝나고 바쁘냐?”

“개구락지 잡으러 가야 되는디……”

“개구락지 꿈 씹는 소리 그만하고 이따 구백화물 영업소로 와

라. 천원 까줄게."

나는 눈이 번쩍 뜨였다.

"참말로요?"

"나가 은제 니한테 공갈하디?"

그래놓고 쎄비 형은 슬리퍼를 끌고 돌아갔다.

수업이 끝나고 구백화물 영업소로 갔더니 쎄비 형이 손수레를 끌어다놓고 걸터앉아 있었다. 나는 무슨 일을 시키려나 싶어 화물보관소를 기웃거렸다. 큰 마대자루가 세 개나 쌓여 있었다. 겉이 울퉁불퉁한 게 내용물을 짐작할 수 없었다.

"스뎅그럭이여. 우리 작은아부지가 망해부렀어야. 그간 끌어다가 쓴 돈 못 갚는다고 대신 그럭이나 폴아 쓰라고 보냈다."

내가 수레 손잡이를 잡자 쎄비 형이 고개를 흔들었다.

"니가 심을 쓰냐? 기달려. 오쟁이가 올 거여."

"오쟁이가요?"

"잉, 교장이 출장갔다고 하루 제끼기로 했다. 근디 너 왜 스파이크 안 신고 왔냐? 아따, 새끼! 이거 신고 고개럴 넘자믄 스파이크가 있어야 쓰는디. 그래서 부러 오쟁이도 불렀구만. 니는 하여튼 벨 도움이 안돼야."

나는 무슨 큰죄라도 지은 듯 머리만 긁적거렸다. 그때 오쟁이가 나타났다. 세 사람이 낑낑거리며 마대자루를 손수레에 실었다. 두 개째를 올렸을 때 수레바퀴가 납작하게 깔렸다. 영업소 직원이 지켜보다가 말했다.

"무리여. 하나썩만 싣고 가."

쎄비 형이 침을 찍 뱉었다.

"이래봬도 요것이 우리 바크샤를 싣고 댕겠소. 구경만 하고 섰지 말고 바람 넣는 뽐뿌나 갖다줘요."

우리는 다시 낑낑거리며 마대자루를 들어내렸다. 쎄비 형이 돌처럼 단단하게 수레바퀴에 펌프질을 했다. 그래도 마대자루 세 개를 올렸을 때 바퀴가 조금 깔렸다. 쎄비 형이 바퀴를 주먹으로 쳐보고 출발하자고 했다. 오쟁이가 손잡이를 잡아들었다. 수레가 뒤로 들리면서 오쟁이가 철봉에 오른 것처럼 붕 떴다.

"앞이 너무 게붕갑소."

공중에서 발을 버둥거리며 오쟁이가 말했다. 위쪽 마대자루를 앞으로 밀자 오쟁이가 땅으로 내려왔다.

나와 쎄비 형이 뒤를 밀었다. 머잖아 쎄비 형이 슬그머니 떨어져나가더니 뒤에서 힘쓰라는 소리만 질러댔다. 면 거리는 용케 지났고 이제 고갯길이 시작되었다. 몸은 이미 땀으로 젖어 있었다.

우리는 백 미터 간격으로 쉬었다. 쎄비 형이 숨을 몰아쉬며 내게 말했다.

"이천원 까줄게."

우리는 다시 수레를 끌었다. 고갯마루가 가까워지면서 쉬는 간격이 더 좁아져 오십 미터도 채 가지 못해 주저앉곤 했다. 그래도 쎄비 형은 뒤에서 기합소리나 넣을까 수레를 밀거나 끌 생각을 하지 않았다.

"야, 오쟁이는 설렁탕 묵은 심이 대단한데."

쎄비 형이 말했다. 오쟁이는 뭐라 대꾸할 힘도 없는지 그저 웃기만 했다. 쎄비 형만 입이 살아서 계속 나불거렸다.

"야, 솔직히 우리 까놓고 말해보자. 오쟁이 너 설렁탕 묵고 다리통이 진짜로 그렇게 굵어졌냐? 나넌 니 다리통이 얼매나 굵어질지 겁나게 궁금해야."

오쟁이는 배를 웅등그려 접어넣고 여전히 웃기만 했다.

"응? 진짜 그라냐?"

"아니."

놀랍게도 오쟁이의 목소리는 꽉 잠겨 있었다. 오쟁이는 헛기침을 해서 목청을 텄다.

"교장선생님이 자를 댈 때마동 쪼금썩 우게로 올린다니께. 첨에는 발목부터 쟀는디 지난번에는 거의 오금탱이 아래까장 올라왔어."

"염병할, 그랄 줄 알았다……"

쎄비 형이 침을 뱉었다.

"그래도 오쟁이 니는 설렁탕을 계속 얻어묵어야 써."

나는 두 사람 이야기를 들으면서 다리통 수치의 충격보다도 오쟁이가 생각보다 훨씬 자라버렸다는 느낌에 사로잡혔다. 혼자 달리면서 그는 속으로 자란 게 분명했다. 나는 땀을 흘리고 앉은 오쟁이를 낯설게 바라보았다.

고갯마루에 수레를 올려놓자 이제 일이 모두 끝난 듯 기뻤다. 어느새 해는 기울어 산마루에 이마를 비비고 있었다.

"인자 수레를 뒤로 돌려야 쓰겄는디."

내리막길을 바라보며 내가 말했다. 오쟁이가 제 신발을 손바
닥으로 쳐 보였다. 스파이크 밑창에 뽕을 박았다는 뜻이었다.

"나가 전라도에서 제일 빠른 놈 아녀. 뒤에서 잘만 땡겨줘."

오쟁이가 수레 손잡이를 들어올렸다. 그제야 쎄비 형이 수레
뒤로 파고들었다.

수레가 천천히 움직였다. 수레바퀴에서 돌멩이가 튀어서 날아
가곤 했다.

속도가 점점 붙는 것 같았다. 나는 어깨가 뻐근해지도록 힘을
주어 당겼다. 절로 끙끙거리는 소리가 났다. 고무신이 늘어나고
발가락이 앞으로 쏠려서 아팠다.

"아이! 안되겄는디……"

쎄비 형이 오쟁이를 향해 소리쳤다.

"괜찮다니께. 수레가 나보다 빠르겄어?"

앞에서 그런 소리가 넘어왔다.

그러나 나는 자꾸 고무신이 벗겨지려고 했다.

"오쟁아, 안되겄다!"

이번에는 내가 소리쳤다.

"괜찮다니께. 이대로 서울까장도 달리겄구만."

수레가 이제는 나를 끌어가다시피 해서 힘을 쓸 수가 없었다.
그저 스키를 타듯 미끄러질 뿐이었다. 고무신 바닥이 뜨거워졌고
흙먼지가 일었다.

"오매!"

쎄비 형이 손을 놓으며 거꾸러졌다. 대번에 수레가 낚아채듯

팔을 당겨서 나는 어깨에 격통을 느끼며 수레를 놓았다. 어깨뼈가 빠진 것 같았다. 그러나 수레에서 눈을 뗄 수가 없었다. 수레는 무서운 속도로 내리 달렸다. 가속도만큼 점점 멀어져갔다. 놀랍게도 오쟁이는 오래 버티고 있었다. 수레는 순식간에 마을 동구를 지나 북쪽으로 내달렸다. 그쪽으로는 길이 휘어지고 있었다. 수레가 길을 버리고 언덕 너머로 사라지는 광경을 나는 겁에 질려 바라보았다.

서울까지 실려간 오쟁이는 오랫동안 돌아오지 않았다. 우리는 성금을 두 번이나 모아보냈다. 교문 입간판의 오쟁이 다리통 굵기는 십팔 쎈티미터에서 멈추어 있었다. 한 달 보름 만에 입간판이 치워지고 새 입간판이 세워졌다. 1교 1운동—야구 시범학교.

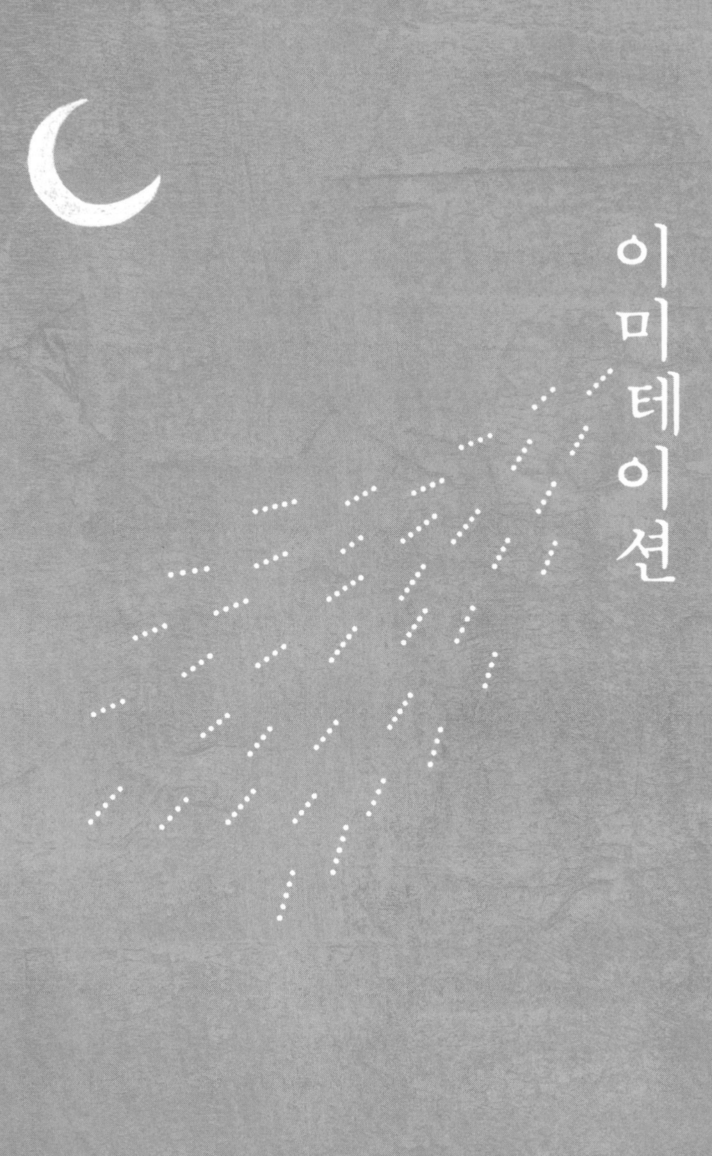

이미테이션

　"우리 학원은 미국 로컬 스쿨을 그대로 옮겨놓았다고 보시면
돼요. 혜민이 어머님 소개로 오셨다니까 이미 다 들으셨겠지만
원어민 강사가 거의 맨투맨 지도를 하고, 교재는 리딩 스트리트
를 쓰는데 미국 애들이 배우는 교과서예요. 아, 마침 선생님이 오
셨네."

　게리가 택배기사를 안내해 상담실로 들어섰을 때 원장이 여자
아이와 어머니를 세워두고 말했다. 경리 보는 미예를 시켜서 부
러 찾아놓고선 저렇게 능갈맞다. 사흘 만에 나타난 원장은 크고
짙은 썬글라스를 쓰고 있어서 표정을 읽을 수 없다. 기어이 수술
을 받은 모양이다. 게리는 택배기사에게 손짓으로 박스 놓을 자
리를 알려주고 여자들 쪽으로 다가섰다.

　"게리 존슨 선생이세요."

게리는 여자애 머리를 쓰다듬으며 안뇽, 하고 인사한 다음 허리를 접어 묻는다.

"What grade are you in?"

아이는 제 어머니 뒤로 숨는다.

"어머, 애 좀 봐, 너 알잖아? 이학년이에요."

아이 어머니는 속상해한다.

"처음에는 다 그래요. 그래서 영어는 자신감이라고 하잖아요."

원장은 게리를 향해 입술을 씰룩인다. 학부형한테도 인사하라는 신호다. 그녀가 웃으면서 입을 씰룩거릴 때 안면이 얼마나 밉상으로 일그러지는지 그녀는 잘 모를 것이다.

게리는 학부모에게도 눈인사를 보낸다. 여자는 자석에 끌리듯 쑥스럽게 고개를 숙이는데, 사람을 훑어보는 시선만은 깐깐하다.

"어머, 사진보다 훨씬 나아요. 스페인계이신가보다."

여자는 출입구에서 집어왔을 전단지를 돌돌 말아쥐고 있다. 천연덕스러운 말투와 달리 여자는 목덜미까지 달아오른다. 아마 아이가 수줍음을 많이 타는 건 제 어머니를 닮아서일 것이다. 어쩌면 여자는 어릴 때 딸보다 심했을지 모른다. 살아오면서 의식적으로 단련했겠지. 앞으로 어머니는 딸아이가 처녀가 될 때까지 노력이라는 말을 입에 달고 들들 볶아댈 것이다.

"눈썰미가 있으시네요. 게리 선생님은 외할머니가 라틴계세요. 아버지가 교포 2세이구요."

여자도 게리도 머리를 끄덕인다. 이 연극은 누가 요구한 적도 없고 사전에 조율한 바도 없으나 원장과 게리는 오래전부터 서로의 배역에 충실해왔다.

"주 삼일이라고 하셨지요?"

여자가 묻고 원장이 대답한다.

"네. 리딩은 두 번이고, 추가로 싸이언스나 쏘셜 과목을 두 시간씩 프리로 지원하고 있어요. 실습하고 발표 위주예요. 이르다고들 걱정하시지만 용어만이라도 귀에 익혀두면 뒤에 확실히 효과를 보더라고요. 조기유학 보낸 학부형들 말씀을 들어봐도 그렇고."

원장은 동의를 구하듯 게리를 힐끗 건너다본다. 게리는 반사적으로 고개를 주억거려놓고 어쩌면 이번에는 원장이 둘만 아는 신호를 보낸 건지도 모르겠다고 생각한다.

"그리고 앞으로 학교에서도 과학이나 사회 과목은 영어로 수업을 한다잖아요. 글로벌 교육으로 나갈 수밖에 없죠. 선행학습 시킨다 생각하시면 아깝지 않을 거예요."

똑같은 레퍼토리를 읊는 데도 지쳤겠지만 원장의 목소리는 눈에 띄게 맥이 풀려 있다. 썬글라스를 집어던지고 아, 지긋지긋해! 하고 히스테리를 부릴 것 같다. 게리는 누구에게나 특정한 배역이 주어지고 그것을 살아내는 게 인생이라 생각한다. 그녀는 오래전부터 원장 배역을 타고난 듯싶다. 문장에 영어를 박아쓰는 말투도 나날이 세련되고 있다. 언젠가 원장의 말투를 흉보던 미예의 궤변이 떠오른다.

"아휴, 밥맛이야. 저게 단순히 직업적 습관인 줄 아세요? 단어장을 만들어서 피나게 노력해서 만든 비즈니스 언어라고요. 그래 봤자 나한테는 우리말에 있는 '거시기'하고 똑같이 들리지만. 참

엘레강스하고…… 이 말이나, 참말로 거시기하고…… 이 말이나 뭐가 달라요. 원장이 쓰는 콩글리시를 거시기로 다 바꿔봐요. 못 알아먹는 말 하나 있는가, 칫."

원장은 뇌출혈로 쓰러진 남편 대신 학원을 맡았을 때 날마다 울면서 학원과 병원과 집을 오갔다고 했다. 게리로서는 상상이 가지 않는다. 강한 것은 단순해 보인다. 학원에서 원장의 배역은 잔심부름이나 하는 미예보다 훨씬 단선적이고 단조롭다. 미예는 잔소리로 휘어잡고, 강사들에게 끊임없이 눈치를 줘서 긴장시키고, 아이들과 학부형은 살살거려서 묶어놓는다. 세 가지 캐릭터를 뭉쳐놓은 게 원장이다. 미예의 표현으로 하자면 벗겨놔도 원장이다. 그래서 학원 식구들은 원장의 빤한 직구만 잘 피하면 학원생활이 어려울 게 없다고들 한다.

그러나 요즘 들어 게리는 그녀가 훨씬 복잡한 여자일지도 모르겠다는 생각이 든다. 나이 마흔다섯 정도 먹은 여자는 아는 것도 모른 척하기 때문에 거리낌이 없고 단순해 보이는지도 모른다. 학원 식구들이 원장은 모르리라 믿는 그녀에 대한 것들—무시와 불만과 비난과 동정—을 그녀는 이미 다 알고 있는 건 아닐까. 게리 자신에 대해서도 마찬가지다. 그는 원장에게 자신의 속내를 드러내 보인 적은 없지만 원장만은 속속들이 알고 있으리라는 생각이 들곤 한다.

게리는 슬그머니 물러난다. 어쨌든 오늘 그가 해야 할 역할은 끝났다. 어차피 주위 소개로 학원을 방문한 학부모라면 이미 마음을 정하고 내원했다고 보면 틀림없다. 분위기 파악을 끝낸 학부모는 이제 제 아이에게 특별한 관심을 가져달라는 식의 이야기들을 늘어놓을 것이다. 명랑한 아이이기는 한데 숫기가 없어서 걱정이라는 둥, 저번 회화학원에서는 아이들이 너무 많아서 속상했다는 둥……

"어머, 이거 어쩌죠?"

원장이 호들갑스러워진다. 게리와 원장은 잠깐 시선이 엉킨다. 게리는 그렇게 느꼈다.

"제가 급한 약속이 있어서 나가봐야 하거든요. 카운슬링이 필요하시면 언제든 편안히 찾아주세요. 참, 오늘 마침 잘 오셨네. 다음주 금요일에 할로윈 파티가 있거든요. 오늘 아예 레벨 테스트 받고 가시면 되겠어요."

원장이 퇴장하고 미예가 등록카드와 테스트 용지를 들고 들어선다.

학부모가 등록카드를 작성하는 동안 미예는 게리에게 다가와서 속삭인다.

"글쎄, 그 여시가 쌍꺼풀 잡고 주름 제거한 거 있죠."

원장을 두고 하는 말이다. 게리는 웩, 하는 시늉을 해 보인다. 제 제스처를 빼앗겨서 미예는 이죽거린다. 그래도 지난 몇주 동안 미예는 원장에게 관대했다. 원장이 구입한 지 한 달이 채 되지 않은 핸드백을 미예에게 하루아침에 덜컥 안긴 것이다. 원장이 처음 그 백을 갖고 출근했을 때 게리는 깜짝 놀랐다.

핸드백은 프랑스 브랜드 란쎌의 붉은색 드로우스트링 백이었다. 드라마 「내 남자의 여자」로 유명해진 아이템이었는데, 게리는 일명 그 김희애백 이미테이션을 수십개나 보따리 아줌마를 통해 짝퉁시장에 돌리고 있던 때였다. 게리는 도둑이 제 발 저린다고 뜨끔했다. 그러나 원장 백이 오리지널인지 이미테이션인지는 그도 분간할 수 없었다. 그가 돌린 제품들은 모두 커스텀급 아니면 최소한 SA급이라, 알면서도 받고 알면서도 쓰는 그런 짝퉁이 아니었다. 프린트까지 완벽해서 선수들도 칼을 대보기 전에는 구분을 못할 만큼 잘 빠진 제품들이었다. 보따리 아줌마들이 못 받아도 삼사십만원씩은 받았다. 몇년 전 업계 쪽에서 자자했던 소문이지만 동대문에서 보따리 아줌마들을 여럿 거느린 큰손 하나가 청담동 플래그십 스토어에서 가방을 하나 장만했는데 뒤에 알고 보니 그게 자신이 돌린 제품이었다.

원장이 대학 평생교육원에 강의를 들으러 갈 때도 착실히 끼고 다니는 걸 보면 그 백은 오리지널 같기도 했다. 그런데 어느 날 중학생 학부형이 똑같은 백을 들고 학원에 나타났다. 게리는 등줄기에 식은땀이 날 지경이었다. 그녀는 전자회사 연구원인 남편이 방글라데시의 현지법인에 나가 있는데, 곧 가족들도 따라갈 거라고 두 딸을 학원에 보내고 있었다. 다소 설치는 스타일이라 원장은 그녀를 은근히 깔보면서 '방글라댁'이라 부르곤 했다. 그 방글라댁이 김희애백을 들고 나타난 것이다. 원장이 책상에 놓인 자신의 백을 슬그머니 바닥으로 내려놓는 것을 게리는 눈여겨보았다. 이튿날 보니 미예가 그 백을 들고서는 거울이 있는 화장실로 들락날락했다.

"참나, 돈이 썩어나가는 사람을 모시고 사니까 이런 날도 오

네. 하긴 내가 지한테 이런 것쯤 받을 만큼은 했지. 글구 지가 이
걸 소화해내기나 해."

미예는 미국이나 호주로 유학가는 게 꿈이다. 제 말로는 이 지
방의 시시한 대학 영문과를 두 해인가 다니다가 그만두었다고 한
다. 자세한 내막은 모르겠지만 그녀는 전임강사 하나와 그렇고
그런 사이였던 모양이다. 술만 먹으면 브루노 그 자식은 연락도
없다고 욕을 해댄다.

"게리 아저씨, 왜 걔들은 우리나라 여자애들을 못 잡아먹어서
안달이래요? 씨발, 내가 무슨 백마에 환장한 된장녀인 줄 아나
봐. 아저씨, 나는 진짜 이 가슴으로 대했다아. 근데, 근데 사랑도
모르는 순 개날라리 같은 자식이…… 아나, 지가 무슨 신학생이
래. 게리 아저씨, 나 이제 돈독에 푹 빠질 테니까 말리지 마세요.
착실하게 돈 모으려니까 작업 걸지 말라고요, 진짜루! 아냐, 각서
를 써서 지장을 콕 박아둬야 해."

그렇게 흐느적이면서 그녀는 코푼 냅킨을 탁자로 밀었다.

"어머, 다 작성하셨어요, 어머님?"

미예가 돌아가고 그는 소리나지 않게 박스를 뜯는다. 캐릭터
상품 쇼핑몰에서 구입한 할로윈 파티 의상들이다. 물품명세서를
걷어내자 해골 가면이 억, 하듯 입을 벌리고 있다. 그는 소리없이
놀란다. 쇼핑몰 관리자에게 적개심마저 든다. 고객을 놀래주려고
부러 포장을 이렇게 했을 리는 없다. 아마 창고 한귀퉁이에서 먼
지를 둘러쓴 해골 가면을 겨우 찾아서 주문에 맞췄을 것이다. 박
스에는 엘프공주, 슈퍼맨, 파워레인저, 핑크 프린쎄스 의상과 액

쎄서리 등속이 차곡차곡 담겨 있다. 여자애들 것은 단연 「반지의 제왕」에 나오는 엘프공주 의상이 많다. 할로윈 축제는 온통 「반지의 제왕」 판이 될 것 같다. 게리는 비닐포장을 찢어 검은 천으로 된 해골 의상을 펼친다. 앞면 전체에 인체해부도처럼 흰 뼈가 그려져 있다. 그는 의상을 대충 접어서 해골 가면과 함께 책상 맨 아래 서랍에 넣는다. 마치 관 속에 뼈들을 넣는 것 같다.

그는 물품 수량을 확인할 셈으로 주문서를 찾는다. 책꽂이에도 서랍에도 보이지 않는다. 게리는 이내 주문서가 미예에게 건네진 사실을 깨닫는다. 업체에 주문서를 넣고 퇴근한 날 밤에 미예한테서 연락이 왔다. 학부형들의 항의로 전화통에 불이 났다고 했다. 게리가 캐릭터를 선정할 때 아이들은 너도나도 좋은 캐릭터만 하려고 했다. 그는 할로윈 파티에 좀더 다양한 캐릭터들이 참가했으면 좋겠다고 아이들에게 말했다. 그러나 해골이나 해적, 저승사자, 호박마녀 캐릭터를 자원하는 아이는 없었다. 할 수 없이 게리는 몇몇 아이들에게 캐릭터를 지정해주지 않으면 안되었다. 나름대로 고분고분하고 무난한 아이들을 골랐다. 마지막으로 저승사자만 남았을 때 학부형들한테서 분명히 말이 나올 것 같아 뺐다.

"이건 애들한테 선택권을 줄 일이 아니라니까요. 어머니들 의견이 좌우하니까 가정통신문을 보낼 걸 그랬어요. 집에 쓰던 의상이 있다고 취소해달라는 학부모도 여럿 있었어요."

미예는 자신이 얼마나 시달렸는지 알아달라는 듯 시종 전화에 대고 쭝쭝거렸다. 따지고 보면 아이들의 의견을 듣고 캐릭터를 선정한 사람은 게리였지만 가정통신문을 보내고 업체에 주문하는 일은 미예의 몫이었다. 그러나 그날 오후, 미예는 원장이 없는 틈을 타서 두 시간이나 땡땡이를 쳤다. 결국 해골 의상과 호박마녀 의상은 게리와 미예가 하나씩 맡기로 했다.

"나는 작년에 입은 쎅시배트걸 의상이 하나 있는데…… 호박마녀는 원장님이 제격 아니에요?"

그래놓고 미예는 의상문제는 원장에게 비밀로 하자고 게리에게 약속을 받아냈다.

미예는 학부모와 테이블을 두고 마주앉아 수강료를 설명하는 중이다.

"미리 양해를 드리는데요, 저희 학원에서는 카드수납이 안돼요. 현금영수증 발급도 힘들구요. 원어민 선생님들 편의를 봐주다보니 그렇네요. 다 아시겠지만 서울·경기권 아닌 다음에야 원어민 강사를 구하기가 쉽지 않아요. 강사들 중에 학생비자로 와서 워킹 퍼미션이 없는 분도 계시거든요."

원어민 강사들의 편의를 봐주느라 카드수납을 거부한다는 말은 생짜 거짓이다. 학원 광고전단에는 원어민 강사가 네 명이나 올라 있지만 실제로는 게리하고 야간 중등부 타임을 뛰는 스텔라 둘뿐이다. 다른 두 사람은 이미 귀국한 전임들로 학원에서는 무단으로 계속 홍보에 쓰고 있다. 스물세살 난 호주 출신의 스텔라는 전임들처럼 인근 신학대학의 유학생이다. 게리는 등록이 안된 강사지만 스텔라는 출입국관리사무소를 통해 정식으로 시간제 취업허가를 받아 일하고 있다.

게리는 시계를 확인하고 물품명세서를 다시 박스에 넣는다.

그는 미예에게 택배 물품을 확인해달라고 문자메씨지를 넣고 외투를 걸친다.

"퇴근하시게요?"

미예가 묻고 게리는 손을 들어올린다.

"I'm taking off. Take care."

어머니도 팀 동료처럼 손을 번쩍 들어 흔든다.

학원은 아파트단지를 낀 상가에 있다. 아직 상가가 다 조성되지 않아서 썰렁하지만 그래도 이 골목에 입주한 학원이 다섯 개도 넘는다. 오피스텔 얻어 그룹과외를 하는 사람들까지 치면 이곳 사교육 시장이 얼마나 큰지 아무도 모른다. 게리는 상가 골목을 빠져나와 초등학교 담장을 끼고 돈다. 금요일 오후의 운동장은 텅 비어 있다. 얼마 전에 신축공사가 끝난 강당 외벽에는 커다란 현수막이 걸려 있다. 글로벌 인재를 양성하겠습니다.

초등학교 옆에는 새로 들어설 중학교 부지가 있다. 그곳은 들판처럼 풀이 자라 있다. 중학교 부지에 면하여 생태 하천이 있고, 다리를 건너면 상업지구와 오피스텔 단지가 조성되어 있다. 그곳 역시 도로와 골목이 잘 닦여 있지만, 건물들이 다 들어서지는 않았다. 골목은 어디를 가나 공사장이다. 방울토마토와 고추와 가지가 자라던 공지가 어느날 갑자기 멋진 테라스를 가진 삼층 주택으로 둔갑해 있기도 한다. 그래도 건물들은 완공되기가 바쁘게 분양된다. 일층마다 식당이며 주점, 노래방, 게임방, 옷가게 들이 입주해 있다. 아직 손님이 없어서 가게들은 마치 상권을 선점할 목적으로 진주한 것처럼 보인다. 그리고 밤이면 사람 없는 환락

가로 돌변한다. 이곳으로 이사오는 사람은 누구든 새집에서 살게 된다. 게리는 지하에 교회가 있고, 일층에 치킨집이 있으며, 이층에 게임방이 있는 삼층 원룸에 세들어 산다.

이 마을에 토박이는 거의 없는 것 같다. 게리가 만난 토박이는 중년의 택시기사뿐이었다.

"원, 개들 천지였는데……"

그는 택시를 몰기 전에 논과 밭과 야산이었던 이곳에서 개를 길렀는데 많을 때는 삼백 마리까지 길러보았다고 했다.

"아마 이곳에 개 사육장이 못해도 자그마치 쉰 군데는 넘었을 거라."

그가 개를 길렀던 곳을 손가락으로 가리켰는데 이 도시에서 가장 비싼 브랜드의 주상복합아파트가 우뚝했다. 그도 지금은 이곳에 살지 않는다고 했다.

개천 둑 가운데에는 대리석으로 만든 구름다리가 놓여 있다. 개천 둑은 우레탄 포장을 한 산책로로 단장되어 있다. 근린체육시설과 농구장과 어린이놀이터가 있다. 지금은 한산하지만 아침저녁으로는 운동하고 산책하는 사람들로 바글바글하다. 개천에는 맑은 물이 흐르고 물고기가 산다. 게리가 이 도시로 온 지난봄, 개천에 발을 담그고 페트병에 작은 물고기를 잡아 담는 아이들을 볼 수 있었다. 그는 한참 뒤에 이 개천이 인공하천이라는 사실을 알게 되었다. 지하수 모터가 길이 이 킬로미터의 개천에 물을 채우고 흘려보낸다. 추석 연휴기간 동안 사고가 있었다. 모터가 고장나 바닥이 드러난 개천에 붕어들이 허옇게 죽어 있었다.

올해 추석이 이른데다가 날씨도 쩌서 개천에서는 금방 하수구 냄새가 피어올랐다. 그러나 며칠 만에 개천은 다시 물이 차고 원래 모습을 되찾았다.

게리는 이 인공도시가 편하다. 이곳에 오는 사람들은 서로에게 낯설다. 무슨 직업을 가졌는지 어디에서 무엇을 하며 어떻게 살았는지 모른다. 이곳에서는 마음만 먹으면 누구든 새롭게 변신할 수 있다. 시민들은 조금씩 조바심을 가진 채 이웃과 친구를 새로 사귀느라 친절하다. 그리고 이 새로운 주민들에게는 열패감과 자부심이 공존한다. 일산이나 분당 같은 곳에서 살다 왔다고 은근히 드러내는 이들도 있고, 분양받은 아파트가 값이 오르면 서울로 돌아갈 거라고 말하는 이도 있다. 묘하게도 이곳에서는 투기 의향을 적나라하게 까발린다. 그 이유가 아니라면 이곳까지 밀려올 이유가 없다는 식이다.

그러면서도 그들은 이 도시를 서울처럼 가꾸고 싶어한다. 도시계획 자체에 학원타운이 있고, 학원 인허가는 전국에서 가장 쉽다고 소문나 있다. 외국어고등학교를 유치하려는 주민자치회연합은 연판장을 돌려 보름 만에 서명자 일만 명을 채웠다. 대형 나이트클럽이 입점하려고 하자 주민들은 줄자를 들고 나가 초등학교에서부터 거리를 재서 백지화했다. 시민들은 아파트 시세 높고 교육 여건 좋은 이곳을 서슴없이 이 도시의 강남이라 부른다.

다소 기형적이기는 하지만 도시가 나날이 규모를 갖추고 기능을 찾아가는 건 분명하다. 기념일에는 인적 없는 길가에 태극기가 꽂히고 어떤 밤에는 소나기처럼 개천가에서 폭죽이 터진다.

개천가 자투리 공원에는 하룻밤 사이에 없던 소나무 숲이 조성된다. 포장마차도 눈에 띄고 일일장터도 들어온다. 입시학원이 세 든 건물에서는 수시합격자 명단이 적힌 현수막이 펄럭인다. 종종 보궐선거 벽보가 나붙기도 한다. 그뿐이랴. 며칠 전에는 '도를 믿으세요?' 하는 청년을 만났다. 도인은 건널목을 따라오며 바쁘시냐고 거푸 물었다. 게리는 귀찮아서 종종걸음을 치다가 어찌나 찰거머리처럼 달라붙는지 건널목 가운데에서 발걸음을 우뚝 세우고 도인을 째려보았다. 눈길이 정면으로 부딪치자 도인은 얼굴이 바짝 굳어서 더듬더듬 입을 열었다. "Where are you from?" 게리는 "Why?" 하고 물었다. 그러자 도인은 더 말을 잇지 못하고 울상이 되었다. 그가 별안간 "Thank you!" 소리를 던지다시피 내놓고는 몸을 휙 돌려서 신호 바뀐 건널목에 발을 잘못 들인 사람처럼 종종걸음을 쳐서 되돌아갔다. 길을 건너서 바라보니 도인은 거의 제 머리를 뜯다시피 자책하며 걸어가고 있었다.

동남아에서 온 사람들도 종종 눈에 띈다. 게리가 이 산책로에서, 혹은 골목이나 편의점에서 수시로 마주치는 젊은 부부가 있다. 한국인 남편과 필리핀인 아내다. 아내는 임신을 해서 어디에서나 더 눈에 띄었다. 그들 부부를 처음 본 것은 기말고사 기간이었으니까 아마 칠월 초쯤이었을 것이다. 게리가 농구장 근처의 벤치에 앉아 있을 때 이들 부부도 옆자리에 앉아 도란도란 얘기를 나누었다. 그들도 해가 지고도 좀처럼 가시지 않는 더위를 피해 나온 것 같았다. 이들 부부는 어떤 문제로 의견이 갈려서 장난스럽게 서로 신경전을 벌였다. 교회다, 아니 레스또랑이다. 가만히 들어보니 그들은 맞은편 개천가에 신축중인 건물에 대해 얘기를 나누는 눈치였다. 법랑패널로 마감한 건물은 건물주가 꽤 정성을 기울이는지 공정이 다른 건물보다 한참 늦어지고 있었다. 일층은 천장이 굉장히 높았으며 길쭉한 창틀이 성당처럼 아치형 구조를 하고 있었다. 이층건물인데도 불구하고 주방 인테리어숍이 든 옆 삼층건물과 높이가 엇비슷했다. 완공이 되면 꽤나 눈길을 끌 건물 같았다. 게리 역시 무슨 용도의 건물인지 내심 궁금하던 터라 두 부부의 대화에 귀가 솔깃했다. 남편은 교회, 아내는 레스또랑, 옥신각신하던 부부는 마침내 내기를 걸었다. 십만원 빵. 남편이 말했다. 핏, 오빠는 저번에도 내 돈 안 줬다. 현실적으로 한다. 이만원 빵. 그 건물은 추석 바로 전에 오픈했다. 사진관이었다. 그뒤로 게리는 아직 부부를 보지 못했다. 아마 그사이 아내가 몸을 풀었는지도 모른다. 잠시 그들 사이에 태어날 아이의 운명에 대해 생각해본다.

그들 부부 생각을 해서 그런지 몰라도 구름다리를 건널 때 게리는 궁금증 하나가 풍선처럼 부풀어오른다. 요즘 아이들도 제 부모로부터 다리 밑에서 주워왔다는 얘기를 듣고 살까? 이 대리석 다리는 지나치게 아름답고 밝고 튼튼해서 그런 낡고 허황한 얘기와는 어울리지 않는다. 그래도 모른다, 누군가 이 다리를 들먹이며 아이를 골려먹는 사람이 있을지. 아직 그는 해거름녘에 이 다리에 서서 침울하게 서 있는 아이를 본 적은 없다.

게리는 어린시절 다리 위에 서서 우울해하던 아이였다. 그의 외모는 특이했다. 유난히 흰 피부에 곱슬머리는 누르스름했다. 특히

눈동자가 옅은 갈색이라 아이들은 고양이눈이라고 놀렸다. 그래서 그는 누구와 얘기를 나눌 때 똑바로 바라보지 못했다. 그에게 가장 무서운 건 사람들의 시선이었다. 그는 걸을 때도 늘 고개를 숙인 채 속으로 나를 쳐다보지 마, 쳐다보지 마, 쳐다보지 마, 하고 외쳤다. 항상 시선을 피한 채 말을 해서 종종 오해를 받곤 했다. 대학생 때 미팅으로 만난 여학생은 영화관을 가다 말고 갑자기 택시를 세웠다. 여자가 애프터를 신청해서 성사된 두번째 데이트였다. 왜 말할 때 저를 거들떠도 안 보세요? 여자는 화가 나서 말했다. 그가 눈을 동그랗게 뜨고 보자 여학생은 흥, 이제야 저를 보네요. 제가 불쌍해서 나왔나요? 하며 택시에서 내려버렸다.

어디를 가든 그의 별명은 양키 아니면 튀기였다. 아이노꼬라고 소리죽여 말하는 어른들도 있었다. 그렇다고 그의 외모가 딱히 어느 종족을 닮았다고 꼬집어 말할 수는 없었다. 아랍계라고 하는 사람이 있는가 하면, 남미 쪽 사람을 닮았다는 이도 있고, 얼굴이 그을리는 여름 같을 때는 동남아에서 왔느냐는 말도 들어보았다. 다국적인 외모인 셈이었는데, 확실한 것은 오리지널 한국인처럼 생기지는 않았다는 사실이다.

게리는 농사를 짓는 전형적인 한국인 부모 사이에서 태어났다. 어머니가 못 만날 사람을 만나서 낳은 것도 아니었다. 근처에 미군기지가 있는 것도 아니고 어머니가 도회지를 나가본 적도 없었다. 그렇다고 외국인이 관광을 오는 고장도 아니었다. 그런데도 어린시절 게리는 꽤나 집요하게 어머니를 괴롭혔다.

"하이고, 니가 아조 에미를 볶아묵는구나."

그때마다 어머니는 자신의 눈을 까뒤집어 보였다.

"어짜냐? 니 에미도 좀 놀짱한 기가 있제? 엄마가 뭔 숭한 짓을 했겄냐. 그란다고 우리가 널 어디 다리 밑에서 줏어왔겄냐. 분맹히 니는, 느그 아부지하고 나하고 하룻저녁에 맹근 잘난 내 새끼다. 니 테레비 보작시믄 큰 상 받는 사람들 있지야? 잉, 노벨상 말이여. 그거 받는 사람들 다 니 안 탁했드냐. 두고 봐야, 니는 틀림없이 큰 인물 될 거잉께."

그래도 소용없었다. 얼굴이 좀 못나도 좋으니 남들처럼만 보였으면 싶었다. 머리만이라도 검게 염색을 해달라고 조른 적도 있었다. 중학생이 되어서는 시력이 좋은데도 안경을 썼다.

그는 머리가 좀 굵어서는 족보를 뒤적이고 조상들의 내력을 캐보기도 했다. 그는 조상들이 남도 섬에서 죽 살다가 증조부 때 육지로 나온 사실을 알게 되었다. 그는 역사시간에 배운 하멜과 그의 동료들을 떠올렸다. 그들은 그의 고향 일대를 떠돈 사람들이었다. 그는 어떤 심증으로 무릎을 쳤다. 꼭 그들이 아닐 수도 있었다. 역사에 기록되지 않은 하멜들이 얼마든지 있을 수 있었다. 그들 중 어떤 이가 조상들의 섬에서 지내다가 돌아갔을 수도 있고 아예 뿌리를 내리고 살았을 수도 있었다. 그렇게 확신이 들자 그는 책상에 얼굴을 묻고 흐느껴 울었다. 이튿날 그는 학교 과학 선생을 찾아갔다. 선생님, 대를 거듭하고 나서 특정 유전자가 발현될 수 있습니까? 돌연변이처럼 갑자기 말이에요. 선생은 빤히 쳐다보더니 느닷없이 출석부로 머리를 때렸다. 내가 네 부모가 아닌데 어떻게 아냐? 자식, 쓸데없는 생각 말고 공부나 열심히 해.

고등학교에 막 입학했을 때였다. 국사과목 교사는 정년이 얼마 남지 않은 사람이었다. 키가 훤칠한 그는 젊어서 한때 정치가의 꿈을 키운 사람이기도 했다. 그래서 수업시간의 절반을 세태를 개탄하는 장광설로 채우곤 했다. 그리고 나머지 시간은 학생을 일으켜세워서 그날 배워야 할 단락을 읽게 하는 것으로 때우곤 했다. 그날은 두번째 맞는 수업시간이라 학생들끼리도 아직 낯설고, 국사선생의 장광설을 수업시간마다 들어야 하는지도 모르던 때였다. 대학생들이 총리의 얼굴에 달걀을 투척하고 밀가루를 뿌린 사건이 한창 시끄럽던 때라 교사는 삼강오륜과 빨갱이 운운하며 열변을 토했다. 그런데 공교롭게도 그날 교과서를 읽으라고 지목받은 학생이 게리였다.

"자, 오늘 십이쪽이가? 누가 읽노? …… 오늘이 삼월 구일이니까 네, 삼십구번!"

게리는 교과서를 읽을 수가 없었다. 다른 게 아니라 교과서의 내용 때문이었다. '우리 민족은 세계사에서 보기 드문 단일민족국가로서의 전통을 이어가고 있다……'라는 문장이 버티고 있었다. 그는 초등학교 육학년 사회시간에도 아이들의 웃음거리가 된 적이 있었다. 선생이 우리는 생김새가 서로 같고 같은 말과 글을 사용하는 단일민족이라고 설명하는데 한 아이가 게리를 바라보며 "에이 아닌데……" 하고 말하는 바람에 온 교실이 웃음바다가 되고 말았다. 그날 담임선생은 게리를 뺀 반 아이들을 책상 위에 무릎꿇려놓고 수업을 하지 않았다. 친구의 외모를 가지고 놀리는 놈들은 공부할 필요가 없다고 몇번이고 되풀이했다. 게리로서는

274

아이들의 웃음보다 선생의 훈계가 더 쓰라렸다.

"왜 안 읽노?"

국사선생이 재촉하듯 회초리로 교탁을 탁탁 두드렸다. 게리는 얼굴이 빨개져서 교과서를 든 채 가만히 서 있었다. 그는 정말 순간적으로 실어증에 걸린 것처럼 말이 나오지 않았다.

"이 자석 반항이가? 이거 반항 맞제?"

국사선생이 교단을 내려와 그에게 다가왔다. 그는 게리의 옆구리를 회초리로 쿡쿡 찔렀다.

"와, 니도 나한테 꼰대라고 달걀 던지고 싶나?"

그는 머리를 저었다.

"이놈 봐라, 머리통을 지져서 노리끼리하게 물들이고…… 니가 압구정 꾸정물이가? 베라묵을 학교가 이딴 놈들 입학할 때 왜 못 걸러내노?"

머리로 회초리가 한번 날아들더니 탄력을 받은 듯 대중없이 온몸으로 파고들었다. 그는 교무실까지 끌려가서 슬리퍼로 머리를 맞아가며 반성문을 써야 했다. 반성문을 읽고 난 선생은 담배 한 개비를 빼물었다.

"니 혼혈이라고 와 진작에 말 안했노? 마, 니 겉은 아는 더 독심 묵고 잘해야 쓸 거 아이가. 넘들보다 찐한 애국심을 갖고 살란 말이다. 민족은 핏속에 있는 기 아이라 이 가심에 있는 기라. 우리 민족은 원래가야 통이 큰 민족 아이가. 니가 똑바로 살믄 다 보듬아준다. 우리 민족은 사백사십구번이나 침략을 받았으이 또 틈바구에서 태난 아이노꼬는 얼마나 많았겠노. 남으 새끼들을 다

받아서 결국에는 용광로맹이로 녹여낸 민족이 우리 아이가. 오늘
니 미와서 글캤다 맘묵지 마라. 니한테 민족으 혼을 심어줬다, 이
리 생각캐라. 자, 힘내라, 짜석."

　국사선생의 훈계는 게리에게 확실히 교훈이 되었다. 그는 차
라리 자신을 혼혈이라고 생각해버리기로 마음먹었다. 그는 자신
이 미국계 혼혈이라고 믿기로 했다. 다른 과목은 몰라도 그는 영
어를 죽어라 팠다. 그가 얼굴이 검실검실했더라면 베트남어나 태
국어, 혹은 힌두어를 독학했을지 모른다. 그가 영어를 잘하는 것
을 모두가 당연하게 여겼다. 그는 막연히 자신이 언제인가는 미
국으로 건너가 살게 될 것 같았다. 뒤에는 각오쯤으로 굳어져서
지방대학 영문과에 진학했다. 그러나 게리는 자신의 인생에서 뭔
가가 빠져 있다는 공허감에서 헤어날 수가 없었다. 한동안 그는
그것이 무엇인지 알 수 없었다. 어느날 문득 그는 텔레비전을 보
다가 깨달았다. 불우함이었다. 자신이 객관적으로 불행한 사람이
었으면 싶었다. 불행한 척은 할 수 있었다. 그러나 자신이 진정으
로 불행한 것은 아니었다. 부모 중 하나가 외국인이 아닌 게 원망
스러웠다.

　어느날 게리는 우연히 영어판 시사잡지에서 한 혼혈인의 기막
힌 사연을 접하게 되었다. 백인계 미군 아버지와 한국인 어머니
사이에서 태어난 혼혈아는 백일이 되기도 전에 외가에 맡겨져 자
랐다. 호적상으로 외할아버지가 아버지였고 외할머니가 어머니
였다. 육십삼세의 아버지와 육십일세의 어머니가 낳은 아들이었
다. 그는 사춘기가 되자 자신이 태어나지 말아야 할 운명의 아기

로 태어난 사실을 깨달았다. 지금껏 내내 어깨를 옹송그리고 있던 그는 벌떡 일어났다. 키가 다른 애들보다 한 자는 더 컸다. 그는 조금이라도 자신을 놀리는 애들이 있으면 주먹으로 응징했다. 주먹에 자학이 깃들자 무서울 게 없었다. 그러자 없던 친구들이 생겼다. 다들 노는 애들이었다. 그는 그 아이들을 진정한 친구로 여기지 않았다. 지금까지 그는 자신을 낙동강 오리알이라고 생각했는데 이제는 파리나 꼬이는 걸레가 된 것 같았다. 그는 친구가 없어서 자리에서 벌떡 일어난 게 아니었다. 자신이 태어나지 말았어야 할 아이라고 생각할수록 그는 어머니를 만나고 싶었다. 그는 가출하려고 일어선 아이처럼 중학교 교문을 나서서 서울로 올라갔다. 서울의 막장을 전전하다가 이태원의 클럽까지 굴러갔을 무렵 그는 어머니를 만날 수 없다는 사실을 깨달았다. 클럽에서 노래를 부르는 혼혈인 가수는 그에게 이런 말을 들려주었다. 뱃속에 있는 동안 너는 어머니의 희망이었다. 지긋지긋한 기지촌에서 벗어나 미국으로 갈 수 있는 유일한 출구였다. 또다른 혼혈인 댄서는 이런 말을 해주었다. 새 삶을 살고 있을 네 엄마에게 꼭 폭탄이 되어야겠느냐. 우리는 가족에게도 이 사회에게도 결코 눈에 띄어서는 안될 투명인간들이다. 그 말을 듣고 그는 동대문까지 걸어가서 허름한 비뇨기과에서 단종수술을 받았다.

1982년 레이건 정부가 혼혈인 특별이민법을 제정하여 아메라시안들을 받아들이자 그는 어머니가 끝내 가지 못한 땅, 아버지의 조국으로 가야겠다고 결심했다. 1985년 펄벅재단의 도움을 받아 그는 미국으로 건너갔다. 일만 명의 아이들 중 오천 명이 자신처럼 미국으로 건너온 사실을 알게 되었다. 그의 재정보증인이 되어준 사람은 뉴욕 퀸즈의 한인타운에서 세탁소를 하는 재미교포였다. 교포는 그를 옆에 붙들어두려고 했지만 그는 아직 어디에 정착할 수가 없었다. 영주권은 주어졌으되 시민권은 나오지 않았다. 그는 미국인도 아니고 한인도 아니었다. 그 틈은 크레바스의 바닥쯤 되었다. 여전히 막장 인생이었다. 그는 퀸즈 플러싱과 맨해튼 32번가의 그늘을 밟고 다니면서 한인들을 상대로 짝퉁 장사를 했다. 여러번 단속에 걸려 경찰서를 들락거렸다. 처음에는 세탁소 아저씨가 두어 번 벌금을 내고 신원보증을 서주더니 그뒤로는 아예 발걸음도 못하게 했다. 그뒤로도 경찰서 출입이 몇번 더 있었다. 미국생활 십사년 만에 그는 강제출국을 당해 다시 한국으로 돌아와야 했다. 그에게 남은 것은 버터를 바른 영어뿐이었다.

그는 더는 한국어를 쓰지 않았다. 아예 말을 안하고 싶었다. 입을 여는 수밖에 없을 때는 영어로만 응대했다. 놀랍게도 다들 그를 뉴요커로 받아주었다. 그의 인생은 달라졌다. 아무도 그를 멸시하지 않았다. 그는 이런 생의 반전에 소름이 끼쳤다.

그의 이름은 게리 워커 존슨이었다. 그에 대한 기사를 읽은 날 밤 그는 자신의 일기장에 'My name is Gerry W. Jonson. I'm hapa' 라고 썼다. 게리 존슨의 인생이 통째로 그의 몸에 들어와 꽉 차는 느낌이었다. 그는 우상이자 그 자신이었다. 게리 존슨은 나의 원판이다. 어차피 인생은 또다른 누군가의 인생을 베끼는 거라는 생각이 들었다. 아무도 가지 않는 길을 간다는 건 거짓 같았다. 그는 새로 태어난 듯 마음이 편해졌다. 그는 게리 존슨의 기사가 실린 잡지를 너덜너덜해지도록 지니고 다녔다. 잡지로도 부족해지자 그는 인터넷으로 들어갔다. 게리 존슨의 삶들이 나날이 살찌워졌다. 그는 퀸즈와 맨해튼의 거리를 자전거를 타고 달렸다. 브루클린 다리에서 허드슨 강바람을 쐬기도 하고, 뉴저지로 지는 석양을 넋놓고 바라보기도 했다. 때로 그는 뉴욕 지하철 칠호선을 이용했다. 맨해튼 34번가 지하철 출구 가까이 있는 삼각지공원에서 102층의 엠파이어 스테이트 빌딩을 올려다보기도 했다. 마르코스 필리핀 대통령이 한때 소유한 메이시 백화점 앞에서 아시아인 여행객들을 상대로 호객을 하고, 한인들이 조국을 향해 내건 '독재정권 타도하자!'는 현수막 밑에서는 주먹을 불끈 쥐기도 했다.

게리는 더이상 남들의 시선이 거추장스럽지 않았다. 터미널이나 기차역 같은 데서 시골 노인들이 길을 물으려고 쪽지를 들고 다가오다가 휙 돌아서는 일을 겪어도 이제 마음이 아프지 않았다. 버스에 오르면 여자들이 슬금슬금 옆 빈자리에 핸드백을 내려놓아도 그는 개의치 않았다. 불심검문을 당해도 괜히 주위를 두리번거리며 주눅들고 불쾌해야 할 이유가 없었다.

게리는 대학 일학년을 마치기 전 늦가을에 징집 신체검사 통지서를 받았다. 그는 지방병무청을 찾아갔다. 민원실의 군복 입은 육해공 병사계들이 그가 말을 꺼내기도 전에 토스를 하듯 선병 1과에서 2과로, 다시 징병 1과에서 2과로 보냈다. 그사이에 민원실이 소란스러워졌고, 마침내 미색 점퍼를 걸친 사십대의 허술하게 생긴 공무원이 이리 오세요, 하고 손짓했다. 사회복무관리과 창구였다. 그는 불러놓고 한동안 말문을 열지 못했다. 조금 정신이 든 뒤에는 한참 동안 시행문철이니 처리규정이니 하는 서류들을 들춰보느라 책상에 고개를 박고 있었다. 안쪽 책상에 앉아 있던 선임자가 걸어와서 딱하다는 듯 후임에게 말했다.

"병역복무면제 신청서를 받아야 하는 거 아니야?"

창구 직원은 서류 두 장을 단검처럼 차례로 뽑아서 내밀었다. 게리는 서류를 받아들고 말했다. 군인이라도 된 것처럼 괜히 긴장되었다. 게리만이 그런 것은 아니었다. 옆 창구의 추리닝 차림의 사내는 숫제 부동자세를 유지한 채 서 있었다.

"저…… 상담을 드릴 게 있어서 왔습니다."

"그걸 봐, 거기 나온 대로 작성하면 바로 처리되니까."

창구 직원이 땀을 닦으며 말했다. 게리는 서류를 들여다보았다. 한 장은 5급 제2국민역 대상자, 즉 병역면제 대상자에 대해서 설명해놓은 안내장이었고, 다른 하나는 신청서였다. 이미 게리는 안내장 내용을 병무청 싸이트를 통해 읽고 온 길이었다.

○ 중학교를 졸업하지 아니한 사람
○ 1년 6월 이상의 징역 또는 금고의 실형을 선고받은 사람
○ 고아, 귀화자, 외관상 식별이 명백한 혼혈인(단, 1986년 이전 출생자는 부의 가에서 성장하지 아니한 혼혈인 포함)

게리는 신청서의 신상명세서를 작성했다. 신상관계란의 성장과정에 혼혈인, 고아, 귀화인, 북한탈주주민 항목이 있었다. 게리

는 혼혈인에 체크했다. 그가 신청서를 쓰는 동안 창구 직원은 금세 처리지침에 대해 공부를 마친 상태였다.

"워낙 없던 일이라…… 호적등본이나 주민등록등본 사본 가져왔나?"

게리는 가죽점퍼 안주머니에서 서류를 꺼내 내밀었다.

컴퓨터에 눈을 박고 한참 서류를 처리하던 직원이 눈을 동그랗게 뜨고 올려다보았다.

"이상하네. 올해 우리 관할 신검 대상자 중에 혼혈 사유로 분류된 자원은 하나도 없는데…… 실수로 누락된 건가?"

직원은 머리를 긁적였다. 그는 게리가 건넨 주민등록표를 사전처럼 들여다보았다.

"부 김달호. 모 오판심. 친부모 아닌가?"

"맞는데요. 제 아버지, 어머니십니다."

"그럼 양친 중에 어느 한 분이 혼혈인가?"

"아닌데요."

"그럼 뭐야?"

"제가 아까부터 뭘 좀 상의를 드린다고……"

뭐냐는 듯 창구 직원이 이마에 주름을 접어서 몸을 기울였다.

"왜 혼혈인은 군대에 못 갑니까?"

그제야 그는 모든 의문이 풀렸다는 듯 의자에 등을 기대었다.

"안타깝지만 법이 그래. 다 자네 같은 사람들을 위해서 그런 거야. 미안하지만 왕따나 따돌림 안 당하겠어? 군대는 자네 같은 사람들이 버텨내기에 힘든 데라고. 무슨 사고라도 나봐. 누가 책임져. 남들은 어떻게 해서든 안 가려고 안달인데 말이야, 정신이 가상키는 한데 제도가 바뀌면 모를까 현행 규정으로는 힘들어."

"그래서 말인데요, 제가 면제를 받았으면 싶어서요."

"아니 왜 자꾸 말을 되풀이하게 해. 못 간다니까 그러네."

창구 직원은 게리 앞에 놓인 서류를 끌어당겼다.

"여기 씌어 있잖아. 외관상 식별이 명백한 혼혈인."

"그렇기는 한데……"

게리는 주저했다. 창구 직원이 그를 점점 이상히 여기는 눈치가 역력해졌다.

"사실 저는 명백히 한국인 부모님한테서 태어났단 말입니다. 그런데 아저씨도 보셔서 알겠지만 생긴 건 명백히 혼혈인이라 이거죠."

창구 직원은 입을 벌린 채 의자 깊숙이 몸을 젖혔다. 그는 한참을 그러고 있었다. 이윽고 그는 기가 차다는 듯 입을 비틀더니 너털웃음을 터뜨렸다.

"이 친구 보게. 어떻게 자네가 혼혈인가? 멀쩡한 양친을 두고."

창구 직원은 지금까지 부산을 떤 일이 억울한지 자리에서 벌떡 일어나 민원실 사람들이 다 듣도록 목청을 높였다.

"내가 이 창구에서만도 오년인데 혼혈로 면제를 받겠다고 온 사람은 자네가 첨이야. 전국으로 따져도 기껏해야 일년에 열댓 명 나올까 말까 한 케이스라고. 이건 엄연히 병역 회피행위야. 이곳에서 당장 헌병에 넘길 수도 있어, 이 친구야. 젊은 사람이 병역의무를 신성하게 받을 생각은 안하고 그런 썩어빠진 궁리나 해서 쓰겠어."

게리는 잔뜩 움츠러들어서 겨우 입을 뗐다.

"아까 선생님도 말씀하셨지만 제가 이 얼굴로 어떻게 군대생활을 하겠습니까?"

"왜 못해? 눈이 없어 입이 없어. 깜둥이들도 먼 타국까지 와서 남의 나라를 지켜주는데 자네 같은 사람이 왜 못해? 신검 날짜 되면 가서 받아."

게리는 전방부대에서 병장 전역한 후, 예비군을 거쳐 지금은 대한민국 민방위 대원으로 복무하고 있다.

그는 개천을 따라 오피스텔 단지 쪽으로 걸었다. 지는 해가 강둑 억새꽃 위로 부서진다. 허공에는 고추잠자리들이 분주하다. 햇빛은 잠자리의 그 엷은 날개 위에도 얹힌다. 그는 맥맥한 기분에 젖어든다. 게리 존슨은 지금 어떻게 살고 있을까? 아마 그도 많이 늙었겠지. 어쩌면 늙은 한국 여자를 만나 가정을 꾸렸는지도 모른다. 주머니에서 휴대폰이 한차례 진동해 상념을 깬다. 게리는 문자메씨지를 확인한다. 아직 멀었어? 빨리 와.

사진관 앞에서 그는 필리핀 아내와 그의 남편을 만난다. 그들은 디지털카메라로 사진을 찍고 있다. 사진관을 배경으로 선 아내는 포대기에 싸인 아기를 안고 있다. 탄생 50일 기념사진 쿠폰을 가지고 사진을 찍으러 왔을까? 그러고 보니 이들 부부는 옷단장에도 꽤나 신경을 쓴 것 같다. 아기를 보자 게리는 뭔가 내기에 이긴 사람처럼 가슴이 뛴다.

"저……"

게리가 그들 앞에 이르렀을 때 남편이 사진기를 조심스럽게 내민다. 마치 풍경이 말을 걸어온 것처럼 게리는 당황한다. 그는 엉겁결에 사진기를 받아든다.

남편이 아내와 아기 쪽으로 뛰어가 자리를 잡는다. 그들이 활짝 웃는다. 게리는 셔터를 한번 누르고 나서 사진관 창문 아래 코스모스 한무더기가 알록달록한 자리 앞에 이들 가족을 세운다. 그는 자리를 바꿔가며 셔터를 두 번 더 누른다.

"Thank you."

카메라를 넘겨받으며 남편이 인사한다. 게리는 아내에게 다가가 그녀의 품에 안긴 아기를 들여다본다. 여자는 포대기를 살짝 풀어 아기를 보여준다. 어머니 쪽을 닮아 가무스레하고 또랑또랑한 아기가 잠들어 있다. 게리는 두 부부를 향해 친근하게 웃어준다. 그는 왠지 마음이 따뜻해지는 느낌이 든다.

소나무 숲을 가로지르며 그는 이 도시가 아주 마음에 든다고 중얼거린다. 훗날 저 아이는 길잃은 아이처럼 다리 위에 우울하게 서 있을지 모른다. 그때는 저 다리도 웬만큼 낡아 있겠지. 그때까지 이 도시에 머무를 수 있다면 그는 아이에게 다가가 게리 존슨의 이야기를 들려줄 수도 있다.

원장은 언제나처럼 숲 뒤편에 차를 세워놓고 기다리고 있다. 게리는 멀리서부터 뛰어온 듯 달려갔다.

# 월경의 상상력과 타자의 윤리

이선우


1


작가에게 경계 넘기는 단순한 소설적 테마가 아니다. 그것은 실존을 건 싸움이다. 소설은 그 싸움의 기록이니, 소설의 변화는 언제나 몸의 변화와 함께 오는 것이다. 전성태에게 『국경을 넘는 일』(2005)이 몸을 바꾸는 일이었다면, 『늑대』는 그 몸을 넘는 일이다. 사회적 가치와 개인의 내면이 충돌하는 지점을 포착해 우리 사회의 어두운 단면을 드러낸다는 점에서 『늑대』는 『국경을 넘는 일』의 연장이면서 확장이고 심화다. 내면화한 사회적 가치가 쌓아올린 숱한 경계를 드러내고 그 경계가 만들어낸 모순을 예각화함으로써 『늑대』에서 전성태는 경계 넘기의 테마에 좀더 집중한다. 몽골이라는 낯설면서도 익숙한 공간의 도입은 이를 위한 필연의 장치다. 그러나 국경 밖에서도 월경(越境)은 실현되지 않는다. 넘어섰다고 생각하는 순간 넘어서지 못한 자신을 발견할 뿐이니, 전성태가 보여주는 월경의 상상력이란 경계를 넘었다는 우리의 허위의식에 대한 반성이기도 하다.

현실에서 일상화되고 있는 월경 역시 양면성을 띤다. 초국적 자본의 이동은 단일민족국가라는 아성 위에 수십만 이주노동자를 데려다놓았고, 다문화가정이 우리 사회의 이슈가 된 지도 오래다. 유학이나 취업, 이민 등으로 재외국민의 수도 갈수록 늘고 있다. 이제 국회가 이들의 참정권까지 인정하기에 이르렀으니 국경이 유명무실하게 여겨지는 이들도 분명 있을 것이다. 그러나 누군가에게는 형식적 절차에 불과한 것들이 누군가에게는 목숨을 내놓아도 넘을 수 없는 실존의 벽이기도 하다. 이것이 지금 진행되고 있는 세계화의 본질이다. 자본의 필요에 따라 그 흔적을 지우고 있을 뿐 국경은 사라지지 않는다. 아니, 우리도 모르는 사이에 내면화되어 선택과 배제의 논리로 작동한다는 점에서 국경은 오히려 도처에 포진해 있다. 이것이 지금 우리가 월경의 상상력에 주목하는 이유이고 전성태의 작업에 응원을 보내는 까닭이다.

전작 「국경을 넘는 일」이 무의식에 잠재된 월경에의 공포와 그 공포가 되쌓아올린 우리 안의 숱한 경계들을 그려내고 있다면, 「강을 건너는 사람들」은 이 월경의 공포를 넘어서는 북한의 처절한 빈곤과 그로 인해 결국 도강을 감행하는 북측 사람들을 그리고 있다. 목숨을 담보로 한 이들의 탈북은 의지이되 의지가 아니

286

어서 한치의 낭만이나 감상도 허락하지 않는다. 경계가 강화된 국경 부근의 모습과 길잡이를 둘러싸고 벌이는 의심과 갈등 위로 아이를 잃은 어미들의 얼빠진 표정만이 새겨져 있을 뿐이다. 젖먹이를 잃고 다섯살 난 첫째에게 대신 젖을 물리는 안경잡이 아내와 죽은 지 며칠 지난 아이를 내처 업고 다니는 길잡이. 아이의 죽음을 인정하지 않으려는 이 어미들의 안간힘도 생존의 근본조건마저 박탈당한 현실 앞에서는 무력할 수밖에 없지만, 이들은 마지막까지 인간의 존엄성을 포기하지 않는다. 인색하게 생긴 교포 사내는 아이를 위해 해열제를 내어주고, 죽은 아이를 이웃끼리 바꿔먹는다고 의심하는 청년에게 안경잡이는 "직접 보지 않은 건 믿지"(194면) 말라고 충고한다. 조국을 떠나는 설움도 아이를 잃은 비통도 안으로 삼켜야 하는, 통곡과 오열 이후의 세계를 살아가면서도 이들이 끝내 삶을 포기하지 않는 것은 인간에 대한 이 최후의 믿음이 있기 때문일 것이다.

그러나 강 건너의 세계에서도 이들이 그 믿음을 지켜낼 수 있을까. 자국민의 안전과 세계평화를 내세워 약소국의 국민을 죽음으로 내모는 세상. 목숨에도 순위가 있고 행복에도 순서가 있으니, 강 건너의 세상을 움직이는 힘은 인간과 자연에 대한 존중이 아니라 돈과 권력에 대한 탐욕이다. 이 냉혹한 자본의 논리 앞에서 인간의 존엄성이란 결국 선택받은 소수의 특권이 아니겠는가. 그러나 여기, 미국이 달까지 소유했다는 이야기를 들으며 알 수 없는 동경심에 빠져드는 청년이 있으니, 영혼을 팔아 순간의 쾌락을 사는 파우스트적 욕망의 세계가 어리석은 우리 인간의 세계이기도 하다.

「늑대」의 촌장 또한 저 "꺼지지 않는 욕정"(40면)에 사로잡혀 사냥꾼이 뿜어내는 검은 정염을 뿌리치지 못한다. 몽골초원을 지배하는 것은 더이상 그믐밤의 금기가 아니다. 사냥꾼의 정염이 "파괴적이고 불온"(39면)한 정염이라는 것을 알면서도 촌장은 그의 늑대사냥에 따라나서고, 사원의 라마승마저도 "불법(佛法)은 승과 속의 타협"(41면)이라는 깨달음을 핑계로 암묵적 살생허가를 내준다. 최소한의 생존을 위한 삶의 방식이었던 유목과 사냥이 재산을 늘리고 욕망을 채우기 위한 수단으로 변모하면서 초원은 이제 도시와 다를 바 없는 "불모의 대지"(38면)가 되어간다. "살생을 즐기는 이빨"을 갖고 태어나 초원의 질서를 어지럽히는, 하여 "살아숨쉬는 일만으로도 죄업을 늘리는 짐승"(42면)이란 무한증식하는 자본에 다름아닌 것. 그러므로 "국경이 사라지고 그저 자본의 의지만으로 굴러간다면 얼마나 신이"(46면) 나겠느냐고 말하는 저 한국인 사냥꾼이 늑대를 자신의 "숙명적인 라이벌"(45면)처럼 여기는 것은 당연하다.

그러나 예기치 않은 반전으로 소설은 완전히 새로운 국면으로 접어든다. 금기와 위반, 뒤따르는 파국이야 색다를 것 없지만 이 고전적 구조에 살을 입히는 전성태의 솜씨는 단연 일품이다. 초원의 목자라는 전혀 의외의 인물에게 위반의 자리를 내어줌으로써 늑대와 사냥꾼의 대결구도를 일시에 역전시켜버린 것. 늑대를 사로잡겠다는 사냥꾼의 야심은 물거품이 되고 어둠을 떠도는 늑대의 영혼이 도리어 사냥꾼을 겨냥한다. 암컷을 죽여 수컷을 사로잡겠다는 그의 계획이 바로 자신을 향한 올무가 된 것이다. 자신에게는 끝내 몸을 열어주지 않던 '허와'가 '치무게'와 눈밭을 뒹구는 장면을 목격한 그는 분노에 휩싸여 방아쇠를 당긴다. 죽는 것은 허와겠으나 파괴되는 것은 사냥꾼일 테니 결국 그는 "스스로 자신을 사냥"(46면)한 셈이다. 무릇 그믐밤의 금기란 살생에 대한 인간의 두려움이 만들어낸 것. 자본의 "검은 혓바닥"(38면)이 삼켜버린 유목적 삶의 질서와 그로 인한 초원의 정신적 황폐를 깊이 응시함으로써 「늑대」는 지금 여기, 죄의식과 두려움과 연민을 벗어던진 우리의 무한질주가 초래할 파국을 거울처럼 되비춘다.


2


초원의 질서를 옹호하는 「늑대」의 세계에는 이방을 향한 낭만적 시선이 다소 깃들어 있지만 「코리언 쏠저」에서 작가는 시원에의 동경이나 야만에의 공포 모두 제국주의적 시선의 두 얼굴임을 명백히 드러낸다. 시인으로서의 정체성을 회복하고자 '시원의 땅' 몽골로 온 '창대'는 연거푸 강도를 당할 위험에 직면하자 '야만스런 약육강식의 세계'로 몽골을 재인식한다. 아이러니한 것은, 자신을 해치려는 몽골 청년들에게서 야만스런 칭기즈칸 군대를 떠올렸던 창대가, 궁지에 몰리자 도리어 "칭기즈칸의 군대와 닮은 것은 오히려 한국 군대이지 너희의 군대는 아니다"(110면)라고 강변하는 것이다. 한국군의 위세를 빌려 자신의 무력함에서 벗어나고자 한 것이지만, 역설적으로 한국 사회의 야만성을 고발한 셈이다. 가운뎃손가락 마디가 없는 이웃 사내를 보고 그가 느끼는 두려움도 문명을 가장한 우리 사회의 야만에 기초해 있다. 이렇게 가해자와 피해자는 뒤바뀌고 문명과 야만은 역전된다.

더욱 아이러니한 것은 그가 몽골에서 '시인'이 아니라 "영원한 군인"(125면)으로서의 자신을 발견한다는 것이다. 열쇠 없이 문이 잠겨버리자 그는 한때의 병영 체험을 믿고 삼십 미터도 넘는 벽을 타고 내려갈 수 있다는 호기를 부린다. 소설 곳곳에 포진한 그의 군사주의적 발상들은 이 장면을 위해 작가가 깔아놓은 포석이었던 것. 시인이기에 앞서 군인이 될 수밖에 없는 이 현실은, 사회 전체를 하나의 거대한 병영으로 만들어버린 한국 근현대사가 낳은 비극이다. 그러나 비극은 반복되고 그래서 공포가 된다. '군인'이라는 동지의식이 적대를 환대로 바꾸는 것을 보라. "우리는 친구다, 코리언 쏠저."(123면) 한국의 70년대처럼 사사로이 병력을 유용하던 몽골 장교의 저 반가운 인사가, 왠지 "나는 네가 한 일을 알고 있다"는 위협처럼 들려 한없이 무섭고 부끄럽다.

80년대 초 시골 초등학생들의 일상을 담은 자전소설 「아이들도 돈이 필요하다」는 이 '장군의 시대'를 살아낸 서민들의 애환을 특유의 남도 방언과 해학미 가득한 필체로 그려낸다. '양다래 트럭 전복 사건'으로 '오쟁이'를 재발견한 교장은 검정고무신을 들고 뛰어다니던 오쟁이를 스파이크 슈즈를 신은 육상선수로 탈바꿈시키고 오쟁이 우상화에 매진한다. 벚나무 베어내기로 일제

청산작업을 해치우고 이순신 장군상을 무궁화동산에 모셔올린 교장이 이번에는 마라톤대회를 휩쓸 야심찬 계획을 세운 것. 교장에게 떼밀려 마라톤 연습에 나서지만 '명심이'보다 달리기를 못하는 '나'는 주운 돈으로 스파이크를 사고 설렁탕까지 사먹으며 오쟁이를 모방한다. 하지만 결국 그 돈을 갚느라 달리기 연습 대신 개구리 잡기에 나서고 '쎄비 형'의 그릇까지 운반하게 되는데, 함께 부역에 나온 오쟁이가 변을 당하면서 시종일관 유머러스하던 소설은 비극으로 막을 내린다.

자신의 우상화가 거짓에 기초해 있다는 사실을 알면서도 그것을 묵인하고 받아들여 결국 비극의 주인공이 되었다는 점에서 오쟁이는 '퇴역 레슬러'(「퇴역 레슬러」, 『국경을 넘는 일』)의 계보를 잇고 있지만, 그가 조작된 성공신화를 수락한 배면에는 "혼자 달리면서" "속으로 자"랄(253면) 수밖에 없는 가난한 현실이 깔려 있다는 점에서 이 비극은 훨씬 가슴아프다. 다리통 굵기가 조작되었다는 것을 아무렇지 않게 실토하는 오쟁이라면, 자신이 "전라도에서 제일 빠른 놈"(254면)이 아니라는 것도 알고 있지 않았을까. 다만, '나'가 이천원 때문에 쎄비 형의 수레를 끌었듯이 오쟁이에게도 그렇게 자기최면을 걸어야 할 어떤 절박한 이유가 있었던 것은 아닐까. 그러나 권력이 개인의 절박함에 관심을 기울이는 경우란 그것이 권력의 유지와 확장에 기여할 때뿐이다. 희생되는 것은 언제나 개인이며, 신화화된 개인이 사라진다 해서 권력의 신화화가 중단되는 것도 아니다. 「아이들도 돈이 필요하다」가 단순한 과거 추억담이 아니라 지속되는 현재에 대한 뼈아픈 통

찰인 이유다.

　돈이 필요한 아이'들'은 몽골에도 있다. 한번 폐품상자를 내어주자 폐품이 없는 날에도 찾아와 내다버린 폐품값을 변상하라 억지를 부리고, 교회에 나오지도 않은 오빠의 빵까지 챙겨달라 떼를 쓰는 부랑아들. 그러나 '억지'와 '떼'에도 원칙이 있으니, 더 많은 돈을 주려 해도 내다버린 폐품값만을 요구하고 죽은 동생 몫의 빵은 되돌려주는 것이 「중국산 폭죽」에 나오는 이 "못돼먹은(158면) 아이들의 '정직'한 세계다. 주기로 했으면 받는 것이 '정당'한 것이고 맞았으면 때리는 것이 '공평'한 것이니 이 아이들의 행동에 거리낌이 있을 이유가 없다. 원칙과 욕망에 괴리를 보이는 것은 오히려 어른들이다. 제 몫의 재활용품을 앗기자 임대계약 조건을 들어 부랑아 출입을 막는 관리인, 이웃들의 곤궁함에 짜증이 나지만 자기만족을 위해 선행을 베푸는 목사 등 어른들의 세계는 한결같이 표리부동하다. 이 표리부동을 괴로워한다는 점에서 목사는 자기반성적 인물이지만, 그 역시 가난한 아이들에 대한 이중적 잣대를 거두지는 못한다.

　이 "작은 악마"(164면)들도, 빵으로 채울 수 있는 몸뚱이뿐 아니라 폭죽으로나마 기리고 위로받아야 할 '영혼'이 있는 존재라는 것을 목사는 너무 늦게 알아차린다. 버림받고 괄시받고 외면당한 채 거리에서 죽어간 이 영혼들을 기억하는 것은 함께 거리를 떠돌던 아이들밖에 없다. 광장으로 모여드는 수백 명의 아이들을 보며 목사는 폭동을 떠올리지만, 이 경직된 어른들의 세계를 "욕!"(165면)으로 웃겨주던 아이들에게 불꽃놀이는 기도고 선물이고 영혼의 축제다. 그런데, 치부라도 들켰다고 생각한 것일까. 아무런 사회적 안전망도 없이 거리로 내몰린 이 아이들에게 그 제야 경찰이 나타난다. 최소한의 인간적인 삶도 보장해주지 못 하면서 규제와 처벌만 일삼는 우리 사회의 단면을 이토록 여실 하게 드러내기도 쉽지 않을 것이다. 몽골의 과도기적 혼란상이 라고 치부해버리기에는, 우리에게도 이미 너무 익숙한 광경이 아닌가.

3

경계 넘기에 대한 전성태의 오랜 고민은 그가 '타자의 윤리'에 매우 민감한 작가라는 것을 방증한다. 그러나 오랫동안 우리에 게 타자는 배제와 경계의 대상이거나 기껏해야 호기심을 자극하 는 존재일 뿐이었다. 다문화사회가 현실로 다가오고야 허겁지겁 그들에게 화해의 손길을 내밀고 있지만, 이 역시 안을 더욱 공고 히하기 위한 전략일 뿐 타자에 대한 진정한 이해나 연대는 여전 히 요원한 형편이다. 북에 대한 태도 역시 크게 나아진 것이 없 다. 남북정상회담 이후 '6·15시대'에 대한 기대와 전망이 크게 부상했지만, 최근 급격히 경색된 남북관계는 우리에게 북이 아 직도 '영원한 타자'임을 확인시켜준다. 하지만 타자만 있고 타자 에 대한 윤리는 없는 사회가 지속가능할 수는 없다. 경계 너머에 서 경계 안을 보는 전성태의 고민이 여기에 있다.

「남방식물」에는 양방향의 월경이 공존한다. 몽골에서 한국으로, 한국에서 몽골로. 그러나 자본의 유무에 따라 누군가는 '사장님'이 되고 누군가는 '불법체류 노동자'가 된다. 한국인이라는 이유만으로 '돕는 자'의 위치에 올라설 수도 있다. 몽골이 배경이지만 '병섭'보다 몽골인이 더 이방인처럼 느껴지는 것은 그래서이다. 그러나 연민과 동정, 은근한 멸시의 대상일 뿐이라는 점에서 병섭에게 몽골인은 진정한 타자도 아니다. 그에게 중요한 것은 자신의 상처받은 영혼밖에 없으므로 그는 내면성의 닫힌 세계에서 한발짝도 나오지 않는다. 정작 가해자는 자신이면서 아내와의 관계에서조차 피해의식에 시달리는 그는, 아내가 자신에게 유배의 형벌을 내렸다고 생각하지만, 그를 고립시킨 것은 타인이 아니라 자기 자신이다. 타자를 배척하는 무기력과 이기심이 그를 구성하는 두 개의 키워드이기 때문이다.

이러한 태도는, 어워로 향하는 여인을 보는 시선에서도 드러난다. 마음 한구석이 알 수 없는 격정으로 저릿해지는 것을 느끼면서도 그는 결국 "저 성실한 고행이 죽음으로 기울어 있든 삶으로 구부러져 있든 그것은 오로지 저만의 일"(80면)이라 생각하고 창에서 눈을 뗀다. 단독자로서의 인간 존재에 대한 돌올한 성찰로 읽힐 법한 이 장면에서도 그의 방관자적 태도만이 느껴지는 것은, 그가 그녀를 보고 떠올린 사람이 북한음식점 '목란'의 '명화'였기 때문이다. 환북을 앞두고 명화가 그에게 은밀히 건넨 편지를 그는 읽지도 않고 어워에 매장했던 것. 불법체류노동자를 돕는 일은 불쾌와 짜증을 동반할 뿐이지만, 탈북을 돕는 일은 생각만으로도 그에게 공포와 불안을 안겨준다. 평생을 분단국가의 국민으로 살아온 그에게 이 공포와 불안은 '본능'에 가깝다. 이 본능이, 어설픈 그의 윤리감각을 이긴다. 이기적 방관자와 부도덕한 준법자를 키운 것은 결국 타자의 윤리보다 동일자의 전체성이 우세하는 우리 사회이다.

「목란식당」에서 벌어지는 한 편의 "진지한 코미디"(29면) 역시 경직된 남북관계가 낳은 웃지 못할 현실이다. 타락한 386세대와 극우 기독교 단체는 물론이거니와, 공으로 냉면을 먹고도 유독 목란에서만은 큰소리를 치는 '불광동 양씨'나 죄책감을 동반한 추억과 감상으로 평양냉면을 대하는 삼촌 역시 북을 대하는 우리의 뒤틀린 시선과 태도를 보여준다. 남측 화가가 약속을 어겼다고 그와 함께한 북측 화가를 단죄한 북한 당국과 북에 대한 남측 사람들의 호기심을 이용해 분단 장사를 하고 있는 '목란' 역시 작가의 비판적 시각에서 자유롭지 못하다. 화자인 '나'는 이들 모두와 거리를 두고 있지만, 균형잡힌 '거리'란 자칫 방관자적 시선으로 이어질 수 있다는 점에서 '나' 역시 대안적 인물은 아니다. 북의 화가가 다시 그림을 그리기 시작한 것이나 정치적으로 휘둘리지 않기 위해 교민식당 주인들이 함께 애쓰는 모습에서 남북 화해의 실마리를 찾을 수도 있으나, 목란의 실수를 "사악한 사탄의 마음" 때문이라고 몰아붙이는 목사 앞에서 "목란은 그냥 식당"(31~32면)이라는 '나'의 말은 공허한 외침일 뿐이다. '자르갈' 시인의 비감어린 질문이 떠오른다. "도대체 우리는 서로에게 비수를 꽂을 만큼 뭐가 달랐던 걸까?"(136~37면)

4

　어쩌면 우리가 휘두르고 있는 칼에는 칼집도 없고 칼자루도 없는 게 아닐까. 우리 손에 가득한 상처는, 그러므로 적이 아니라 우리가 쥐고 있는 칼이 낸 상처일지도 모른다. 그 사실을 감추려고 상처마저 추문화해온 세월, 분단으로 평생을 가족과 헤어져 살아가는 사람들이 있다는 것을 우리는 자주 잊는다. 그래서일까. 「누구 내 구두 못 봤소?」는 잃어버린 기억을 찾아가는 구조를 취하고 있으며, 그 기억 끝에 우리가 만나게 되는 것은 선장 '김록성'의 실종사건이다. 이북에 처자식이 있다는 사실을 평생 숨기고 살던 김선장은 북측 가족의 소식이라도 들어볼 생각으로 뒤늦게 아내에게 사실을 털어놓는다. 멋모르고 살던 남측 가족들은 이 일로 일대 혼란에 빠지고, 어렵사리 잡은 화상상봉 기회도 시국이 꼬이면서 무기한 연장되고 만다. '진생씨'는 "그런 일을 둔 사람이 몹쓸 짓을 했을 리 없"(218면)다고 생각하지만, 사람들의 증언은 김선장의 자살로 무게가 실린다.

　그렇다고 소설이 한없이 무겁고 슬프기만 한 것은 아니다. 진지하고 비극적인 이야기를 사소한 일상사에 곁들여 해학적으로 풀어내는 발군의 실력은 가히 전성태답다. 소설의 도입부를 웃음으로 가득 채우는 입담은 또 어떤가. 서사의 높은 밀도도 익히 알려진 전성태 소설의 특장이거니와, 구두를 찾으러 다니는 진생씨의 하루 속에 시름겨운 구들장 논 농사일부터 섬마을의 중학교 통폐합 문제, 남북이산가족 문제 등이 다 녹아 있다. 하지만 가슴에 얹히는 것은 소설의 결말이다. 김선장의 행방은커녕 전날 자기가 무슨 일을 했는지도 정확히 알지 못하는 채로 진생씨는 또다시 구두도 찾고 논도 갈고 촬영도 해야 한다. 이것이 일상의 위대함이자 또한 비참함이다. "그 양반이 뭔 걱정이 있다고 그래 금매……"(223면) 곁에 두고도 속내를 헤아리지 못하는 사람이 어디 진생씨 아내뿐이랴. 타인의 죽음보다 잃어버린 내 구두가 더 실감나는 법이니 그 핑계로 우리는 또 그들을 잊을 것이다.

단일민족이라는 신화가 만들어낸 상처도 있다. 혼혈인이다. 인류의 역사가 곧 혼혈의 역사이니 혼혈인을 문제 삼는다는 것은 그만큼 우리 사회가 폐쇄적이라는 의미, 작가들의 비판적 시선이 가닿을 만하다. 그러나 전성태가 이 문제에 접근하는 방법은 우리의 허를 찌른다. "오리지널 한국인"인데도 "다국적인 외모"(272면)를 갖고 있어 차라리 혼혈인이기를 소망하는 인물을 등장시킨 것. '게리'를 혼혈인으로 오해한 국사선생은 '민족은 핏속이 아니라 가슴에 있다'고 말하지만, 이 위로가 오히려 자신을 배제하고 있다는 것을 알아차린 게리는 아예 '게리 워커 존슨'이라는 혼혈인의 인생을 자신의 것으로 만들어버린다.

문제는 그가 '이미테이션' 혼혈인이라는 것이다. 외모는 혼혈인이지만 부모가 한국인인 그는 정작 혼혈인 병역복무면제 혜택에서는 제외되고 만다. 오리지널 한국인으로도 오리지널 혼혈인으로도 살아갈 수 없는 이 이중의 배제 속에서 그가 선택할 수 있는 길은 연극밖에 없다. 하지만 연극을 하는 것이 어디 게리뿐이랴. 「이미테이션」에는 그야말로 이미테이션이 판을 친다. 중요한 것은 배역이지 더이상 배우가 아니다. 어떤 배역을 맡느냐에 따라 인생이 달라지니 아이들은 어린시절부터 좋은 배역을 따내기 위한 경쟁으로만 내몰린다. 단일민족국가라는 신화가 위력을 발휘하는 것은 제삼세계 국가들과 마주했을 때뿐이다. 한민족의 핏줄보다 영어원어민의 피가 우위를 차지하는 시대, 이 무한경쟁의 시대에는 순수혈통 한국인도 더이상 '오리지널'이 아니다.

물론 여성은 더 오래전부터 '오리지널'이 아니었다.『여자 이발사』(2005)의 재한 일본인 처가 동네 아이들에게까지 멸시를 당한 것은 그가 일본인이기 때문만이 아니라 더하여 '여성'이기 때문. 구구절절 말하지 않아도 누구나 알아차릴 정도이니, 여성만큼 마이너리티의 역사가 긴 존재가 또 있을까. 노골적인 핍박이나 멸시뿐 아니라 욕망하고 신성시하는 손길에도 여성에 대한 오랜 편견이 존재한다. 「두번째 왈츠」의 '냐마'는 모두가 동경하고 선망하는 여자지만 그 이면에는 남성의 시선에 발가벗겨진 채 오도가도 못하는 '조국의 여성'이라는 현실이 놓여 있다. "제삼지대로서 위치를 망각하고 금을 넘어보고"(140면) 싶은 '나'의 욕망 역시 이 남성적 시선의 연장이다. 욕망의 '대상'으로 전락하는 순간 여성의 내면은 사라지거나 불가해할 수밖에 없다.『늑대』의 남자들이 여자들과 제대로 된 관계를 맺지 못하는 것은 당연하다.

경계를 넘지도 없애지도 이해하고 받아들이지도 못하는 이 혼돈 속에서 '나'는 다만 냐마를 "사랑할 자격이 있을까"(155면) 자문할 뿐이다. 그러나 이러한 질문으로부터 '타자의 윤리'는 시작한다. 의심과 회의, 혼돈과 방황이야말로 타인의 얼굴과 맞대면한 자의 내면이기 때문이다. 전성태가 보여주는 것은 경계를 훌쩍 뛰어넘는 비범한 경지가 아니다. 오히려 『늑대』의 인물들은 하나같이 경계 안에 갇혀 있다. 그러나 그의 이 비극적 세계인식은 결코 허무로 이어지지 않는다. '갇힘'을 드러냄으로써 그는 역설적으로 '열림'을 쟁취한다. 내면화된 유무형의 경계와 그 경계가 만들어낸 우리 사회의 숱한 모순을 얼음방석 위의 맨살처럼 아프게 드러냄으로써 전성태는 독자 스스로 월경을 말하고 실종된 타자의 윤리를 질문하게 한다. 이것이 경계 너머를 꿈꾸는 『늑대』의 세계다. 그러나 좋은 소설은 언제나 비평의 언어로 포섭되지 않는 법, 『늑대』는 매순간 『늑대』를 넘어선다.

李宣旴 | 문학평론가

소설집에 실린 열 편의 단편 중 여섯 편이 몽골을 무대로 하고 있다. 2005년 가을부터 이듬해 봄까지 반년을 몽골에서 지낸 인연이다. 애초부터 그런 계획이 있었던 것도 아니고, 이야기가 되는 것들을 쓰다보니 여러 편이 되었다. 몽골을 무대로 하는 단편들로 따로 소설집을 꾸려볼 욕심이 없지 않았으나 더 쓰다보면 억지스러워질 것 같아 이만 접고 책을 묶는다.

몽골은 내게 특별한 고통과 영감을 주었다. 시원(始原)의 이미지를 간직한 광활한 대지에서 맞닥뜨린 고독감은 세계 바깥을 보고 온 듯한 여운으로 남아 있다. 그러나 더 흥미로웠던 것은 사회주의에서 시장경제로 이행한 몽골사회였고, 기이하게도 그것은 우리 사회를 되비춰주는 거울이 되곤 했다.

더불어 작가로서 내 의식은 어느 때보다 예민하게 각성되어 있었던 듯싶다. 그러니까 내게 몽골은 세상의 바깥이기도 했지만 우물처럼 깊은 내면이기도 했다. 몽골의 광야에서 두 갈래의 길을 맞닥뜨렸던 기억이 새롭다. 그 갈림길은 종내에는 대륙을 달리하는 길목이라고 하였다. 하나의 길은 중국 대륙으로 통하고, 하나의 길은 유라시아를 거쳐 유럽에 닿는다고 하였다. 내게는 대륙뿐 아니라 시공간과 운명이 나뉘는 어느 기로(岐路)에 선 듯 신비로웠다. 몽골인에게 길을 가르쳐주지 말라는 말이 있으니 그에게 길을 가르쳐주면 그는 이후 영원히 그 길로만 간다는 것이다. 그러나 곰곰 생각해보면 매순간이 그런 기로이지 싶다. 그러나 또한 너나 할 것 없이 우리는 모두 이미 오래전에 누군가로부터 길안내를 받은 존재들이 아닐는지.

나는 아주 오래 쓸 것이다.

2009년 봄
보령 너른마당에서
전성태

| 수록작품 발표지면 |

목란식당 …『창작과비평』 2006년 겨울호

늑대 …『문학사상』 2006년 5월호

남방식물 …『현대문학』 2006년 11월호

코리언 쏠저 …『실천문학』 2005년 겨울호

두번째 왈츠 …『ASIA』 2008년 겨울호

중국산 폭죽 …『문학관』 2007년 여름호

강을 건너는 사람들 …『문학수첩』 2005년 가을호

누구 내 구두 못 봤소? …『소진의 기억』 문학동네 2007

아이들도 돈이 필요하다 …『문학동네』 2005년 가을호

이미테이션 …『문학과사회』 2008년 겨울호

늑대

초판 1쇄 발행/2009년 4월 30일
초판 11쇄 발행/2021년 10월 18일

지은이/전성태
펴낸이/강일우
책임편집/박신규
펴낸곳/(주)창비
등록/1986년 8월 5일 제85호
주소/10881 경기도 파주시 회동길 184
전화/031-955-3333
팩시밀리/영업 031-955-3399 · 편집 031-955-3400
홈페이지/www.changbi.com
전자우편/lit@changbi.com

ⓒ 전성태 2009
ISBN 978-89-364-3709-1  03810

* 이 책은 한국문화예술위원회 2007년도 문예진흥기금을 받았습니다.
* 이 책 내용의 전부 또는 일부를 재사용하려면
  반드시 저작권자와 창비 양측의 동의를 받아야 합니다.
* 책값은 뒤표지에 표시되어 있습니다.